冰山笔记

萧青 著

小说 散文集

诗一般的语言写尽了雪山冰峰的雄奇壮美和瑰丽

20世纪70年代末
作者曾在帕米尔高原雪山哨卡守边防三年
那是电影《冰山上的来客》故事发生地

陕西新华出版传媒集团
太白文艺出版社

图书在版编目（CIP）数据

冰山笔记/萧青著.—西安：太白文艺出版社，2019.2（2022.1重印）
　　ISBN 978-7-5513-1607-1

Ⅰ.①冰… Ⅱ.①萧… Ⅲ.①短篇小说—小说集—中国—当代 ②散文集—中国—当代 Ⅳ.①I217.2

中国版本图书馆 CIP 数据核字（2019）第 018749 号

冰山笔记
BINGSHAN BIJI

作　者	萧　青
责任编辑	王　威　耿　瑞
封面创意	李渊博
封面绘画	李渊博
整体设计	谢　蕊
出版发行	陕西新华出版传媒集团 太 白 文 艺 出 版 社
经　销	新华书店
印　刷	三河市华东印刷有限公司
开　本	787mm×1092mm　1/32
字　数	235 千字
印　张	11
版　次	2019 年 2 月第 1 版
印　次	2022 年 1 月第 2 次印刷
书　号	ISBN 978-7-5513-1607-1
定　价	48.00 元

版权所有　翻印必究
如有印装质量问题，可寄出版社印制部调换
联系电话：029-81206800
出版社地址：西安市曲江新区登高路1388号（邮编：710061）
营销中心电话：029-87277748　029-87217872

1977年3月新兵集训结束在边防团俱乐部操场

1979 年秋在边防团

自　序

我曾在帕米尔高原明铁盖雪山哨卡守卫边防。那里群山密布，冰峰林立，除了哨卡人和每年夏季游牧到山上的塔吉克族牧民外，人迹罕至。我在那里度过了三年，感受了高寒、缺氧、低气压、低湿、强日辐射带给人的种种困难，并且因病差点送了性命。但是，真正让人难以忍受的是哨卡生活的孤寂。在方圆近百公里的雪山上，住着几十个哨卡人。有时候，我们三个人守一个临时卡，在冰山雪谷中寂寞度日。那些平日该说的话都说完了，我们甚至不知道再说些什么。大家呆坐着你看我，我看你，人变得木讷了、呆滞了，对生活和大自然的一点细小的变化，都会变得非常敏感。

尽管这样，我从来没有抱怨过那里的生活。我正是向往边防才上边防的。我也因此真正看到了哨卡人在这里付出的，不仅仅是青春，甚至还有生命。每一个哨卡人的身心都承受着大自然残酷的磨砺——指甲凹陷、面部脱皮、脱发、唇裂……大部分守卡人，退伍时多多少少都带回一点病。

我在少年时就做着文学梦。在部队，我曾想记录下那些生活，但高山缺氧似乎抑制了我的灵性。而当我避开战友，躲在冰冷的仓库一角想记下一点什么时，钢笔、圆珠笔都被冻得无法书写。

这些年生活发生了巨大的变化，人的思想、观念、价值取向，生活追求……与当年已有天壤之别。

随着物质生活的一天天丰富，文化生活的日益多姿多彩，我忽然觉得在我们——至少在我的生活中缺少了点什么。我的思绪老是回到雪山，怎么也拉不回来。我特别怀念雪山，那里的生活魂牵梦绕，刻骨铭心。那是一段多么平凡又多么特殊的经历啊！那里的每一个人，每一座山，每一只小动物……都那么深深地刻在我的心里。明铁盖！明铁盖！！明铁盖！！！我多么想再回去，我多少次在梦里回去。

让我记下这段生活吧。

我的战友，我的哨卡首长，又都站在我面前。他们的音容笑貌，那么熟悉，那么生动，那么亲切！明铁盖，她又活生生地裸露在我面前。曾几何时，我就生活在她的怀抱中。那残酷的冰雪风霜，那凛冽而寒冷的刺激，在我的心中曾经激起过多大的热情！那纯朴而善良的塔吉克族牧民，那一只只可亲可爱的动物……明铁盖，我又回到你的身边，一次次被你感动！

我总是信笔写来，有时是一股激情，比如《怀念》，比如《慕士塔格》和《塔木泰克》。特别是《塔木泰克》，一挥而就，再没有改动只字。三年里，我天天面对着这一座山，我对它有太多的话要说。这些关于一座山，一种情绪，甚至一棵树……的短文，我把它们列在《冰山笔记》当中，作为散文收录。而那些篇幅稍长，可作为故事读的，则收在《帕米尔的故事》里。作为故事，它们有的是完全真实的。比如《雪山热孜克》，不但故事真实，里面的人物也全都用了真名。而有的故事则大致真实，我运用想象对它们做了加工。比如

《火狐狸》，这个故事缘于我在退伍之后听到的一个消息。我听说我们哨卡的一名司机死了，他是开一辆吉普车去山下接指导员时翻车，被车压住双腿后在雪山上活活冻死的。我听了很悲痛。也是缘于爱吧，我来写他，把他孤寂的死和热烈的爱做鲜明的对比——我还是为他落了泪。

　　这些东西虽然以小说和散文加以划分，但它们都是写冰山的，都是记录我在帕米尔的生活的，加以区分是追求形式美；放在一起，又相辅相成。它们实际上是一个整体，密不可分。其实，我在最初开始写它们时，就把书名定好了，那就是《冰山笔记》。

　　我在雪山哨卡的时间是20世纪70年代后期。很遗憾，那时离1989年颁布《野生动物保护法》还远。在冰山雪谷，部队有时靠猎取黄羊来改善生活。为了保护牧民和他们羊群的安全，我们有时也打狼和其他野兽，原谅我写了当时的情景。

　　我写作大致上就是倾诉，我不会写那些我在感情上不能认同的东西。我要倾诉的时候，便把它写下来。我写好了，就把它扔在那里。断断续续，这个集子里收的几十篇东西相隔几十年。汉中的刁永泉君曾说："扔在那里干啥，拿出来发嘛。"我说："扔在那里算了。"我想：如果是有生命力的东西，十年八年以后拿出来，也许仍然看得过眼。

　　雪山对我来说是个永恒的主题。我现在写的无非是些边边角角而已。我毕竟在边防上只有三年时间，要写明铁盖的永恒和不朽，需要如椽之笔。

2018年9月13日

目 录
CONTENTS

001　自　序

小说　帕米尔的故事

003　荒原不留
008　艳雪
013　冬夜
021　火狐狸
030　豹
036　苏式军刀
044　面对雪山的日子
052　一个女人的死
060　雪山热孜克
066　石头城

074　丫头
081　谁守边关
091　米拉的书
101　朋友买买
110　姑娘们
120　边地知青
140　风雨夜昆仑
148　风雪库热西
156　雪山谍影
170　四十公里雪程
195　到罗布盖孜前卡去
222　在雪线
242　第一次下山
255　疏勒忆旧

散文　冰山笔记

- 269　沿着明铁盖河
- 272　冰山记兽
- 275　胡语哉老师
- 277　寂寞家书
- 280　慕士塔格
- 282　大漠胡杨
- 284　吐鲁番葡萄
- 287　怀念
- 289　雪山爬地松
- 291　明丽雪天
- 294　塔木泰克
- 298　巡逻一日
- 305　秦腔

307　青鸟

310　六马

316　吐松

319　雪人

322　哨卡日记

339　后记

小说／帕米尔的故事

荒原不留

"雪"是我给它起的一个名字，它的来历只能推测。我认识它是在一个月夜：一团白影跃上岗楼，来到我足下，从此偎近我的身边，一步也不想分离。我看清楚了，它是一只白狗。

雪山牧民爱狗如子，他们的狗有两种死法：或者成全它，推它上战场，让它战死沙场；或者看着它衰老，病病弱弱地倒在自己面前。这两种死法大约都是它的主人不忍心看到的。当10月来临，牧民们撤离雪山时，它的主人便遗弃了它。我推测是在一个傍晚，主人用皮鞭或石块打它，让它往哨卡来，而自己则赶了骆驼，骑着马闯入夜色。从此迁徙远方，不再向这里回首。

詹河，一个河北兵，同样是一个把持不住感情的人，白天就和我一起，观赏这只动物。"雪"却是满脸不屑，孤傲而且从容。它的眼睛已近苍老，但闪烁着战斗的光芒；它的皮毛，只要你愿意分开，随处可见伤痕；它的肩胛和后胯有力，走出一种豹的姿势；它的牙齿——你扒开嘴看，四颗门牙在撕咬时折断了两颗。所以它不能战斗了，沙场不再留它。那么来吧，我的好兄弟！

旷野里闪烁着四盏灯,鬼火一样,忒蓝,那是牧民卡德·巴都的两只爱犬。卡德的狗有着狼的外貌:麻黄的毛色,直立的耳,硕大的头。它们比狼健壮,比狼狠,比狼多分灵性。卡德带它们制伏过一只雪豹。卡德用石块,配合狗的夹击。两只狗一前一后,在一刻钟内将豹的喉部噙住,裆部扯开。那豹皮被卡德剥下,白色的毛,淡蓝色的酒盅大小的花,看去特别撩人。

鬼火一样的眼飘向哨卡,那是卡德的狗来看望它的孩子。连队的母狗刚生下一窝狗崽,从毛色看,卡德的狗是它们的爹爹。也许是露水夫妻吧,母狗并不念及情夫的恩典。本来,它的男伴是一只貌似藏獒的黑毛公狗,它们并肩作战,不许卡德的狗越过雷池。然而,卡德的狗每战必胜,"藏獒"的脸、肩屡屡被卡德的狗撕咬出一片片伤痕。旁观多次,"雪"终于愤然介入。"雪"使用专门对付狼的战法,啸声从胸中溢出来,电闪般剪扑,利齿准确切入,快捷而凶狠。月光下只见白影一闪,卡德的狗就乱了阵脚。"雪"从此取代了黑狗"藏獒",俨然如义父,监护起那些可爱的孩子。"雪"用赞许和首肯教练它们,教它们扑、咬、腾、翻、扯各种本领;教它们仇恨、厮杀,使它们脱去稚气。

我敬佩"雪","雪"永远自信,这自信使"雪"变得深沉。它有时也闪现出临战前的微笑,这从它苍老的眼睛里放射出来,使人感受到一种激情。

7月,七连寄养在明铁盖一只黄狗——正宗的军中犬、哨卡人的宠物。它有着金黄的缎子一样的皮毛,灵活而有韧性的身体，豹一样的嘴，豹一样火暴的眼睛。它浮躁、骄横、任性，接受过正规训练，有上乘的搏击技能。它凭此欺凌明铁盖所有的犬，唯有"雪"走过来时，它不敢贸然接近。"雪"依然是漠然的目光，平静、沉稳，对这军中的"纨绔仔"含一丝蔑视。"纨绔仔"终于忍耐不住，便挑战地一再撩拨"雪"，想逗起"雪"的躁气。一天，它冷不丁地咬住"雪"的后足趾，一块肉几乎被它咬掉。"雪"的反击从天而降，谁也没有看清，"纨绔仔"从左肩到左足趾的皮便活脱脱被扯落，白生生的骨头翻转着血珠。凄厉的叫声，划破哨卡的寂静。但这叫声又戛然止住，因为"雪"粗壮的嘴噙住了"纨绔仔"的脖子，残存的利齿深深切入。"雪"肯定感到了血的温热，嘴巴不住地吸吮。这种对狼的战法，"雪"很久没有用过了。绝望从"纨绔仔"的眼中透露出来，恐惧使它痉挛、颤抖。维吾尔族士兵沙地克大步奔来，喊："'雪'会咬死它的！"就扯起"雪"的后腿，拼尽力气，将"雪"抡起来。而"雪"仍不松口，和它的对手一起被抡成一道弧圈。詹河也怀抱着一块石头疾步跑来。他见"雪"仍将"纨绔仔"压住，便用石头在"雪"的头上死命一击。"雪"一下蒙了，这才松开口。"纨绔仔"凄惨地叫着，向营区后逃去。"雪"定一定神，带着怨恨，缓慢地走向旷野。

我尾随"雪"而去。我袒护"雪"，用手抚摸着"雪"的头，说："委屈你了！""雪"似乎已听懂，苍老的眼睛里流露出一丝悲凄的温情。

"雪"最终实现了自己的梦想，在退出沙场之后，从容地经历了一场战斗。那是在罗布盖孜，几只军犬围住一只孤狼。狼体魄很大，军犬不敢靠近。"雪"在河的这边，脚上有伤，迟疑着不想下水。沙地克将"雪"一推，"雪"落进河水里，只好涉水过河。"雪"一瘸一拐地向狼靠近，它的从容和镇定震慑了狼。它望着狼的血眼，嘴角露出一丝微笑。狼恐慌地望着"雪"，无望地盯着"雪"的眼睛，和"雪"周旋起来。狼攻击"雪"，"雪"稍稍一避，又一避。"雪"突然从空中横过身来，不等身体落下，就准确无误地噙住了狼的脖子。这一次，"雪"再也没有松开。"雪"的喉部和腹部一起蠕动，如痴如醉地领略狼血的温热和鲜腥——它已经很久没有这样饮血了。不一会，狼便像一只泄气的皮囊软塌了。"雪"眼睁睁地看狼倒下，把善后留给那些旁观的军犬。

春天再来，"雪"突然失踪。白天谁也没有发现，只是到了夜晚，不见"雪"早早地上岗楼守候。大家都想起"雪"，想起"雪"和我们一起巡逻，一起狩猎；想起"雪"自信地、一跃一跃地在荒野里奔跑的姿势；想起"雪"爬上冰达坂时，先去中国界桩绕一圈，然后回来，疲惫不堪地卧在中国一侧。

一个黄昏，我突然发现了"雪"。那时，它正伫立在一座雪冈上，凝神向东方注视。"雪"似乎仍在寻觅、期待着它的主人。

我离开"雪"是又一个春天。载着我们这些退伍兵的汽车开了，或快或慢，"雪"一直都在车后面紧紧追赶。"雪"明显苍老了，奔跑时一味地将头埋住，不忍心看我们。而我也竭力回避看它，和同伴找话说。詹河强装笑颜，说："看，

'雪'舍不得我们离开呢!"说着眼睛突然红了。我们十七个退伍兵一下子也全都红了眼,慌忙把眼神移开,去看那苍凉的陪伴过我们青春的荒原。

1994年5月19日

艳　雪

我常常绕出营区，爬上阵地，登上一面陡坡，沿一条窄窄的雪谷，向南逐级攀登，往冰山的后坡去。有时我出了营区，骑马向西，沿冰河上溯，绕过一道雪冈，然后向南，从一片谷地穿过，再折而向西，进入罗布盖孜雪谷。从这里进去，在左右罗列的冰林的长廊里，我可以一直走到明铁盖河的河源。那里有冰川，有冰峰围就的冰兜。我的背后斜背着一支"五六"式冲锋枪，腰际挂一支备用的"五四"式手枪，带足了步枪和手枪子弹。我选择晴朗的天气出去。在那些人迹罕至的地方，只要有枪，我什么也不害怕。我早就不满足于去冰河炸狐，去阵地的斜坡猎兔。我要寻觅的是雪豹、棕熊，哪怕是一只苍狼也可以。

我渴望搏击。我最喜欢去的还是一面雪冈的脊坡，它就在明铁盖冰峰的背后。它的南面，是一片明晃晃的冰原，往远去是一系列矮矮尖尖的冰山，冰舌从冰原的边缘探出来，舌尖上挂着宽阔的冰瀑。6月里，我们从冰瀑下引来融雪水，让它顺着雪冈的脊坡往前辈开凿的一条小渠畅流。这小渠绕过冰峰，把流水送下雪冈，从阵地的斜坡，一直送到我们哨卡的营地。天气晴好，我站在雪冈的脊坡上。我的左边是一片雪洼，右边是我骑马时经过的地方——罗布盖孜沟口的冲击平地。从这里看，我的前前后后左左右右都十分开阔。天空蔚蓝，白云洁净，冰山雪坡分外悦目。那些熊、豹、狼、狐也喜欢这里的风景吧，在雪冈的脊坡上下，到处有它们的足迹。我循着这些足迹在雪坡的上下游走，有时爬上冰原，辨认一两簇兽毛，无奈我看见的依旧多是旱獭。这些有着金缎子一样的皮毛，肉球一样滚动的小兽，成群结队地去冰瀑下喝水。正午的太阳静静地洒下来。6月里，我感受到一些温暖。现在，我坐在一块岩石上，摸一撮烟丝撒在一小片报纸上，卷成一支纸烟。我静静地抽着烟，感到很惬意。我不屑猎那些旱獭。

我常常就陶醉于这种平静，这种平静是我的幸福。我非常乐意就这么坐着，照一会太阳，看一看眼前灿灿的光。实际上，我有一点怠倦。两年多了，我已经习惯了冰山的孤寂。

那些旱獭，在我面前的砾石中穿梭，有一只躲在石头后边，颤巍巍向我抬足。我拿纸烟轻轻地朝它绕一下，此时，我想我绽出了一个微笑。我看什么都是平和：一片雪原、一面峭壁、一道丘壑、一块石头。回首看塔木泰克山涧，山涧里正在吞云吐雾；远处，在它的上面，阿瓦阿基里冰坂与白云连成一片。我仍是无聊。

困困地站起来，走过雪洼，往明铁盖后山爬，那里有岩羊和雪豹的新鲜的足迹。我先是顺着雪冈走，然后到达冰坡。我在这里看见一些利爪蹬踏的印痕；冰坡的边缘，有一些冻结的血污，但这血污又断断续续往高处去了。循着血污，我一步比一步走得艰难。约莫有两个小时，我一直慢慢地走，有时候上，有时候下，有时候停一停。待地上的血迹消失，只剩下豹的足迹时，我站在了一处山垭。我的面前是一片零乱的雪泥，其间散乱着一些兽骨，另一些骨头零散地被扔在远处，那周围有纷乱的兽的足迹。我想，这就是我要看的结局了。生命的有，我没有看见；生命的无，只凭揣测。我太累，在一具头骨旁坐下，咀嚼无奈。

太阳走过冰原，在那些小小的、尖尖的排列的冰山的顶上闪耀，明晃晃的冰山灿灿地快要化了。太阳在那里小小地悬着。太阳变得小小的之后，不太雍容，但显得抖擞。我很爱太阳这个样子，很想把太阳就那么轻轻地一捏。

我抚摸那头骨。我在这头骨上看见淡淡的新鲜的血痕。我抚摸那头骨上的面颊，看着那面颊上斜斜地向前探出的嘴骨，感到很亲切。我抱住那弯弯的、粗粗的、水牛角一样的盘角，在那面颊上轻轻地一吻。我看见它似乎微微一笑。"太古老了，太古老了，太古老了。"我自言自语地说。末了，我四面顾盼，原来我在嘲笑自己。但是，我仍然亲切地看着它，并且动情地摸摸它的脸。

天空湛蓝如静海，太阳的光芒在一点点减弱。我瞄天空，就那么用眼睛瞄。我那么瞄，我的眼一点也不吃力。一片阴影在我的眼边飘过，我抬手一拂。我又那么瞄着天空，但是在感觉之中，我觉得有一只兀鹰在天边飞舞。我会心，过了很久很久，才淡淡一笑。我知道，它又在孤孤地飞。它总是那么飞。它拍打一下翼翅，往高处升腾一下，然后飘着。我熟悉这种飞翔，我喜欢，甜甜地点头。它勾头望我，我知道。我又平静地坐下,什么也不看。太阳照着我左边的脸,我觉得,右边的脸有一点冷,鼻翼有一点僵。我什么也不看,我的眼轻轻地闭着。我知道,天很蓝,它的翅膀从我的头顶滑过时,蓝蓝的天空一闪。我需要先调整一下视线。我那么虚虚地睁眼,然后再慢慢看光。它的硕大,我认识,现在它仍然硕大。我知道,它展开翅翼,用一只翅膀就能够把我遮蔽。它用铁爪敲我面前的一根兽骨,匕斜着一只眼睛看我。我笑了一下,没有调动表情,但是我知道,它已经看清楚。我心平静,而它也平静如我。

薄薄的雾升起来,雾色嫣红。我拿手朝前一抓,天晴气朗,依然是愉悦我的眼。我又把眼闭上,薄薄的雾继续升腾,我看见嫣红的雾中,那鹰走动如我。我用手掷了一下,我看见它笼罩着一派红光。薄薄的雾又是升腾,并且持久。我睁开眼睛,看见嫣红的雾中那鹰走动如我。我复闭了眼再睁开,看见我身上披着一片红光。我微微一笑,我看见红光中的我走动如鹰。我敏捷地举起枪,把枪栓拉开再轻轻一送,我知道,顶上了一颗枪弹。我把保险机扳动了一下,让它移动到连射的位置。我微微笑,看见雾色依然嫣红,而那鹰正走动如我。我端起枪稍微一瞄,我看见如我的鹰四周有一圈红晕。我刚要眨眼,干脆就扣动扳机,我看见雾中的鹰往前一蹿。嫣红的雾散开,那鹰蹬踏时脚步有力。它胸前的羽毛被什么拂了一下,胸口接着被弹丸撕开。雾色嫣红,它在嫣红的雾中纵身跃起,并且腾飞到一个难以置信的高度。它那么拍一下翅膀,身体再一次升腾。鲜血如涌,从它的胸口喷射出来,一团脏器从伤口挤出。它陡然伸出利爪，抓住了正在坠落的脏器；它又那样拍一下翅膀，向远方滑翔；殷红的鲜血，从空中一路洒下。嫣红的雾散开。在远处，它似乎想再往高处飞。我看见它猛然拍动翅膀，向高处一个努力，但它突然就像断线的风筝，一扭身直直地栽了下来。

我听见我的心里剧烈地一响，仿佛是一块石头落地。"好。兄弟，"我说，"你做得很从容。"但是我接着说："不。是的，你应该这么做。"

太阳消失。天空苍蓝。雪野仍是明净。皑皑的雪谷，铺洒着一路殷血。那血凭着热力，慢慢地在雪地化开，一团团，一簇簇，如同怒放的玫瑰。鲜艳的花朵，但是永远也不可攀折了。我平静地站在雪冈，接着我敏捷地走几步，在这灿烂的雪野，我感觉到一阵轻松。

夜幕降下，天空先是一暗，但接着就转为幽蓝。明铁盖冰峰不再像在阳光下时那样闪耀，它雪白的肌肤在夜色中显得柔和。璨然的星越来越繁越来越亮，并且闪现在我的背后。我面前的雪谷却变为幽深。这时，我就听见了豹的长啸，也许是远处的雪崩在山谷的回响。但是，我的前面，分明有两盏绿灯，磷火一样闪着，并且在慢慢游走。那灯火渐渐增多，并且一片片漂流。此时雪已上冻，我听见了豹的响鼻和狼群纷乱的脚步声。我微微笑了，独站雪冈。我感到轻松和惬意。月华升起，我面前是月色朦胧。

1994 年 9 月 28 日

冬 夜

那些天，连队干部都回来了，连部的宿舍已经住满，我和司机唐世荣、驭手王小元搬出连部，住进连队的一间库房里。唐世荣1974年入伍，四川金堂县人，当兵已五年了。他们这一批兵，大部分已退伍回乡，他是技术兵，所以留了下来。他个子矮，圆脸，说话时睁一双圆而明亮的眼睛。王小元是1975年入伍的，河北定县人，当兵已四年了。他们这一批兵有一部分已经退伍回乡了，留下的都是骨干，大部分是班长、副班长什么的。他是喂马的，瘦，小条脸，眯缝眼睛，说话蔫蔫的。他当兵入伍时岁数已大——二十三岁，几年兵下来，按理说也该退伍了，但是，冲着他脾气好，管马管得精心，连队征求意见时又黏黏糊糊，一时说不清楚，所以，就一年年地留了下来。

这正是1978年冬，明铁盖人已被封在雪山上两个月了。唐世荣已经有两个月没有开车。如果明年他还在哨卡，要开车也要等到4月间了。可惜他明年就要退伍，回他的家乡去了。他回乡的愿望非常强烈。按他的话说，年年要求，年年要求，今年才算遂了他的心愿了。

对王小元来说，冬去春来，四季转换，对他都没有太大意思。实际上，在明铁盖，一年四季有七个月可以说都是冬天。他当了四年兵，喂了四年马，没有到过雪山以外的任何地方。他没有探过家，探家花钱，路上又实在辛苦，他不止一次放弃了探家的机会。别人说他吝啬，他也只是笑笑，说："来去路上一个多月，在家待那么十天八天，有什么意思呢？"他的这种态度，和唐世荣的想家形成鲜明的对比。

即使在最寒冷的时候，王小元每天早晨也得赶在我们出操之前把马群赶出去。马在马厩里吃了一夜饲草，在白天，也需要出去遛遛。他总是骑着一匹小黑马出去，把马群赶到阵地后面的宽谷。那地方，冬天被积雪覆盖着，罗布盖孜冰河在雪谷中闪耀。马用蹄子扒开积雪，啃食雪下的草茎。雪山的太阳在中午还是有一点热力的，太阳走过雪山时，雪山上便流下来一些融雪。融雪汇入冰河，河面上又积了一层雪水。马正好这个时候到河边，在河边引颈畅饮。黄昏，融雪水结冻，冰河的河面上又冻起一层两三指厚的河冰。这时候，王小元又骑马出去，把马群赶回来。他总是伏在马身上，把胸口和肩膀贴近马颈——这样可以避一点风。四年了，他天天做着这一件事情。当然，白天和夜晚，他还得和其他人一样上哨。

他的性格贼瓷。四年没有下山，他从来不要求。他的肩膀、胳膊、膝盖、胯部因为天天骑马，被雪山的风吹得发红、发肿、发疼，但很少听见他吭声。只是到了夜间，他禁不住疼醒来，轻轻地呻吟。我多次劝他让军医给看看，他总是说，看又有什么用呢？这倒也是，哨卡只备有少量的常用药，像他这样的病，是无药可用的。有一次，我说服他试试火罐。可惜没有找到火罐。那天，总算想出一个办法，找一个玻璃罐头瓶代替。卫生员王小国和他同乡，一起入伍的。王小国把一张纸在罐头瓶里烧着，按在他的肩膀上。罐头瓶太大，很久不见那红红的一片起来。王小国说："这么大的火罐，我还没有用过呢。你自己看好了，我到卫生室去去就来。"卫生室就在隔壁。王小国走了，我们靠在各自的床上说着话。十几分钟过去了，我看他没有叫王小国的意思。又是十几分钟过去了，我说去叫，他阻止说："他自然会来的。"又过去十几分钟吧，我看见那红红的一片在瓶子里凸起老高，说："干脆我给你取了吧？"他咬咬牙说："那样会减轻效力的。"过了一会，我看见他咧着嘴"哎哟哟"地呻吟，看那瓶子，红红的已经快要塞满，像一瓶午餐肉。我赶紧去隔壁，却见王小国倒在床上睡着了。待我叫醒王小国取下那瓶子，他的肩膀上凸出的部分已发红发紫，并且亮起一个个血泡。"你怎么这么黏糊呢？"王小国责怪可怜巴巴的王小元说。

我和唐世荣、王小元在一起久了，平时也没有什么话可说。转眼过了冬天，像唐世荣和王小元这样的老兵又有一批要退伍了。唐世荣退伍的决心已经下定，他早就为自己快要回家乡而激动不已了。唐世荣一激动，说话就带上一句"妈妈的"。"我们那里是看不到头的坝子，2月里桃花就开，3月里苕籽花、蚕豆花开，4月油菜花开，那时红的、紫的、蓝的、黄的在田野里变。妈妈的，实在是好看死了！"

他的家乡四川和我的家乡陕西毗邻。川西和陕西的汉中又都是盆地，自然环境和民情风俗极像，这自然勾起我对家乡的回忆。但唐世荣没有去过汉中,他咬定曾经路过陕西时,看见陕西的房子都是半边半边盖着的,而且盖瓦也只有一个阳面。"那哪能和我们'天府之国'相比呢!"他说。

我不得不给他描绘:我们那里,也有小街,街面用石条或卵石铺路。街面房以板为墙,朱色。隔墙有篱笆的,上面用麦糠和泥涂就。房上原木为梁,梁上椽木间隔一大拃。椽上阳瓦朝上,两头用阴瓦压住。也有用玻璃亮瓦透光到房里的……这样的阴面瓦压阳面瓦最好,大雨来了任它哗哗地流。那时,房檐雨水如注了,住家便拿了锅桶盆钵放在檐下接雨水;小孩子则蹲在房檐下,在檐沟水里拈一片青菜叶或放一只纸船……

唐世荣不停地"妈妈的""妈妈的",并说,你说得一点也不错!

然后是饮食:家常饭,小吃,零食和一般的宴席;然后是庄稼的种类和种植;然后是蔬菜、土特产,藕呢,山药呢,都差不多。那就往邪里想:板栗、拐枣、荸荠、菱角……说到菱角,就又说到堰塘里的水牛。

王小元一直是不多话的,此时却说:"你们说的有些东西,我们家乡是没有的。不过,你们说的藕叶就是荷叶吧?白洋淀里多的是。我们没有水牛,我们有大车,有骡子。"

我说:"王小元,你退伍的事想好了吧?"他却在枕头上仰着头,微微地笑着,不回答我,反过来问唐世荣:"唐世荣,你怎么那么想家啊?"唐世荣说:"那是那是,在家的时候觉得这也不好,那也不顺心,离了家却想得慌呢!"

我问:"家里有啥人?"

"爸、妈、弟弟、妹妹。"说着他一骨碌爬起来，从枕头下翻出来一张照片，是一张全家福。男娃里，他是老大，下边还有七个弟妹。我问："怎么这么多？"他说："说得是。我们那地方人肯生。看看，我走后又生了三个。妈妈的，有什么办法呢。结扎了又生呢！你说怪不怪？"他这样说他的母亲，我便想象他们那样的家，亲情一定很重。

王小元却不依不饶，笑眯眯地说："你那样想家，是不是去年回去探家时说了媳妇呢？"唐世荣一下子就笑得呵呵的，说："那是那是，这一点我不哄你们。"王小元说："给了你相片了吧？"唐世荣说："没有。"王小元说："这一回，你在哄我们。"我说："拿出来看看。"扭捏一阵，唐世荣还是拿了出来。初看时觉得是一个有着小小圆圆的脸，很平常毫不漂亮的农村姑娘。仔细看时，却透着善良、本分。唐世荣是一脸的高兴。

唐世荣接下来当然要报复。问我："你呢？"我说："没有。"他虽不相信，但是已转而问王小元："你怕是没当兵就定了亲吧？"王小元收住笑，正了脸说："我没有。"我们都不相信。我说："这回你是骗人吧？"王小元说："是没有。"稍停，我还是问："家里有什么人呢？""妈死了，还有一个老爹。哥哥、嫂子，还有侄子。老爹跟哥哥过。""原来在家里做啥呢？""卖油。"他笑笑眯着眼想了想，说，"挑一个担，一个村子一个村子转，卖油。"我曾经听王小国说过王小元在家是卖油的，说时是一副嘲笑的口气。大概真正的河北小伙，应该去赶大车吧。我不依不饶又问："干吗想起来当兵？""图新鲜呗!""老爹同意?""当然不。"稍停一下,好像是在咽一口唾沫,接着说,"他要我成个家过日子算了,说当什么兵,可是我就是想当兵,为这个他和我闹翻了,走的时候也不来送我。"我不再说话。但是他仍然说:"我哥哥烙了二斤烧饼,把我一直送到城里。"唐世荣说:"再没有别人?""没有。"于是都不再说话,好长时间没有声音。

唐世荣突然说:"咋不说话?不说话就吹了灯睡吧。"

王小元仍不吭声,眼睛在昏暗中炯炯地亮。我瞅着那盏柴油灯,听见灯捻子吸油的声音。我说:"我走时,我爸爸倒是要送我的,但是没有送成。"他们并不提问,我接着说:"我爸爸老了,六十五岁了。他原来也是不同意我当兵的,他劝我就守在他的跟前。但是,我走时他是一心想送我的。我是从我插队的那个县走的,我们半夜一点钟坐卡车从区里出发。我虽然是从我插队的那个县走的,但是,我们还要在我家住的那个县转坐火车,而且火车站就在城郊,离住在城北关的我家不过半里路远。

"我知道我们出发的时间时人在区里。我是一个人到区里去的,走的时候拿一只口琴,一本影集,一个笔记本,一支钢笔。当时天已擦黑,从农村家庭入伍的青年,他们的亲友都送他们来了。我无法通知我的家人。

"汽车过了汉水就到我们县了,从我家院墙外边那条街道上开过时,已是凌晨两点。我看见街道两边的路上站着许多人,显然,有一些知青兵已经通知到他们家里人了。那些农村兵,他们的亲友在乡下已经送过他们一回,现在,又有许多人骑自行车跟在汽车后头。

"火车站很热闹，送别的男男女女，老老少少什么人都有。我在这里碰见一个别的知青点入伍的中学同学，他已顾不上和我打招呼，而是忙着和父母姐弟话别。1月的夜晚天很冷，但是在候车室外面，背光的地方，有一些久久话别不愿分开的男女。那些跟在汽车后面的自行车队很快也到了，他们一下子把候车室围了个水泄不通。此时，其实只有我离家最近。在火车站广场那边，穿过一片不大的麦地，就是我家的后院墙。我可以看见家门口门头亮着的那盏通夜不熄的电灯。我只需要五分钟就可以穿过麦地，翻过院墙，回到家里。但是，我久久徘徊，我不知道火车在什么时间开走。我怕和家人话别，怕他们伤心。我觉得，我就现在这个样子走挺好，这会使我的心里好受一些。夜很冷，我长时间站在麦地边。候车室灯火通明，那里有一些暖意。我回到候车室，又看见了那位同学。他仍在和家人话别，顾不上招呼我。我默默地从他身边走过去。到处是人，到处是人和人说话。有人笑，有人嘱托，有人哭。我不知道我该站在哪。

"我又去广场边，看麦地那边那一个家。昏昏黄黄的灯在闪亮，我不知道家里的人睡没睡。我人在徘徊，心也在徘徊。我知道，心不想走又恨不能马上就走。昏昏黄黄的灯在闪，我点燃一支烟。人都有说不完的话，拉着手难分难舍。我记起我们那个新兵排应坐的车厢号，独自背了背包，往站台走去。站台上冷冷清清，没有几个人。我找到车厢，在黑暗中放下背包，定定地坐下。

"这是一列闷罐车，车厢里有一股牛粪或马粪的臊味，我又点燃一支烟坐在角落里。我一支接一支抽烟，一直抽到天亮。我们最后是天亮才走的。那时，新兵都从车厢里往窗口和门口拥。只有我，仍然闷头坐着，静静地抽烟。"

我不再说下去，也没有谁再吭声。很久，唐世荣责怪说："你也是的！"王小元长长地叹一口气，说了声："睡吧。"

峡谷风吹起来，已是午夜。每夜这个时候，峡谷风必然吹起。我们都睁着眼，听那风声。待他俩都打起鼾时，我便抬起头来，一口吹熄了柴油灯……

1995年10月26日午

火 狐 狸

当时他看见一道红影一闪,车不由自主地斜到左边去,车哐的一声颠起来。他左手按住车门把手,右手把方向盘一推,一个跟头翻出去。吉普车往右边一拐,碰上一块大石头,朝后退了一些。他正暗自庆幸,想站起来,车却猛地打了个转身,一下子倒过来,车帮压住了他的双腿。

他的腿从膝盖起被狠狠砸了一下,一时间没有了感觉;脸被车篷打了一下,头嗡的一声,车篷穿了一个洞。他半截身子进到车篷里边,他把车篷一扒,想抓住车里一个靠背站起来,但立刻感到双腿像要断掉那样疼痛。他几把扯掉篷布。

他被压在吉普车后半部,一只脚垫在轮子下面。他斜过身,可以看见后面翘着的那只轮子还在转。他上半身好好的,从大腿到头部都好好的,手和胳膊都没伤,脑子清楚。他唾一口唾沫,唾沫里带一点血丝。不要紧,他有办法把自己从车底下弄出来。

时间是晚九点(北京时间),天还亮,相当于内地下午六点,太阳在他左边慢慢斜下去。他鼓一把劲,想把腿抽出来,然后也许他能把车翻正。如果能那样,他无论如何都要想办法把车开回去。

吉普车不太重。有一次，他们三个人把它后边抬起。现在只需要抬起来一点点，他就可以把腿慢慢抽出来。他用手抠住车帮，试着使一点劲，但左腿立刻像用钻子钻那样疼痛。他想大叫一声，结果是深深抽了一口气。他慢慢吐气，同时，手也慢慢地松开了。

他想是怎么翻了车的。这一段路还算平，怎么把车开到了路下面？他分明看见一只红色的狐狸从路上蹿过。他把车打向左边，避开了狐狸。现在，怎么不见那只狐狸了？

他的左腿像被刀剁了一样疼。他想抽出右腿，右腿却全然不能动。

他又用手抠住车帮，但是，腰、肩、臂都用不上劲。他想，他们三个人是怎么把车的后边抬起来的，那全是因为腿和脚呀，有腿和脚撑着，胯部也好使劲呀！

有一根撬杠就好了，他可以把车撬动。现在，只有一个摇把在座位那边，他够不着。有几块石头也可以，他也许能把车一点点地支起来。他身边却尽是些细碎的砾石，完全无用。

腿伤得这么重，这在车刚压上的一刹那没有想到。他想："现在就算把腿拽出来，我也没有办法把车翻正；就算把车翻正，我也没有办法把它开回去了。我的腿完了。右腿说不定完全断了。"

他本来离开哨卡，是要去团里的，指导员明天回来。前几天下过一场雪，不大。但是他知道，顶多再过一个星期，就会大雪封山了。倒不是落雪，而是山顶的浮雪被风暴吹起。这是必然的，每年都这样，几百公里的道路被大雪掩埋。

然后才是落雪，然后又是风暴。但是，最要命的是严寒，它让那些雪呈粉粒状半年不化。这样，它们随时被风暴卷起，在有的山坳，堆积到三米多厚。别说通车，就是人也没办法走了。

他本来可以等到明天再走。明天早晨出发，最多六个钟头，他一定能到达团部。那么晚上十点天黑以前，他总能把指导员接回来。他不就是想在雪山下多待一夜吗？他不就是想找同乡战友拉一拉乡情吗？不该这样急，以至于刚刚出来二十公里就出问题了。

现在还在雪山，他旁边不远处就是明铁盖河。河水在流，还没有上冻。但他知道，它很快就要上冻了。一天天地，到明年5月，一层层冻到一丈多厚。冰冻三尺，非一日之寒。这冰就是这样在二百多个日日夜夜里，一天天地，在夜间把白天冰层上流着的融雪水冻起来，一层层从河谷冻叠到河岸。那就是百里、千里的冰河呀。

他还是看得见明铁盖冰峰。不但看见它，他还从对面的派依克沟看见白皑皑的派依克冰坂。他离开哨卡不过一个小时，怎么就会翻了车呢？

除了哨卡，方圆几百里没有人烟。半个月前是有的，那是从山下游牧到这里的塔吉克族牧民。但是第一场冬雪刚来，他们就下雪山了。否则，他们也许这会骑着马，赶着羊群、牦牛、骆驼，唤着狗，正从山谷走过。那他就得救了。那是肯定的。就算牧民自己没办法，他们也一定会骑了马回明铁盖去。那时弟兄们都来了，那他就得救了。

现在，一切都糟了。今天不会再有人从这里经过，他的全部希望就是自己把腿从车帮下抽出来，只要抽出来，他就能比较从容地等到明天。这就是说：他可以像所有在雪山过夜的司机一样——升一蓬火。只要有一蓬火，他就可以熬过这一夜，那么最迟明天中午就会有人来救他。

他在想到火时顺手在身上一摸，脸马上变得煞白。刚才开车抽烟，他把烟和火柴放在车座上，现在不知掉在哪了。他想探身去前面看看，下身却不能动。这真是倒霉透了！

他突然生起气来。在翻车事故中，他的伤算不上重。他真的是看着车差不多是慢慢趔趄过来的，怎么一下子就把他治住了呢？他现在双腿等于被缚着。

他想："莫非我今黑得受冻了吗？"

他的心不由得一紧：虽然是在 10 月，但明铁盖的夜晚已是非常寒冷。他知道，夜间哨兵站哨连续站两小时是受不住的。他不由得打了个寒战。

太阳西下，天光暗了下来。但是，气温比太阳落得还快。

"现在还说不上冷，天黑了会更冷的。"他想。他最担心的是下半夜，每天凌晨两点，雪山就刮暴风。这风从山口刮来，一直刮到天快亮。

"火柴在身边就好了，我会把坐垫扯下来一点点烧着，万一不够，还有车篷。"他赶紧把篷布扯到跟前，突然就觉得这一夜难过，"谁来帮我？"看着太阳下山，山谷里一片昏暗天光，他想。

他又坐直了抓住车帮，车帮冰冷。明铁盖河看不见，甚至听不到流水声。风还没有吹来，没有雪尘，也没有尘土飞动，只有明铁盖冰峰借着落日的余晖在远处闪烁。那下边有他的哨卡，有他的弟兄们。看着它，他心里头一阵发热。

他突然恨起那只狐狸来，认为这一切都是那只狐狸造成的。但他突然又想，他是否看见了狐狸，也许是他的眼睛看花了。怎么有那么红的狐狸，火一样，在旷野里烧得燎人。

他扭过身，朝狐狸跑去的地方看，什么也没有。但是，当他觉得难受，想躺下来睡一会的时候，就仰头看见身后山上一道土崖边，真有一只红狐。那是一只火红的狐狸，比赤色的山崖亮一些。那东西拧着头，正在看东边山顶升起的明月。

他吃了一惊，慌忙坐起，扭身抬头看。真是一只红狐，在月光下显现它的美丽。

"喂！下来！"他喊。就看见那狐狸在崖头一闪，再看，什么也没有，他看见的只剩月色。他以为他真是眼看花了，哪里有什么红狐狸。也许是赤色的崖头在月色下的一点反光，也许是崖边突起的一小块石头。他再躺下去，仰头看，真的是什么也没有。

"不管怎么说，我是因为它而翻车的。"他想，"真不够意思，有还是没有，你倒是让我看看才对。"他突然有点颓丧。

其时，月亮正泻着寒光。他激灵一下，觉得身冷。明铁盖的夜来了。

他的左腿疼得受不住，因为冷，左腿和右腿一样开始变得麻木。他想趁着它们麻木拼力把汽车掀倒，他拼力一掀，他的胯部以至于全身立刻像被重物捶了一下，他差点晕倒。

要命的是，汽车纹丝不动。

莫非今夜就这样吗？他摸摸身下，身下是冻土。

他大腿冰凉，脊椎也冷飕飕的。他把吉普车篷布裹在身上，想：无论如何，我得撑到明天。

月亮在升高。他似乎觉得就在附近，月光下有红影一闪。

月光是皎洁的，雪山的空气非常清新。月光如洗，附近的景物在月色下明了清晰。

"又是那只狐狸吧？"他想。他四下望，但是什么也没有。

他想，要么他的眼真是花了，要么就是他的脑筋有了毛病。他从一开始就没有看见什么红狐狸，哪里有那么红的狐狸，火一样。他怎么因为躲它而翻了车呢？

他被蛊惑了吗？这一切要是命中注定，那他就用不着害怕。

他太倦，他的身子似乎撑不住了。他躺下，身下冰凉。他适应这种冰凉，迷糊了好一阵。突然醒来，坐起来时身子有点发僵，他觉得身上什么也没有裹。一点小风，就把他吹透了。

"可不敢睡着。"他想，"无论如何，我都得坐着。睡下去会很快冻僵，可不敢睡下。"

他想让自己清醒一点，于是大喊了一声。他觉得，这喊声没有他想象的那么有力。他用劲很大，但没有释放出去，声音好像也被冻住了。但是这一声过后，四周静得可怕，一些细微的声音都能听见。那是冬蛰的棕熊在岩洞里翻身吗？那是獭鼠在地洞里咀嚼夏天采来的草籽吗？他听见似乎是一种沙沙的声音，像脚步。

他转动僵直的脖子，终于借着月光，又看见了那只狐狸。是一只红狐！它就在山崖下，静静地朝这边望着。

它刚从山崖下来吗？他听见山崖在唰唰落土。

那东西正用眼睛看他，脑袋微微一偏。真正是一只红狐狸！他大睁眼睛，不让它走出视野。那东西倏地一蹿，站住，再一蹿，再站住，身边投下一片阴影。

"你看什么？我可是为了你呀！"他说。

它小心翼翼地朝这边探足，又站定了，定定地朝这边看着。"我不会伤你。"他说。就看它倏地一蹿，追自己尾巴，往远处转成一个圆圈。月光下是一片暗红，轻飘飘如云霓。

他突然感动，看它又旋回来，站在自己近前，睁着一双贼亮的眼睛。它离他那么近，有三五步距离。月光照在它身上，它那么俊，那么精神，那么迷人。它的眼不是人说的那种媚眼，它的眼是清澈的，闪亮的。他的心突然一颤，它却眨动眼睛，似乎问他："你看啥？"

倦意袭来。身冷，他把篷布在身上裹得紧紧的，头不由自主地啄了一下。猛一抬头，什么也没有。他吃惊不小。四下看，哪里有什么红狐狸！刚才是不是梦境？

"一定是我眼看花了。"他想，"也许是脑筋出了问题，今天一切都因为这个。"他其实什么也没有看见，而他偏偏觉得看见了一道红影。红狐，雪山的狐，火一样飘，那是什么风景？

他突然想哭，这样的美丽，他是不是没有看见？

他觉得身冷。坐着，不由得把眼睛合上。他忽然一个激灵醒来，醒来又一个寒战，原来是起风了。风呼呼地，把残存在车上的篷布吹得哗哗响。他摇晃一下，自己却没有感觉。他觉得风很冽，而自己单薄得像影子。他经不住这么吹，冷飕飕地一下从他体内穿过。还没有落雪呢，那是因为暴风没有来，山顶的浮雪没有被暴风吹下。会来的，他知道，暴风会来的。

他一抬眼，又看见了那只狐狸。他看见，它就站在自己的身边。它依然用亮眼睛看他，火焰般的毛，一圈圈地被风吹起。他用手拂脸，使劲眨一下眼睛，他的头使劲摇动一下。他看见月亮很亮，从来没有看见过这么亮的月亮。那只狐狸就站在他面前，亮眼睛真诚，含几分羞涩。他用力抬手，握住它伸过来的一只爪子，顿时觉得那爪子是热的。不愧是火焰，热力从手指、胳膊一下子热透全身。他一用力，它便跳起，进入他的怀抱，它仰起头。他看见它似乎在笑。"你应该救我。"他在心里说。他看见它翻一下眼皮，那是一个媚眼。他感动，一串热泪从脸颊滚下。

风突然就呼呼地吼，每夜都这样，他习惯听这吼声。远处有什么轰轰地响，记忆中，他知道这是雪崩。雪落下来，是雪的颗粒。但真正的落雪也来了，一阵粉末，一阵狂舞的雪花。

他觉得，自己单薄得像个影子，他使劲地抱紧那只红狐狸。它胸口很热，这是他感觉到的。他抚摸它，想："我能撑过去。"

后来他什么也不再想了，守着那一点温暖。他终于熬到了天亮。大雪后的晴天，太阳红艳艳的。他看见阳光下的雪山，走着一只靓丽的狐狸，真正的红狐狸！它灿烂地笑，在雪野里飘，走出动人的姿势。他怜爱它，看它，感激它，说："谢谢！"

也就在这一天，明铁盖人遇见了初冬从没有遇见过的暴风雪。夜里，哨卡马号屋顶的一根横木被积雪压断了。早晨起来，连部通信员推不开被积雪掩住的房门。

上午十点，团部军务股打来电话，说并没有看见昨天下来的明铁盖哨卡的汽车。于是，查副连长带领一班人骑马往山下寻找。他们只不过走出去二十公里，就看见了那辆翻倒的吉普车。车损坏不大，但整个被大雪包围着。大伙扒开积雪，便看见了那个叫韩忠的司机。他坐在汽车旁边，双腿被翻倒的汽车压住。他的上身微微朝前倾，而他的双手伸向前面，做出一个怀抱什么的姿势。他的身体当然被冻僵了，实际上，连他的心脏和血管里火红的血液一起，整个被冻成了坚冰。但是，战友们发现，他的嘴角却是微微笑着的，整个脸上，有一种凄然的生动！

"这是为什么？"许多年后，明铁盖的老兵向补充到哨卡的新兵讲述完这个故事后，连他们自己都莫名其妙，提出这样一个问题。

1996年2月27日

豹

那时候，我们都没有经济头脑。离开雪山几年后，我在《参考消息》上看到一条新闻，说在中国最西部的帕米尔高原，一个叫塔什库尔干的塔吉克自治县，县法院很多年没有开过庭，监狱里没有关押过犯人。这个县的治安和社会秩序之好，可想而知。塔吉克族牧民是我所见到的最纯朴的民族。至于对哨卡人，他们拾一袋面粉和拾一颗炸弹都一样，都会马上不辞辛苦地给哨卡送去。他们的物欲几乎等于零，你不用担心他们干一点越轨的事情。

我在明铁盖哨卡时，接触过这些人。

每年5月，牧民便游牧到雪山。他们的毡房就坐落在我们哨卡阵地土冈后面的山洼里，也就是五六户人家，5月来，9月就走。他们不常到哨卡来，有时路过，给连长送一点酥油或酸奶。倒是我们常常去他们的毡房做客，喝一碗奶茶，看一眼毡房生活的温馨。我们去时带一块砖茶，或一块盐巴，牧民会感激不尽。当时，有一个人倒是常常来哨卡，他叫卡德·巴都，是猎人，与哨卡做一点交易。他个子不高，眯缝着眼，一脸浓密的黑胡子。我最先认识他是因为他的一条狗。那狗比半岁的牛犊还高，青色皮毛，脖子上像武士束腰带一样套一只宽牛皮项圈,项圈上朝外翻着铁刺,这是为了抵御猛兽,防备它们咬脖颈的,我在很多雪山牧羊犬的脖子上都看到过。但是,卡德的这条狗吸引我的是它的个头,它的目空一切和它的威风。它远远地走在羊群前面,慢慢地,一步一步地,沉稳地,威风凛凛地走来。而那些半大的狼似的犬簇拥在它的后面。哨卡的狗除了我所喜爱的叫"雪"的那只外,其他的都纷纷躲开。就连人也佩服它的威武,俨然大将风度!

卡德每次来,总是选择晴好的天气。他坐在连队操场的照壁下面,晒着太阳,眯缝着眼,从囊中掏一点玩意。起初他掏一点驼毛。那时,他刚到雪山,还没有开始打猎。他用驼毛换我们一点盐巴。走的时候,我给了他一罐头盒柴油,那是雪山牧民在晚间照明必需的。他抚胸探首,向我深深地鞠了一躬。一罐头盒柴油,在哨卡算什么呢。

下次再来,卡德带来一张狼皮。皮子不大,新剥的,还能闻见皮上的血腥味。这一次,他什么也不要,他友好地和我握手,嘴里咕哝着。翻译说:"他说,上次拿了柴油,所以送来狼皮。"我解释说柴油是白给的,卡德显得不安。直到副连长鲍仓过来接了狼皮,他才露出笑意。

此后,他有时拿来一张狐皮,有时拎来几只雪鸡。一次,他居然提来一副豹骨,但是,那时我们都不懂"经济",除副连长鲍仓爱收集狐皮外,其他我们能吃的吃,不能吃的就扔了。那副豹骨扔在三班的屋顶上,直到我退伍离开雪山时,也没有人理睬它。只是有一次,同乡小林截了一节腿骨,回家探亲时没对我说,就捎给了我父亲。许多年以后,这件事他老人家还提起。卡德从我们手上换去的是少许面粉，一点盐巴。这种交换，卡德心安理得，我们心里也没有什么过不去。

卡德最豪迈的一次是猎到了一头棕熊。

卡德带来了熊掌、熊皮和熊油，想用这些换我们的两双半新胶鞋。军队的解放式深勒胶鞋，穿上好爬山，比塔吉克人的"乔洛克"（靴子）带劲。卡德穿上它，在雪山上就可以像在平地一样行走。卡德以为他的奢望太高，可是，我们还是懂得熊掌和熊油的珍贵。我们没有给他两双胶鞋，而是给了三双。其中一双是译电员焦长业给的，他因此独自拿了熊油。熊掌大家得了，当天煺了毛，放炒锅里烩，放高压锅里蒸。熊皮没人要，卡德说白给。但那么大一张皮，拿了它怎么收拾呢。卡德只好背走。熊掌烩、煮、煎、蒸，折腾了整整一个下午，拿出来任谁也啃不动。好好一副熊掌，只有扔了。不料，哨卡的黑狗却把它吃了。那天傍晚，黑狗疯了一样在野地里狂跑，它跑着跑着，就埋头去坡洼里吞雪，那是熊掌在它的心里烧得慌啊！焦长业拿了熊油，用罐头盒装了，再用修发报机的烙铁和焊锡焊住，托人送下雪山，交邮局寄回家乡去。邮检员用刀尖一挑，发现是油，就扔了。哨卡人听了也不摇头，也不遗憾。

6月刚过，卡德又来到哨卡。这天天气很好，雪山的太阳给操场镀上了一层亚金色。卡德来了又坐在照壁下，眯缝着眼睛，懒懒的。我和翻译依米提·司马义走过去。这次卡德敞开胸怀，从怀里摸出来一对活物。小东西有小猫那么大，白白的，毛茸茸的。白白的绒毛里散着一些淡蓝色的小指头尖大小的斑点，它们蹒跚地向我走来。我捧了看，只见它们浅蓝色的眼睛，粉红的鼻头，乍一看像小猫，但比小猫多几分傲气。那分明是欧罗巴血统，像一对欧罗巴人的小孩子。我稍微一愣，立刻反应过来，大声说："天哪，这是一对小雪豹呀！"哨卡的人都纷纷围拢。我们把它们放在地上，让它们在金色的阳光里走。它们走走停停，还稚气地眨着眼。我问卡德："怎么办？"卡德说："这次我要一双胶鞋，一顶皮帽。"指导员周启鑫瞪着那对小东西，不停地揉自己的鼻子，忽然说："天，这该是一对受保护动物。卡德，你应该坐便车下山，送它们到喀什动物园去。"但卡德说，他离不开雪山，他还有几百只羊和十几头牦牛要放呢。我们合计一下，按他的要求换了。指导员说："暂时放连部养起来，有便车来，还是送它们下雪山，交喀什动物园。"我和通信员便将小东西抱走。

我们哨卡的人一个下午都在呵护着小雪豹。我和詹河找羊奶喂它们。夜里我擦净了它们的小爪子，放床上，搁我枕边睡。小东西用鼻头触摸我的脸，身上散发出新鲜的荒野的生命气息。有哨兵换岗到我房间查铺，也凑近床边探看。

黎明时，我们突然被一阵马蹄声惊醒，接着是哨兵的大声喝问口令声和不知什么人在远处的叫喊。我翻身起来，全副武装到哨位。黎明的微光里，只见远处的土丘后面，有一个人探头招手。从他的喊声，我们很快判明，那是老牧民热孜克。他用蹩脚的汉话喊："别开枪，快快放我过去！"

"你过来吧！"连长大声喊。

他扔下马，气喘吁吁地往哨卡跑。原来昨天夜里，冰山上下来四只雪豹，都是成年的豹。它们把牧民宿营的那片洼地团团围住，封住了所有路口。就是卡德·巴都的狗，也奈何它们不得。"它们吼叫了一夜。"热孜克说，"它们用爪子扒拉毡房。它们在找它们的'小巴郎'（小孩）。都怪卡德·巴都，他不该抱走它们！"翻译翻过他的这些话，我们感到事态的严重。五分钟后，我们骑马持枪，随热孜克到山洼去。临走时，按指导员吩咐，我把两只小雪豹揣在怀里。

此时，天已微明，明铁盖冰峰和远处的冰川都能够看清楚。往日，此时狗已在咬，羊也在咩咩地叫，塔吉克妇人已掀开毡帘，去附近的小溪旁汲水。这天，谷地里静悄悄的，没有半点响动。我们果然看见几只雪豹，两只在斜坡上卧着，两只在毡房之间走动。它们的皮毛并不像它们孩子的那样洁白，而是白中带一点黄色；那蓝斑点，蓝中带一点褐色。听见我们响动，它们便放出啸声。啸声低沉，但特别有劲，夹着难遏的愤怒。我们的马惊恐不已，不停地捯换脚步。"不要开枪！"连长说。我看见卧着的那两只雪豹朝这边望，并且慢慢爬起来。显然，我们不可能同时射杀这几只雪豹，而以它们今天的愤怒，就是我们射杀了其中的一只，其他几只也不会逃走。只要有一只活着到我们跟前，我们就吃不消。最可怕的是，我怀中的两只小雪豹叫起来。那四只成年雪豹一下子都掉过了头，虎视眈眈，探步向我这边走。我们骑马躲在一座土冈背后，我在马上看得见豹，我的马不一定看得见。但马却惊慌起来，它慌乱中不知掉头，反而一跃，迎着雪豹而去。"赶快放掉它们！"指导员大声喊。"放掉它们！"几个人同时大声喊。我勒马，而那些大雪豹，已在加快速度。我俯下身，小雪豹在我怀里快活地叫。我掏它们出来，从马上俯身将它们放在地上。一刹那我有点惊慌，更有点恋恋不舍。美丽的豹，俊俏的豹，尊贵的豹啊！我轻轻送它们一下，看它们颤巍巍地往前面走。我掉转马头，跃马到一边去。四只大雪豹轰轰然朝我这边跃过来，我听见身后一片扳动枪机的声音。如果它们再向前一点靠近我，必然是一场人与兽的杀戮。但它们忽然停下了，一字排开，等待着小雪豹往它们跟前走。它们终于用口衔住了它们的孩子，倒退着走几步，走着，退着，咆哮着，转着圈，渐渐远去。我们最后还是放了枪。我们要乘机过一把枪瘾，但不是朝雪豹，而是朝天空。我手中的冲锋枪嗒嗒地响着，我们是在庆贺，也是给雪豹一种警告。兄弟，我们没有射杀你们，但是警告你们：这一片山洼，以后不要轻易再来。而庆贺呢，是为那些小雪豹，它们又回到雪山，回到它们父母身边。

1996 年 3 月 29 日

苏式军刀

我认识柳福翔是在我结束插队的日子前。那年，招工指标已经下来，我没有报名。插队几年，知青都盼望着这一天，大家都不容易，我放弃了和大家的角逐。紧接着冬季征兵命令下来，当大队支书透露今年征的兵是边防兵时，我心里怦然一动。那些天，已有两个接兵干部住到公社，每天到各村活动。我在公路上挡住一个叫郭玉明的。他在红其拉甫边防站服役，是个排长，穿着绿军衣蓝军裤。他中等个头，结实，长相端正。他就地把我瞄了一遍，说："我们边防军要漂亮小伙。"我同他一起到公社去。公社有半间客房，接兵干部就住在客房里。郭玉明说："来，我介绍你和我们柳排长认识。"

一个军人正靠在床上记笔记，把头抬起来，是一张颧骨通红的圆脸，面部的其余部分却是黝黑的。

"想当兵是不是？"他眼睛很亮，笑眯眯地说，"我们部队很艰苦，你害怕不害怕吃苦？"

这句话太平常了。我的回答自然是又随便又顺口。但是，我注意到，他的军装从上到下全是绿色的，和郭玉明的绿军衣蓝军裤有区别。

当天下午，我碰见和我在一起插队的一个知青。他正在忙着跑招工,神秘地对我说:"我劝你还是别去当兵了,我叔叔在革委会,他透露说,这批兵是高原兵,部队在昆仑山上。"我听见"昆仑山"这三个字,心头又是一热。

我很快被编在新兵第十五连一排一班。柳福翔是一排长,我被宣布为一班副班长。新兵来自四面八方,谁和谁都不认识,特别是新军装一穿,看上去都一个样,没几次照面难以区分。柳福翔这个排三个班三十三人,他宣布各班班长的任务,要求每到一个新地方,班长要选一个位置画一个圆圈,把全班新兵召集在圆圈四周。"谁也不能乱跑,"他说,"长途行军,我把你们还没有认清楚,怕你们丢。而你,"他指指我,"还有二班副、三班副,这时候负责给自己班弄吃喝。"

行军中第一次停车在勉西火车站,说是要吃早饭。我和一班长带领全班列队往兵站餐厅去,人们都在路上疯跑。

我刚要进餐厅大门,负责后勤的张副连长拦住我,劈头就问:"一班副,你抢的饭呢?"我愣了一下,说:"解放军还要抢饭吗?"他把唾沫溅到我脸上,说:"不抢,你吃狗屁!"果然,上千名新兵在大厅里外乱成一团。那些下手快的,已手拿馒头以班为单位围着脸盆里的菜开吃。厨房里饭菜全无。

我们全班人站在一边干看。

"过来吃吧。"柳福翔把我们分插在二班和三班,给我们一人一个馒头。我赌气把馒头放下,恨恨地说:"原来当兵的也要叫抢!好!只要叫抢就好!"

下一站在略阳,我为抢饭挤掉了纽扣。这次,我为班里多抢了一盆菜。这次该二班和三班的人来我们班分吃。

在宝鸡和天水兵站，我已开始用竹棍扎馒头。我挑选两名助手，每人拿一根竹棍，从肩头隔人群把一串串馒头挑起。抢饭大战在兰州兵站最为激烈。进新疆的部队，分别有陕南和东北的两列专列在兰州相遇，同时遭遇的有一列从新疆过来的退伍老兵列车。四五千军人在兰州兵站相遇，老兵胆大气壮，在人群中冲进冲出。这时，兵站餐厅里弄不清建制，谁也不知道谁是哪个部队的。看着人山人海围在厨房窗口，我冲端着两盆菜和两盆馒头的别的部队的新兵喝道："你们是干什么的？怎么这么慢慢腾腾？"我的助手立刻从他们手中把饭菜夺过来端走。

第十五新兵连当天召开会议，说抢饭的形势越来越严峻。进入甘肃，不但要抢饭，而且要抢水，还不断要遭遇到老兵列车。第十五新兵连当天就成立了抢饭队，每个班副班长参加，各人可再选一名助手，由十五连张指导员带队。到站后，有领导、有组织、有配合地抢饭抢水。我被列为一号队员。

"你抢饭抢水很好。"车到哈密时，柳福翔表扬我说。

火车到吐鲁番，我们换乘了卡车。四天四夜闷罐车行军之后，我们在吐鲁番大河沿车站广场的冰天雪地里，排队领取退伍出疆老兵脱下来的皮大衣。在1月的寒风里，我们坐在大卡车上翻越天山，沿塔克拉玛干大沙漠的西缘，又经过六天行军。每天天不亮出发，天黑定后住宿。

这一路主要是怕冻，大家坐在车上，要不时地跺跺脚。

现在不用再抢饭，全新疆兵站的饭菜大都是胡萝卜烧羊肉，主食馒头。羊肉很膻，再加上兵车不知道什么时候才到，往往饭菜端上来时已经冰冷。

我不吃羊肉,受不了那个膻味。

这次该柳福翔来照顾我了。每次吃饭,他把自己分到的一勺稀饭舀给我。

"羊肉好吃。"他说,"我的家在武威,能吃上羊肉很不错。"

五天后到达三岔口。这个小小的兵站在戈壁和沙漠中间,没有水,窗户破洞,晚间透风。所幸的是有很干的马草铺地,火墙也烧得很热。一个老兵来到我们宿舍,依次把我们的皮大衣看过。他走到别的房间去时,柳福翔对我说:"一会这个老兵肯定要来换你的皮大衣。他是我的老乡,我不好说不让你换,但你的皮大衣很好,看看,它是二毛的,这是最好的羊皮。你就说你不换。"

果然这个老兵转来,他诚恳地让柳福翔给我说句话。我说:"我不换。"

明天就要到喀什了。那是南疆军区司政后机关的所在地。柳福翔曾经是军区副司令员的警卫员,这次接兵,他在我的家乡买了许多土特产准备当礼物送给副司令员。他打开一个很大的袋子,那里面有他买来的板栗和柿饼,那都是他自己的家乡不出产的。他认为很好,一路上舍不得吃。现在,他要看看这些东西,明天到喀什把它们给副司令员送去。不料打开来看时,却看见满袋子都是柿饼,而不见板栗。

"板栗到哪里去了?"他惊讶地问。他突然兴奋起来,原来板栗都挤压进了柿饼里。他用手指抠一颗出来,然后用钢笔又捅出来两粒。他还有两袋子这样的宝贝。"来来来,快都过来帮我捅板栗。"

大家很高兴,干平生从来没干过的活。

次日在喀什分兵后,我们第十五新兵连还得继续往前走。这次午夜出发,到帕米尔高原去。汽车驶过阿克陶时已觉得阳光耀眼,口干时,我记起从家乡带来的土梨,却不料一路寒冷,已将它们冻成冰坨。这东西咬不动敲不碎,柳福翔说:"扔了怪可惜。"他摸出两个土梨揣在自己的怀里暖,梨在他怀里仿佛将他烫了似的使他哆嗦了一阵。他快活地笑笑:"一会我们吃梨。"

中午时驰上冰山。昆仑山主峰公格尔峰和它的姊妹峰公格尔九别峰就在我们旁侧。我们在冰山上下车尿一泡尿上车后,有很多人昏迷过去。柳福翔一边用皮带把他们打醒,一边说:"不能让他们睡着,把他们都摇醒!"

车过慕士塔格冰山。我们看见,茫茫苍苍的高原笼罩在无际的白雪和雪原之上微红的雾气里。

三小时之后,我站在齐膝深的雪地里,随着队列,从明碉暗堡和铁丝网墙中间穿过。柳福翔把我们交给新兵集训连的干部后就走了。

我在这天被分在边防团直属新兵集训连参加集训。这个连的新兵结束训练之后,可以就地留在高原,分到团部直属连队。但是,这天夜里,我的命运又发生了改变。负责边防守卡的边防第一营和第二营的干部抗议,说边防生活寂寞,而思想活跃的城市兵都被留在了团部直属连队,他们各自要挑三五个新兵过去。这样,我被挑到第二营新兵连,训练结束后,又行车一夜一天,到雪山深处的明铁盖冰峰下的明铁盖哨卡。

我被留在连部。我这才知道,我被柳福翔推荐来接替他过去的职务。原来,柳福翔曾从喀什南疆军区副司令员手下调来明铁盖哨卡当兵,任文书。这次接新兵之前,刚刚被提拔到二营担任营部书记。出于对哨卡考虑和受哨卡委托,他在接新兵时就注意给自己挑选接班人。这一切,是我在半年后下山给团部汇报军事实力时,在营部,柳福翔告诉我的。

我再次见到柳福翔是两年之后,那却是为了一把军刀。

在明铁盖哨卡,我管着的一个库房里,有四把军刀。那是20世纪50年代配备的四把苏式指挥刀,当我在连队时,早已经派不上用场,但确实是很好的军刀。刀很长,有一米左右。刀身和刀鞘都有点弯翘,刀柄也很长,足足有二十厘米。有三把刀的刀鞘和刀柄以白铁做装饰。鞘箍很紧,又大方又结实。有一把是黄铜做装饰的。四把刀,我都喜爱。我曾经想象穿一身军大衣,蹬一双高筒靴子,把这刀挂在腰身。事实上,有一次我将望远镜挂在胸前,右胯别手枪,而将刀鞘挂在左边腰间。我把刀别进刀鞘中,左手按住刀柄。这时候,我骑在一匹马背上,右手微微把胸前的望远镜举起来。而哨卡的译电员焦长业正拿着一架损坏了的而且没有装胶卷的照相机给我摄影。我拽紧缰绳,让马头昂起。这时候我抽出军刀,在我的头顶挥舞。焦长业嘴里咔咔的,在前面的路上做出摄影的姿势。一会我下马,将刀插进雪地,我的手按在刀柄上。而在我的旁边,剃着光头的詹河趴在雪地上,在一挺轻机枪后面向前瞄准。我的足下，是那只为我所喜爱的叫"雪"的狗……

这正是1979年春，南线对越自卫反击，而我们西线进入一级战备。我们的防区既敏感又复杂，它同时对着苏联、阿富汗和克什米尔。那些天，部队驻守在阵地上，严寒天气，夜间在碉堡里歇息。上级说，苏联也进入紧急战备，坦克开到前沿，勃列日涅夫视察到了中亚军区。我们的电台每五分钟跟上级联系一次，接收南线战况，汇报敌情。小分队每夜巡逻。遗书也叫写了，干粮也叫备了，誓也叫宣了。粮食和副食该藏的也藏了，藏不了的堆起来，准备随时浇柴油烧毁。连长命令把肉食罐头取出来，顿顿会餐，天天大吃。我的体重一下子增加了十多斤。连长又把眼睛盯住了哨卡的两头猪。仅有的两头猪，很肥，从山下带上来的。据说，带上来时不止两头，而且小，其中几头水土不服，相继死去。存活的两头主要用来消灭哨卡的残汤剩饭。由于没有草吃，没有饲料的缘故，它们顿顿吃粮食，甚至吃它们同类的肉，加上高山反应，懒于活动，因此长得很肥，连路也走不动。

"要打仗了，这猪也不能留着。"连长说。连队决定将最大的那头杀死，改善生活。苦于没有杀猪刀，我库房的军刀就派上了用场。

用不着怎么打磨，刀很锋利。但是，谁都没有杀过猪。刀从脖颈捅进去，捅到只剩下刀柄，刀尖几乎从猪的肛门出来。猪嗷嗷地叫着，总不见血。主刀的严良急了，把刀在肚子里搅，直到把这猪活活疼死。猪剖开，却不见半点瘦肉。大家说，全是因为没草吃不动弹的缘故。

好好的军刀，用来杀猪，而且把猪疼死，叫人惋惜。

夏天将过，柳福翔上了雪山，高兴地说，他从边防团调出高原，又要去军区司令员身边工作了。他的老上级副司令员当了司令。他这次来，主要是和我作别。但他背过人突然笑眯眯地对我说："我在这当文书时，库房里有几把苏式军刀。"

"军刀还在。"我说。

"我能看看吗？"

我带他去库房，四把刀全拿出来。他一把把看过，把那把用黄铜装饰刀鞘和刀柄的刀握在手里。

"我知道这刀没有统计。"他笑眯眯地说，"我想拿一把，送给司令员做礼物。"

"这是一把最好的刀。"我说。

他扯一大块擦枪布，把刀裹了。他很快就上车走了，显得十分满意。

明铁盖哨卡还剩下三把军刀。如果再没有人拿的话，一定是三把，而且是以白铁装饰刀鞘和刀柄的。我再也没有见到过那么好的军刀，即使看见过，那又与我有什么相干呢。

1998 年 10 月 18 日

面对雪山的日子

我刚到部队时,被分配在边防团直属分队新兵连集训。集训结束,我会就地留在高原,在团部直属连队,比如说,在警卫连或炮兵连。那样我就不会吃那么多苦,当然,也就不能讲那么多关于明铁盖的故事了。

但是,就在我到直属新兵连的第二天,我被班长叫到连部。据说,在前一天,负责边防守卡的第一边防营和第二边防营的干部到团部抗议,说边防生活寂寞,而思想活跃的城市兵都被留在了团部直属连队。他们提出来各自要挑三五个过去。这样,我便被挑到二营。

来接我的是二营新兵集训连的指导员。他叫吕显忠,微胖,五官端正。

我被插入二营新兵连七班。与团直新兵连相比,二营的条件差得多。在团直我们住的是边防团新修的招待所,房子虽然简陋,但墙是白的,有像样的床,屋里很干净。

而二营新兵连住的是团部后勤的一院旧房,七、八、九三个班住在羊圈的接羔房里。我们的屋子很暗,尽管经过打扫,墙角还是有羊屎。经过冬宰,大批的羊被杀了,一部分被困在前院的一角。我们的床板是用土坯和柴棍支起来的。而且房子太窄，以班为单位睡觉实在拥挤。厨房不像团直新兵连设在屋里，而是设在院子露天里。做饭的是一名湖北籍老兵，他快要退伍了，因此他很高兴，散漫而不负责任。他给新兵打饭时，愿意打多少就打多少，高兴时多给你打点，不高兴时揪住耳朵叫你把已经打好的饭菜再倒回锅里。胡闹时，他甚至把羊屎和干豆豉混在一块给新兵炒菜。新兵连是临时单位，干部也对他无可奈何。

新兵训练在河滩草地。墙外有一口井，我们每天到冰冻的井边打水。草滩那边，是冰冻的塔什库尔干河。河那边是驼色的远山。河的下方，慕士塔格冰山雄伟瑰丽的身影矗立远空。太阳永远灿烂，浓重的烟云从冰山蒸腾而起，又千里万里地飘开，拉出望不断的烟带……

每日里，小小县城公安支队的奔马拖着水车去河边拉水。而黄昏，饭后到熄灯号吹响的那一段时间，我喜欢独自坐在围墙外墙根，隔着冰河眺望远山。我的思绪在远方。

这时，塔吉克少年骑着马从冰河归来；晚归的羊群里，塔吉克少女火红的裙裾进入我的视野；河边土屋里手鼓嘭嘭敲响；土屋外草地上，虔诚的穆斯林开始跪拜真主……每到这个时候，愁绪从我的心底无端地涌出。

这样的一个黄昏之后，是一个难眠之夜。

第二天清晨训练，在一次次口令的约束之后，我会无端地恼怒。我终于因为训练中的一点小事和同班的一名战士吵架，继而大打出手。结果是我无视连长的命令离队。回到宿舍，我以为等待我的是一次严厉的批评，愧疚让我自觉地动手整理内务。让我惊讶的是，指导员惴惴不安地跑进宿舍。他跑得有点急，微微喘着粗气。他蹲在我面前，按住我正在扫地的手，说："不要扫了，是不是心里难受？"我没有吭声。"是不是在想家？"他和蔼地看着我，"不必难过，我不会批评你。不要训练了，下午也不要去。我跟你说，团里正在准备一次全团新兵文艺汇报演出。我了解你的特长，你就在宿舍里给我们编一个文艺节目吧？短剧、快板、诗朗诵都行。"

说来可笑，我那时对部队还很不了解，却用了不到一个钟头写成一首长诗，全部的句子现在大部分都忘了，只记得内容很空。有一句记下来，是："在慕士塔格冰山下，走过我们骄傲的骑兵！"诗交到吕显忠手里，他看了皱皱眉头，突然呵呵地笑了，说："算了，还是我来编一个三句半吧，这玩意好接受。"演出是别人的事，他交给我的另一个任务是代表全团新兵写一个发言稿。发言稿送到团部审查时只字未改，他很满意。

两个月的新兵训练结束，分兵时我自然被吕显忠挑走。那天，我们半夜出发，经过半个夜晚和一个白天的行车，在派依克冰谷对面的雪冈，我第一次远远看见明铁盖冰山。汽车在山腰简易公路上爬行，公路上覆盖着雪。"我们的卡子！我们的卡子！"吕显忠突然激动地欢呼。我极目远望，什么也没有。

雪谷笼罩在死一样的寒冷里，只有冰山巨人用脚趾在雪地上划下的一抹土色的印痕。我怎么也不相信那就是我们的哨卡。没有人响应吕显忠，一丝尴尬的笑凝固在他的脸上。冰山给那十几张比我还年轻的脸抹上了寒意。

毕竟是冷酷的现实：那几块土坯一样散落在冰谷里的土屋就是我们的家！至少有三年时间，我们的青春将在这里度过！吕显忠不安地看看我们大家，我甚至觉察到一丝愧疚落上他的眉梢。

我很快知道，他真正的职务是明铁盖哨卡的副指导员，而且是刚刚从排长职务上提拔起来的。而他从战士提拔为干部，全仗那些年在文艺宣传队搞文艺演出。他模样好，嗓子亮，普通话标准。

他很快在连队里显出尴尬。原来此时的边防连，干部们已不太瞧得起那些靠演出获得提拔的人。连队干部差不多都有自己保留的一手，比如说，射击，枪打得很准；或者拼刺，动作到位；或者战术演练，指挥得很得体；哪怕投弹投得远也行；或者队列很好，能走出漂亮的小正步。而吕显忠这几方面都不太行，再加上干部们也有老乡观念。而在我们哨卡，干部中以河南人和甘肃人居多。只有吕显忠和电台台长冯炜是河北承德人，一个是思想政治工作者，一个是后勤干部。

他很快就探家了。在他离开的那些日子里，我越来越感到连队干部中有人对他的鄙薄。特别是连长，他是经过1963年大比武的，军事很过硬。我不知道，他们是否由此产生了隔阂，总之，他们说不到一起。在他们相处的日子里，我几次看见连长进屋，吕显忠赶快找个借口出门。

我不知道，他们之间还有什么不相投的地方。在我个人看来，我觉得，连长作为一个哨卡的首长来说，未免有点心胸狭窄。这件事表现在吕显忠不久被调去托克曼苏哨卡，那是距我们哨卡二十公里之遥的又一个哨卡,环境比我们哨卡还恶劣。吕显忠调去仍是副指导员,没有提升。这对一个哨卡老兵来说,可以说是一次所谓的考验。

那天飘着小雪,吕显忠离开他服役了八年的连队。他走时像战士一样一无所有,只是在身后马背上驮着一个铺盖卷。他骑着一匹老马。"副指导员要走了,你们不去送送吗?"他起身时,连长在连部用揶揄的口吻对我和通信员说。很多战士都想送送他,可是,连长站在院内。连长命令各班照常在宿舍里学习,没有组织像哪怕是欢送一个老兵一样的欢送仪式。我和通信员从连部出来,但是,连长叫住了我们。

没有一个人走到操场里去。雪渐渐大了,吕显忠在操场上翻身上马,他朝院子里望了一眼,骑马走出哨卡大门。他毕竟是我喜欢和敬重的人,我看了连长一眼,不管他的威视,跑出哨卡。"副指导员!"我在他身后叫。他正佝偻着背,伏在马身上,迎着风雪往托克曼苏哨卡那边的雪冈上走。风迎面吹来,我的话,他没有听见。"副指导员!"我又喊一声,疾步跑到他跟前。他回头看我,惨然地笑笑,什么话也没有说。"副指导员!"我再叫一声,但等他再回头,我看见他的眼睛红了。他终于笑笑说:"雪大了,你回去吧!"我站在路中间,雪迎面扑来,我看见他又回头望了我一次。他终于翻过雪冈,在风雪中消失。

再次见到吕显忠还是一个雪天,那已是严冬,也许是1月吧。那是个中午。

他从托克曼苏过来,径直找到我的房间来。"劳驾了,让炊事班给我下一碗热汤面。"他几乎用老领导和老朋友的口吻对我说。见到他，我很高兴，准备着安顿他在我的房间里住下，并要把他的马牵到马号去。他说："不用了，我还要赶路。"他兴致很高。

那是一个滴水成冰的天气，明铁盖一带几乎没有人出门。"我今天要赶到卡拉其古。"他说。我吃了一惊，"什么要紧的事?"我问。他诡秘地笑笑，贴着我的耳朵悄悄地说："我老婆来了！""在哪?""在团部。"我真想劝他住一夜，这样的天气赶路有危险。但他说："我不想在明铁盖过夜。"这让我想起他一个人孤零零离开明铁盖这件事。我吩咐炊事班给他做了一碗热汤面，吃过后赶快送他上路。

这天风雪很大，特别是黄昏，几米以外的景物都难以看清楚。我不断地给卡拉其古营部打电话，直到午夜时才有一个电话从营部打过来："他已经到了。人倒是没冻僵，但是，他自己已没办法下马了。"

第二年春天刚过，一纸命令突然把吕显忠调到团部直属连队。他调到步兵连，并且职务得以晋升。而这年夏天，我因病到团部卫生队住院，出院后住在团部招待所。那是边防团营地一个偏僻的地方，一出门就能看见茫茫戈壁。

一个星期天，吕显忠突然来访。他手里提着两支手枪，很随便地扔给我一支，笑笑说："怎么样，陪我跑一趟路?"我俩一人别一支枪出门，越过戈壁，朝遥远的雪山下牧民的村落走去。那是远山下一些散乱的小土屋。夏天，青稞快熟了，还没有收割，牧民们都趁着水草好进雪山放牧去了。村落寂静极了，像荒村一样没有人影。我们找遍了村子，所到之处，低矮简陋的土屋里空荡荡的，只有地上铺着几张留给看门人睡觉的干羊皮。一个老婆婆在院子的断墙边遇见我们。"吐烘巴吗（有鸡蛋吗）？"吕显忠问。老婆婆摇摇头。在另一处断墙边，我们遇见一个干瘦的独眼老头。"吐烘巴吗？"吕显忠又问。老头子进屋半天，摸出来一个鸡蛋给我们。那是一个比鸽子蛋稍大的鸡蛋。吕显忠问他"还有吗？""哟克（没有）。"老头子说。但是，他突然很敏捷地蹿到墙上，在墙头屋顶按住了一只干瘦的母鸡。他把鸡给了我们。吕显忠给了他当时非常紧缺的粮票，又给了钱。这一路我们高高兴兴地回去。

团部东侧有两间旧车库，看起来稍稍改造了一下。吕显忠和他来部队探亲的妻子住了一间，另一间是九连连长和他的妻子住。吕显忠介绍我和他妻子认识，那是一个俊气、大方、爽朗的北方女子。我进屋时，她正在屋里和面。

"我买来鸡和鸡蛋了！"吕显忠高兴地大声说。他的女人放下擀杖，把那个鸡蛋宝贝似的拿在手里看。"快！快！给我们做鸡蛋面吃！"吕显忠说。女人把鸡蛋在碗里打了。女人手擀的面很薄，三大碗调了一个炒鸡蛋。正吃着，九连连长和他的妻子从门外走过。吕显忠响亮地叫："嗨！下午过来喝鸡汤啊！"九连连长和妻子呵呵地笑着进来。他是河南人，站在门里学着《朝阳沟》里的调子唱了几句"前腿弓后腿蹬"，和妻子又笑嘻嘻离去。

"下午过来啊！"吕显忠的女人在他们身后叫。

我很快告辞。

"下午来喝鸡汤!"吕显忠的女人对我说。

我没有推辞,但我已打定主意,下午不再来。我已经很知足,在帕米尔,这是我第一次像家人一样在一个人家吃饭。我认为,这是吕显忠对我友谊的报偿;也认为,这是吕显忠让我对他幸福的分享。

我最后一次看见他是在团部操场。我看见他以并不老练的姿态在指挥步兵连的战士走队列。他以微胖的身体做示范,看起来稍稍有点滑稽。

我再没有去打搅过他,但我曾默默地祝福过他。祝福他们夫妻永远恩爱,永远幸福……

1998 年 10 月 18 日

一个女人的死

那年夏天,我拉肚子一个多月没有药吃。

明铁盖哨卡将在今后的几年里盖一院新营房,我们这些老兵已开始为施工备料,每天到河滩把河谷里的石头搬出来。这些石头都很不规则,可是,在喀什,在塔什库尔干,那些维吾尔族和塔吉克族工匠却能用这些石头砌出非常整齐的墙。山下拉上来的一些水泥堆在哨卡唯一的厕所里。连队不得已在野地里挖了一个坑,用破烂麻袋片遮拦起来当厕所。

就在这些日子里,我每天要十几次到外面"蹲坑"。

哨卡军医只有三个药箱,为数不多的止泻药早被我吃光了。我的肚子每天胀得像一面鼓,还要到河滩里去搬石头。好在年轻,似乎什么病都能抗得住。直到后来,我一天"蹲坑"三十多次。

最后一次是在中午,刚歇工。我"蹲坑"回来,只觉得身体发虚、腿软、心慌、烦躁不安。"我要完了吗?"一阵恼怒涌上心头,我一拳打飞了炉子上的烟筒,挣扎到隔壁屋子——电台室。我哗啦一下推开门。干部报务员吕春波和三个战士报务员正在一边收报一边吃饭。他们惊讶地看着我。"快把指导员叫来。"说完,我挣扎着走回房间。

指导员周启鑫很快来了:"你怎么了?"

"我的脸发麻。"

我想用手摸脸,但手麻了,脚也麻了,一下子栽倒在床。接着,我的手和腿开始抽搐……军医杨金玉很快跑进来,说:"快!抬到我屋里去。"

他们抬我时,我的整个身子连同脖子都硬了,但头脑清楚。

大家把我放在军医的床上。他连最起码的挂液体的设备和药物也没有。他找出一把银针,扎在我的合谷、足三里、内关、外关等穴位上。一把针扎完了,我从头到脚全是针。僵硬终于缓解,腰能弯了,手能动了。不久,窗外汽车声响了。

我很快被抬上车,卫生员王小国把我半搂在怀里。司机唐世荣是四川人,与我交情很深。他把车开得像要飞起来。一百多公里山路,他只用了四个多小时。黄昏我们到达塔什库尔干团部卫生队。卫生队队长和几个军医在门口等着。

很快给我吊上液体。在团直步兵连服役的老同学付川闻讯赶来。他后来对我说:"当时把我吓了一大跳,你的脸像藕塘里乌泥的颜色。"

我真正是进了一趟鬼门关,差点把自己扔在雪山上了。

毕竟年轻,第三天我就能下床了。我的那些同乡,有当炊事员的,从厨房"偷"来猪腿,给我炖汤喝;有的从药房"偷"来葡萄糖液,让我当水喝。第四天,我已经能坐在卫生队门外的拐坎上,晒高原中午的太阳了。

就在这一天,一个女人款款地走来。我之所以注意她,是因为她长得像我中学的一个同学。她高挑身材,微红的浅麦色肤色,端正的鼻子,俊秀而温和的眼睛,一头黑发,梳成一条长辫。

我知道,在这个边防团,一些干部带了家属。她们就住在团部附近的家属院。

王小国第三天就回连队了,接替他的是军医杨金玉。

他是1968年的兵,老单身。他的一个同乡在卫生队当司务长,把他安顿在卫生队院子旁边的一间屋子里住。我精神好时,就上他那去看打纸牌。

一天,那个女人又款款走来。杨金玉对我说:"你看见没有,这个女人快要生了。"

"她是谁?"

"后勤处协理员的家属。"

当她从我们身边走过时,杨金玉叹息说:"这些河南人啊!"

"怎么?"

"该把她送到山下去。从来没有一个家属在这里生过孩子,这里没有妇产科。"

"有什么危险吗?"

"怎么没有?这里氧气不够,空气缺乏水分,气压低。"

我知道缺氧的厉害,对干燥也深有体会。自上高原后,我嘴唇就干裂了一道口子,宽到可以把一粒米塞进去。这个口子怎么也无法愈合,直到几年后我退伍回到家乡,才自然愈合。而低气压可以使正常人的高压降到九十,低压降到六十。我着急地问:"她男人呢?"

"到卡子上检查装备去了。卫生队队长是他们的河南老乡,一个村的。他认为,他有办法在这里接生孩子。"

我不由得为这个女人担忧。

一个上午,那女人被一个黑汉子搀扶过来。她身子趔趄着,从我们身边哼哼不止地走过,进了卫生队的院子,走进队长办公室的套间。

不一会,队长大声喊道:"杨医生,快过来帮忙!"

杨金玉跑过去,帮他们把两张办公桌并在窗户下边,铺上褥子——那就是她的产床。然后,杨金玉走出来,和我们一起在院子里听动静。我认为,应该听到一声婴儿的哭泣,可是,许久没有声音。我们便又去杨金玉屋里打牌。

突然一声女人凄厉的叫喊,吓了我一大跳。杨金玉笑着说:"大惊小怪,这是正常的。"我们打着牌,女人的叫喊一声比一声紧迫。我们便把牌放下,站到窗外去。一个军医从医护室端出一个消毒盘跑进那间屋子。不一会,他又跑出来,从一间屋子里搬出来一个氧气瓶。

"杨医生,快过来帮忙!"那个军医喊。

杨金玉帮他把氧气瓶推进屋里。"太可笑了,太可笑了。"杨金玉跑出来时笑着说。

"怎么了?"我忙问。他笑而不答。

那个女人的男人蹲在屋外的拐坎上,双手抱着头。女人的叫喊一声比一声揪心。

开饭了,我们都端着碗,站在院子里吃午饭。

卫生队队长出来了。"有希望,有希望!"他对女人的男人说。杨金玉端着碗跑过去,边吃饭,边和他交谈,然后走过来对我说:"胎位很正,女人身体好,就是胎儿大了一点。"

女人的叫声突然止住。我以为就要听见一声婴儿的啼哭,但是没有声音。两个军医慌慌张张地跑出来,卫生队队长和他们一起进屋。

"我得去看一下,我得去看一下。"杨金玉放下碗,跑进屋去。出来时,他紧皱眉头。

"怎么样?""她力气不够。""那又怎么样?""胎儿就要出来了,她一泄气,又缩了回去。""她不是身体好吗?""没有力气。""能动手术吗?""剖宫产——我们这里没人做过。以往有人到喀什去做,那都是提前两个月送下山去。"

我想起了冰达坂,想起通过它翻越冰山通往喀什的五百多公里路。

女人痛苦地叫喊。

卫生队队长走出来,手足无措地在门口转了一圈,抹一把脸,他突然果断地又进了屋。

只听他在屋里大声喊:"大家听我指挥,我们大家一起给她加油来!都站好,听口令。我喊一声'一二,使劲!'你们大家都齐声喊'加油!'"他显然是在对那个女人说:"这时候你就使劲!"

我觉得有点滑稽。

卫生队队长真的大声喊起来:"准备好,一二,使劲!"屋子里的医护人员齐声呐喊:"加——油!"接着是女人声嘶力竭的喊叫。

我们觉得可笑。卫生队队长又在喊。杨金玉皱皱眉说:"我得进去看看!我得进去看看!"他跑进去又很快跑出来,笑得只流泪:"笑死人了!笑死人了!像指挥拔河似的!——队长喊一声'一二,使劲',双手就在女人肚子上面的空中往前一推,大家都瞪着眼,齐喊加油。"

我不由得瞪大了眼睛。女人的男人把双手深深地插进头发里。队长仍在声嘶力竭地叫喊。

我身边一个战士说:"妈的!又不是攻打山头!"

女人的声音渐渐弱了,最后一点声息也没有。我们都静了下来,院子里一片死寂。女人的男人紧张地站起来,心慌意乱地往里屋张望。

卫生队队长出来了,满脸是汗,身上的单军衣也湿了。

一种不祥的气氛在我们中间扩散。

太阳已经西斜,炊事班没有做饭的意思。

我们十几个病号,炊事班的人,杨金玉,全都站在院子中间最后的一片阳光里。

太阳完全西斜,院子里不再有阳光。我们绕到院子后面。那里有一块洋芋地,洋芋正在开花。女人的产房在院子后面的一扇窗户里面,我们都围在窗外。太阳照在墙上,窗玻璃闪着光,那是高原上特制的窗子,为了保暖,玻璃是双层的。尽管这样,我们还是听见了里面的声音。是卫生队队长在给女人做工作:"再来一次,再来一次。"

似乎是在做准备。稍稍沉默了一会,卫生队队长突然又大声喊："一二！使——劲！"大家齐喊加油。女人的叫喊撕心裂肺。

又在冲锋！呐喊声喊成一片，女人在攻一座山头。我们都严肃地站在那里。

突然声音停了。过了好一阵，是女人一声长长的叹息。

很长时间过去了，突然，女人爆发出一声恐怖的叫喊，砰的一声，窗玻璃碎了，女人的一只苍白的手捅了出来。这手摸索了一下，抓住了窗户一条横榍，横榍上破碎的玻璃嵌进了她的手心。女人的手还在用力，鲜血唰唰地流下来，淌在窗台上的碎玻璃片上。太阳也照耀在那些碎玻璃片上，微红的光在女人苍白的手下闪烁。

我们都屏住了呼吸。

啪的一声，我身边一棵树的树枝被人扳断了。脚下的洋芋秧子也被踩成了烂泥。杨金玉的眼睛红了。太阳仍在女人手下闪着红光。

"妈的！"有谁骂了一声，带哭腔。我觉得血直往脑门上涌，拧过头，朝病房走去。

这天下午，所有的人都没有吃饭。我一直躺在床上，等消息。天黑定后，杨金玉推门进来了，眼圈红红的。"她断气了，是累死的！"他说这话时，并不看我。

这个女人就这样死了。我不认识她，只觉得，她长得像我的一个同学。我觉得她的死胜过战场的牺牲，是在与死神搏斗。我们这些汉子，没有一个人能帮助她，眼睁睁地看着她拼到了最后一息。

我讲这个故事的时候,在我的面前坐着的是一位中校。他是来找我现在的一个同事的,确切地说,他是来找我的领导。他曾经在青海的玉树服役,他的妻子也和他一起在那里生活。因为同在高原待过,有共同的感受,我向他讲了这件事。

他起初平静地听着,但是到最后,他的眼睛红了,牙齿咬得咯嘣咯嘣响。他冲动地站起来,走了两步,说:"你知道我现在在干什么?转业了,在跑我的工作和老婆的工作。我几十年没在家乡,现在跑起来,有点烧香找不到庙门。我一边这样干,一边感到耻辱!耻辱!"

一接触现实,我的思想立刻钝化。我站起来说:"是的,我理解你的心情!理解你的心情!"

1999 年 10 月

雪山热孜克

我刚到明铁盖哨卡不久,从老兵嘴里经常听到"热孜克"这个名字。据说,那是个塔吉克族老牧人。

一天上午,外边有人在喊:"热孜克,热孜克!"我便出门去看,只见一位老人站在阳光里,个头很高,笑眯眯的。

他刚从营区的大门口走进来,停在操场边上,礼貌地不再多走一步。

几个老兵朝他跑去,连长紧跟着出来。连长问热孜克:"今天来有什么事?"热孜克勉强会几句汉语,说他想看看,是不是来了新战士。

老兵和热孜克很亲热。在这个雪山上,难得有人来问长问短。

连长招呼热孜克到连部,他并不坐下,把鞭杆别在腰后,接过一支烟抽。他笑眯眯地瞄瞄我和通信员,向我们点点头。他身上有很重的羊膻味,这味道弥漫了全屋。

这是 4 月初,明铁盖河还没有解冻,但已经开始冰裂。晚上夜静时,可以听见啪啪打枪似的裂冰声。

到 5 月,牧民就游牧到雪山来了。狗、骆驼、牦牛、羊、马……骑着马的男子,赶着羊群的少女和坐在驼峰之间的老妇人及小孩子。雪山上到处有毡房撑起，河谷里这边那边都看得见羊群了。

我们往往也在这个时候出去巡逻。要巡逻，就要找热孜克。

连长派人驮一袋子面去，让热孜克给烤馕饼。雪山巡逻，馒头是不能带的，冻硬的馒头可以打狗，炒面拌雪未免有点太难受。有热孜克在，就可以吃馕饼。

塔吉克族牧人的毡房里都有馕坑，烧干羊粪，但烤馕时添干牛粪。手捏的软饼贴在馕坑壁上，烤硬后放在牛粪上烘酥。这样的饼子又酥又脆，巡逻时可以干吃。

一袋子面烤上三天，热孜克和他的女人们忙得不亦乐乎。

热孜克七十多岁了，体格强健。他有三个老婆，都是中华人民共和国成立前结的婚，那时候允许一夫多妻。他的小女儿只有十多岁，披着黄头巾，穿着红裙子，带着两只狗在山谷里放牧。那是两只狼似的狗，体魄比狼健壮，一对一甚至一对二，狼都不是它们的对手。

热孜克曾经同我们巡逻过一次，那是去塔木泰克沟。这条沟我们没有走过，走到沟底，眼前是绝壁。热孜克一辈子都在这一带放羊，他知道从哪里可以绕上去。别看快七十岁的人了，在山上却健步如飞。我们的一匹马把腿扭断了，我们把马扔下，从冰坡上爬着走。一些我们认为没有路的地方，热孜克带着我们居然都能通过。站在云海里、冰坡上，看热孜克微微弯曲着罗圈腿，两条手臂在悬崖上扒着，头拧过来，那样子像一只准备纵身起飞的岩鹰。

所有给养在夏天都要拉到哨卡。那些拉粮食和焦炭的汽车司机，上山时给我们捎几个哈密瓜。下山时，我们自然要给他们装满一车羊粪，拉下山送给农场施肥。阵地后面的谷地，放牧的塔吉克族牧民每个夏季在这里聚居。几千年过去了，那些原来背风的洼地，由于一年年在那里圈羊，羊粪堆积到几丈厚。看上去是被尘土掩埋的平地，用铁铲刮一刮，就看见羊粪。我们装车时把那里挖了一个大坑，汽车可以开进去。每年夏天，都有三五辆汽车开进去装车。

袁斌，一个圆头圆脑性格开朗的战士，装完车后和我们一起坐在粪堆上休息。热孜克从土冈那边过来，再过几天，天气再暖和一点，他就要迁居罗布盖孜沟了。

"亚达西亚克西！"热孜克来到粪堆边热情地说，然后，请我们去他家做客。他拉住袁斌的手，说袁斌是一个很好的战士，他喜欢袁斌，要让袁斌留下来，和他的女儿结婚。大家很快乐。

热孜克和哨卡很亲近，在一个圆月初升的夜晚骑驴而来，说这么好的夜晚，何不去他那里喝一杯奶茶，赏一回月。我们三五个人，和他一起在高原上走。他乘着月光一路跳起鹰舞，嘴里嘘嘘地发声，有节奏地挪步，舒展双臂。在这座雪山上，他似乎有很多快乐。

冬天，牧人都下山了，这雪山上只留下热孜克一户。原来，热孜克从青年时就定居在这雪山上，从未下过雪山。明铁盖，我看看地图，居然有一个村庄的标记。实际上，除了我们哨卡人，这一带只有热孜克一户永久性居民。夏天，牧业生产队游牧上山的人帮他备足草料；冬天，他守着集体的几百只羊，照常在雪山放牧。他的儿女们在秋末冬初已经下山了，这山上只留下他和他的三个妻子。他们住在背风的罗布盖孜峡谷口，他每天出来，赶着羊群在谷地里觅食。那群羊中间，有少半是我们哨卡的。他也算是我们哨卡的一名牧羊工吧。

他赶着羊在雪地里走。一身紧身黑棉袄、紧腿黑棉裤，一顶卷羊毛毡帽，一双毡靴。他"啾——啾！"地喊着，那些羊像黄羊一样用蹄子扒开积雪，啃食谷地里的草茎。

天气好时，他拎着猎枪，赶着羊群往山坡上走。他健步上山，步履轻盈。他有时猫着腰在石崖下疾走，枪声突然就响了。他在猎野羊，有时是猎狼，也说不准。

热孜克像游魂一样在雪山出没。我们知道有他在，就不会感到孤独。

一个晴朗的冬夜，我们被一阵急促的马蹄声惊醒。原来，是他的毡房和羊群受到狼群的袭击，他显得惊慌失措。

我们骑马持枪向后山谷地赶去。月夜，雪山像白天一样明亮。我们看见数百只狼将热孜克的毡房包围，那些狼正在羊群里乱咬。两只牧羊狗拼进拼出，一只哀叫着被几十只狼追着向远方逃去。我们也顾不上区分什么狼和羊了，骑在马上，向狼群和羊群一阵扫射。那些狼咬疯了，打也打不散，我们干脆把一颗手榴弹扔过去。一声炸响，狼群才潮水般地向远山撤退。

那些可怜的羊啊，倒的到处都是。狼大都咬那些绵羊的尾巴！它们知道，那肥硕的尾巴里全是油。热孜克和他的妻子都哭了，那些被咬烂了尾巴的羊，遍地咩咩哀叫，过不了几天，它们都会死去。

逃走的狗三天后才回来，也满身是伤。

我在第二年夏天到雪山下治病去了。我回到哨卡，第一件事就是打听雪山上有什么新闻。

"热孜克的小女儿结婚了。"袁斌说。

我很感兴趣。在塔什库尔干县城，我曾观看过一次塔吉克族人的婚礼。一个星期天，一清早鹰笛就响起来，手鼓嘭嘭地响。塔吉克族人骑在马上吹响鹰笛、敲响手鼓迎亲，迎亲的人骑在马上且走且舞。新娘是那样白。

据老兵说：那是因为她们在婚前半年就开始用羊奶洗脸和沐浴。结婚典礼上，跳鹰舞，吃抓饭，进行叼羊比赛。县公安支队的战士也参加了，都是好骑手。

但热孜克让自己女儿的婚礼在雪山举行，明铁盖哨卡的官兵们都被请去做客。听说哨卡人带去了盐巴、茶、面粉，也吃了抓饭和大块羊肉。但在雪山上叼羊，那是什么阵势？

这是我在明铁盖当兵唯一的一件遗憾事。

我离开明铁盖是一个春天。说是春天，仍然冰天雪地，哨卡还是那么孤寂。当我的战友们送我走出哨卡，像当年迎接我们时那样敲锣打鼓送我们上路时，我心里有说不出的滋味。我强作镇定，咬紧嘴唇，指导员在和我握手时突然哭了，他的眼像拧开了的水龙头，热泪把我的双手都打湿了。

当汽车驶向雪冈时，那叫"雪"的狗一路紧跟。汽车驶过雪冈，便看不见我们的哨卡了。

"看不见哨卡了。"有人在我背后说。

我的眼泪终于夺眶而出。

"雪"也在雪冈上站住,一会在我们的视野里消失了。但是,就在这时候,我看见哨卡对面的塔木泰克山上,有一个人在移动,那是热孜克!他手执鞭杆,在残雪没有化尽的山坡上,往高处攀登。他的身后有一群羊,他攀登的方向,正是我们离开的方向。

哦!热孜克!

许多年过去了,当我一天比一天怀念雪山的时候,我便想起了热孜克。这个老人已经过世了吧?我不能忘怀他。那些当年和我一起在明铁盖雪山戍过边的军人,也都不会忘怀他!

2000 年 6 月

石头城

塔什库尔干是帕米尔高原上的一座边陲小城。

我在那里时，那里只有一条铺着沙土路的短街，不到星期天，街上一天难得看见几个人。但是，在古尔邦节或者肉孜节，可以看见穿着盛装的塔吉克族妇女和骑着骏马的矫健男子。

塔什库尔干在维吾尔语中的意思是石头城。我在许多年后方知道，维吾尔语、哈萨克语、吉尔吉斯语……是相通的，同属一个语系。引起我考究这个问题的是托尔斯泰的《哈泽·穆拉特》。他在这部小说中反复引用车臣人的对话，而这些对话，我在维吾尔族人那里听到过，有些浅显的对话，我一听就明白它的意思。

塔什库尔干是塔吉克自治县。塔吉克族族人说，塔吉克语和维吾尔语是两种语言。据说，塔吉克语和维吾尔语属于不同语系。塔吉克只有语言，没有文字。

那么，石头城这个称谓应该是维吾尔人留给它的了。而在清代，它叫蒲犁。蒲犁这个称谓在汉代就使用过。

我今天说的石头城，就是蒲犁遗址，它是一座清代修建的古城。

我刚到高原的时候，接我们这些新兵的大卡车从石头城下经过。那会刚上高原，人昏昏沉沉的，映入眼帘的是深厚的积雪，路边雪地里几间低矮的土屋，土屋门上挂着破旧毡帘，掀开的毡帘下站着的塔吉克族妇人和小孩子，以及土屋旁边矮墙里卧地且向外探头张望的骆驼。除此之外，别的什么也没有看见。

边防团在前面不远的地方，被一群明碉暗堡和铁丝网墙包围着。

此后大约有两个半月，我在第二边防营新兵集训连接受集训。最初的一个星期是在室内学习《条例》，但是每天清晨，我们都要出去跑操。我们沿着当初来时汽车开过的公路来回跑，大头皮鞋踩在积雪上嘎嘎响。公路旁边有一面陡峭的土坡，我以为它就是一道土坡，殊不知它就是石头城。我们每天早晨就在石头城下跑来跑去。

薛宝龙——我的新兵班班长，河北人，农民出身。他有一张红高粱一样红扑扑的脸。有一次出早操站在路边休息，他指指身边陡峭的土坡说："这是老城，当年斯大林派飞机打下来的。"他不善言谈，没有再多说话。我抬头看，土坡延伸上去，上面有土黄色的城墙。真的是一座古城呢！

一个星期后，我们在塔什库尔干河滩开始室外训练，这时的塔什库尔干河还没有解冻。我们练习走队列、投弹和射击。远远地从河滩上眺望石头城，这就清楚多了。它是一座驼色的古城，建在一座驼色的山上。山不大，但很陡很高，和上面的城墙浑然连成一体。因为建在山顶上面，衬着高原湛蓝的天，从河滩上望过去，城就显得巍峨。

我说："这样一座土城，怎么叫作石头城呢？"

没有人回答我。

我们每天都看见这座古城遗址。而从它的旁侧，顺着塔什库尔干河往下游眺望，遥远的尽头是慕士塔格冰山巍然矗立的雄姿。太阳每天从慕士塔格的肩头升起来，大片的云烟从冰山巨人的头顶升起，又千里万里地飘向远空去了，看起来甚是壮观。

"慕士塔格，都说它是冰山之父。"训练休息时，薛宝龙和我们一起远眺慕士塔格冰山。这时候，古城遗址也是我们的话题。

薛宝龙说话声音不高，慢悠悠的。他在河滩草坪上坐下，从裤兜里掏出巴掌那么大的一片报纸，从衣襟下面扯出来一个烟袋，捏一撮烟末撒在报纸上，卷莫合烟抽。他说："当年解放帕米尔，打下这座石头城可不容易。"

他吸一口烟，斜着头朝石头城看。

"这座石头城是苏联空军打下来的。"一句"苏联空军打下来的"就吊足了我们的胃口。

我说："你说过，是斯大林派兵打下来的。"

"没错。那年，解放军进了帕米尔高原，所有的地方都解放了，就是这座石头城怎么也打不下来。"

我们都盯着那座古城遗址看。

"看看，坡那么陡，又是这么高的海拔，我们在平地上走路都不容易，要攻上去太困难了。"

看我们疑惑，他又说："看看，周围连一棵树都没有，没办法隐蔽，敌人的火力老远就压过来了……"

好像他亲自参加过那场战斗似的："我们的骑兵上不去，步兵才到半山腰就被打下来了……"

我说："那就围住它呗，困住它。"

"他们早就备足了水，还有牛羊和弹药。"

"水怎么上去呢？"

"用羊皮袋子啊。那边，石头城那面，有一条可以进城的小路。"

薛宝龙说得慢悠悠的，那么肯定。

"苏联空军怎么过来？"我问。

他手指西北方向，说："看见那座山没有，那边翻过去就是苏联。"

那是一脉驼色的远山，看上去不那么高，在视觉上，夹在石头城和慕士塔格冰山之间。

"苏联就在那边。"

对于苏联，我有一种奇怪的感情。曾经崇拜过它，经过教育，那些年对它又万分戒备，我们边防团主要就是防备他们。我们都抻长脖子往那边看。

"我们怎么也打不下来这座石头城，只有求助苏联。这事让斯大林知道了，他派飞机过来轰炸，几颗炸弹扔下来，城头就亮起了白旗。"

我们又都盯着石头城看。薛宝龙吸了一口烟，说："苏联飞机过来转个圈再飞回去，也就是吸一根烟的工夫。"他把烟头在草地上摁灭。

我说:"你这是听来的吧?"

"当然,我也是听前面的老兵说的。"

看我们一副不太相信的样子,他说:"高原上干燥、天寒,尸体不容易腐烂,你们现在要是到城里头去看,还能看见白骨。"

我们都盯着那一脉驼色的远山看,好像苏联飞机呼啦啦一下子就要从那边飞过来似的。警惕呀警惕!

薛宝龙站起来紧紧腰带,说:"好了,大家开始训练!"

我对这座古城遗址的了解,也就这样。

两个月后,我被送到雪山深处的明铁盖哨卡,去尽一个守卡战士的职责。

我真正接触这座石头城,是两年以后。

那一次,我因腹泻几近休克,到塔什库尔干边防团卫生队住院治病。病没有完全好,我来到喀什,在疏勒的军区招待所休息。从疏勒回来,我暂住边防团招待所,等待给哨卡送焦炭的汽车,准备搭便车回哨卡去。

一个星期天的上午,我到步兵连找我的老同学付川。要走了,和他道个别。我们一起出了军营,顺着塔什库尔干河上游引过来的一条水渠,往下游走。我们一起眺望慕士塔格冰山,他突然谈及一年前回家乡探家的一些情景,勾起我对家乡的回忆。

他那次探家回来,曾和我在疏勒邂逅。他已经超假了,急着要回高原去,顾不上和我深谈。

这次，他又突然谈起去年探家的事。

他说他去我家了，我父亲身体还硬朗。他说，他见到其他同学了，大家都各自忙自己的事情。

9月的塔什库尔干河在我们的面前奔流。

提起家乡，就有点郁闷。

我说："不说了吧。"

他说："你的病还没好，你的脸色煞白。"

我说："回吧。"

返回军营时，正好从石头城下经过。

我们已经沉闷地走过一段路了。我说："上石头城去看看吧。"

"好啊！"他说。

我们立刻兴奋起来。

我们立刻爬山。坡很陡，没爬几步就气喘吁吁。他说："你真的还没有恢复过来，你的脸色煞白啊！"

我们爬上城墙，从城墙的一个豁口钻进去。城墙是土垒的，城墙很厚。这样土垒的墙竟然存在了几百年还保存完好，这和帕米尔干燥少雨的气候有关系吧？站在城墙上，我们早已是大汗淋漓了。不过，汗水很快就被雪山风吹干了，但是，湿衬衣漯在身上，冰冷。我听见自己的心咚咚直跳，看看付川，他的脸也是煞白。

"你的脸也是煞白啊！"

"上得太快太猛了。"他说。

在土墩上坐了会，再仔细观察这城：城不大，方圆不过四五百米吧,三面都是绝壁;靠西边有一道山脊从城门通向新县城方向,这可能是这座古城过去进出的唯一道路。城里面到处都是土块、石块,好像被翻耕过一样,依稀可见房屋的地基。仔细看,石堆里有碎布头、烂鞋,但似乎没有看见白骨。站在城头往四周看,唯有蓝天和白云。四周安静得可怕,感受到一种死亡的森冷,这森冷要进入我的生命里去了。

谁也不想久待,只想赶紧离开。

然而,就在我们准备离去之时,在城的中央,一片空地里,发现了一座孤墓。这是一个人的坟墓,有人给他做了标记。仔细看,让我大吃一惊,这座坟墓里的人竟是我的同乡,我的故乡人!

坟墓已经不可辨认。当初也许是个土堆吧?现在看,只有一个轮廓。但坟前有一碑,上面刻的字还看得清。碑是用一截木头做的,像一个木桩。碑文很简单,只有这么一行字:熊静成(1940年—1963年8月),陕西南郑县南门正街人。步三团立。步三团是我们边防团的前身。

这居然埋着我的一名同乡!一个十六年前故去的同乡!我立刻想起了南郑县。县城周家坪是一座新城,是没有南门的,更不可能有什么正街。而我长久生活的汉中城曾经叫南郑,我家有一段时间就住在南门附近。千里万里之外,祖国边陲,一位同乡,不知为什么睡在这里。同是戍边人,感慨不觉油然而生。他是谁?他是怎么来的?他干了些什么?又是怎样离去的?不管怎么说,作为同乡的我,今天也算是看他来了。我想给他的坟上献一束青枝,然而,四周却连一棵草也没有。让我来添一把土吧,这也算是一种缘分。我想,他的战友把他安葬在这里,一定是动了一番心思的。这是一座废弃的旧城,但毕竟有过人的气息,而且也不会有人惊扰他。我甚至想到他的骨殖,这么干燥的地方,骨殖一定能够长久保存。

一把细土从我的手指缝滑下,飘落到他的坟头。

我再也没有去过那座古城。

但是多年以后,当我在我的家乡,手里拿着一本《陕西省革命烈士英名录》(第五卷)的时候,我看到了熊静成这个名字。这本《英名录》上这样记载:熊静成,男,汉,陕西省汉中市铺镇区新南街七号……

哦!我这才记起来,20世纪50年代,今日的铺镇曾经一度是当年的南郑县县城所在地,难怪墓碑上把他写成了南郑县人。

一个我所不认识的,但是,和我同样曾在塔什库尔干戍过边,却故去了安葬在那里的我的同乡,以及这座石头城的故事,我大概就知道这么多。

2001年1月20日

丫 头

如今，长眠在帕米尔的我认识的战友，就是"丫头"了。

"丫头"和我不是一个哨卡的，但是，新兵集训时，我们在一个连。分兵时他被留在营部，当一名通信员。营部在卡拉其古，那里是明铁盖人下山的必经之地。明铁盖河也从那里出山，在群山中汇入塔什库尔干河。

"丫头"是我的同乡，他的家在汉中城西，离汉江不太远。入伍前我不认识他，他从汉中郊区农村入伍，而我从南郑县农村入伍，南郑是我插队的地方。我们哨卡和他最熟悉的是小林，他们是一个公社的，村挨着村。

我问小林："为什么他叫'丫头'？"

小林说："那是他的小名，都说他长得像女孩子。"

他们成天"丫头、丫头"地叫，从家乡叫到新兵连，从新兵连叫到哨卡，直到最后。

我第一次看见他是在新兵集训连。那天，我们这班人排队去河滩，"丫头"他们比我们先到，已经开始训练了。我们班有个叫闻智的和他很熟，他们俩在家也是村挨着村。闻智叫了一声"丫头"，就看见一个正在练马步冲拳的战士转过头来。他体格偏瘦，个头不高，浑身上下还没有褪去稚气。他是一张娃娃脸，脸若银盘，细皮嫩肉，细眉毛，眯缝眼，薄嘴唇。他扎着马步，咧嘴冲我们一笑，但立马就把脸绷紧了。班长冲着他喊了一声口令。他眼睛聚光，标准利落地冲拳，看得出他是个机灵鬼。

"丫头"性格开朗，见人就笑，笑起来眼睛弯弯的。别人和他开玩笑，如果说了过头话，他就故作生气，绷着个脸，抿着嘴，做生气模样，但很快他自己就笑了。他孩子气重，选他当通信员，再合适不过了。

其实，在新兵集训连，我和他也没有什么接触。

到哨卡的第一个夏天，我独自一人执行了一次任务。

从6月开始，我们明铁盖哨卡几乎全部人马都被拉到派依克沟一带，在靠近中苏边界的雪山上，在雪线下面的深沟里，找一种埋在山坡碎石下面的松树，把它们挖出来，运回明铁盖哨卡做引火柴。我们野营在雪山下一条深涧的沟口，每天上山打柴，扛下山，准备着在9月间河水收窄后，再运过雪水河，运回哨卡。

8月的一天，接到团部电话，要求我下山汇报实力。连长说："你带好武器，只能是你一个人去了。这里离卡拉其古不远，你顺河走，下游有一座桥，你从那里过桥，先到卡拉其古，再搭红其拉甫到塔什库尔干的便车。"

他叮嘱我一定要顺河走，以免迷路。

明铁盖河8月间正是狂躁的时候，雪山的融雪水都下来了，铁质般的河水像不羁的野马，在河谷里奔突、冲撞。

我一早出发。

河这边没有路。我顺河而走，一会走在乱石滩里，一会登上高岸。一个上午快要过去了。按连长的估计，我至少在下午能找到那座桥，只要过了桥，就有大路了。

但是，我的面前突然出现了一座高大的山崖，它从罗列的大山中突出来，直抵河谷。汹涌的河水直扑山崖，一眼望过去，波浪和漩涡之上都是绝壁。我面前的路断了！

我要继续前行，必须翻过这座山崖。

没有路，我只有离开河岸，往北走。我顺着一条山沟上山，攀爬到山崖上面去。上到山上，才发现山上还有山。上到山顶已过中午了。太阳往西边去了。我坐在山顶上，看着河对岸延绵不断的雪山拥向红其拉甫方向。

我在黄昏时才找到那座桥。三根原木搭在高高的石岸上，跟独木桥差不多。桥下面波浪翻滚。

不管怎么说，我在当天天黑时到达了卡拉其古。

营部两名通信员接待我，他们都是我的同乡，"丫头"是其中之一。他们早就知道我要来了。

折腾了一天，我累得够呛。"丫头"第一个跑到院子里接我，他接过我手中的枪说："累惨了吧？"他把我接到他们的房间。房间里是四个铺位的通铺，通信班班长把他的铺位让给我。"丫头"和文军（我的另一个同乡）跑进跑出给我端来热腾腾的饭菜、热洗脸水。看得出来，饭菜是专门为我留的。又有好几个同乡来了，他们都围着我，一边看我吃饭，一边和我说话。我这才知道，通信员不光听差营首长，还要转接团部和各哨卡往来的电话。卡拉其古除了营部，还有一个连队驻守，和营部在同一个院子里。这个连队的炊事班里有我的老乡，他们又去做了好几道菜。真的是热情啊！

人多了，七嘴八舌，不外乎都是问他们认识的那些同乡和明铁盖哨卡的情况。在部队，老乡亲啊！

睡觉前，"丫头"给我打来热洗脚水，说："走了一天路，烫烫脚吧。"

我洗脚，他就站在一边笑眯眯地看我。

熄灯哨响了，别的人都走了，"丫头"和文军躺在床上和我说话。"丫头"说："我家在汉中城西，小林他们家在汉江边，去他们家要从我们村经过。"我说："你们那个村子我去过。上初一时，去小林他们那个村抗过一次旱，就从你们村穿过。""丫头"说："小林他们村就在汉江边上，你们去抗什么旱？"我说："也就是拿着脸盆到河里往菜地端水，其实，就是老师带着去玩。我们在河里抓鱼，还逮住了脸盆那么大一只鳖。""丫头"朝我跟前靠靠，小声说："还是家乡好啊！"我说："那是。"我困极了，很快就睡着了，迷迷糊糊地听见他和文军还在说话。

这次见面，觉得"丫头"少了一点稚气。

再次见面是在一年后。还是夏天，第二边防营搞了一次比武，说是学习硬骨头六连。几个哨卡各抽一个战斗班，到我们明铁盖哨卡集中。刺杀、射击、投弹、队列、战术演练全套，营长亲自坐镇指挥。"丫头"也跟着来了。

营长是参加过中印边界自卫反击战的老兵，脖子上有一块伤疤，鼓起拇指那么大的一个疙瘩，据说是刺刀挑的。他又参加过1963年的大比武，因此各连对他都很尊敬。"丫头"跟着他跑来跑去，显得老练多了。我们在一起很少再说家乡的事，我为比武准备器材，他不时地跑来传达营长的指令。

这一次后，我们再也没有见过面。

又是一个夏天，一场大病后，我离开高原，住在疏勒的军区招待所将息。一天，突然有人跑到招待所来，大声喊："这里有没有边防团的人？有没有汉中兵！"我应声出去。是一个野战十二医院来的老兵，他大声地说："你们的一个老乡死了，你们赶快去帮忙挖坑。"我二话没说，跟着他就走。快到医院时，一个我认识的同乡正从医院大门里走出来，他说："往回走吧，又救活了。"我说："怎么回事？"

他说："翻车。"我说："是谁？"他说了一个名字。这人我认识，在托克曼苏哨卡当兵。没过几天，这人出院了，住到招待所来，在我的隔壁。他的一条大腿变成了青黑色，好像有严重的脑震荡，说话颠三倒四。我们在一起下棋，他走着走着就把棋子扔下，抱着头说："头疼！"说到翻车的事，他说："'丫头'死了。"

我说："什么？"他说："'丫头'死了，我和他坐的一辆车。"我说："怎么回事？"

"我们一起回团里去，坐的是一辆给团里拉钢筋的车，我俩坐在钢筋上面。车到布伦口时翻了，'丫头'跳车了，一车钢筋翻倒，把他压在下面。我摔在一堆大石头中间，被压住一条腿。"

我半天没有吭声。

"不是说救活了吗?"

"救活的是我。'丫头'直接从布伦口送回团里了。"

几天后,我返回边防团,在团部招待所小住,等着搭便车回哨卡去。招待所在一个偏僻的地方,几乎没有人住,我一个人睡一个大房间,房间里有十几个铺位的通铺。白天没事,我便到各处走走。

边防团以南,约莫五公里,在通往巴基斯坦的公路旁边,有一大片我们第二边防营开垦出来的菜地,总共有十多亩吧。说是菜地,却只种土豆。这块菜地离我们营部有一百多公里地,离我们明铁盖哨卡近一百五十公里吧。它一直是我们第二边防营的几个连轮流管理,今年该我们连管理。夏初,连长带领两个班下山把土豆种上了,现在已经快到收获的时节了。从夏初开始,为了防狐狸、旱獭把土豆种刨走,并按时给土豆苗浇水,有三个战士被留下来。他们在路边一间石头垒的小屋里住下来看菜地。小林是其中之一。

一个中午,我到菜地去找他们。

一间矮小的土屋,屋内生着炉子,屋顶有一个烟筒,进门就是床,墙上挂着子弹袋和步枪。两个战友进城买作料去了,只有小林在家。问及"丫头"的死,小林什么也不愿说。

"你们是最近的老乡,难道你没去看看吗?"我说。

小林欲言又止。

他终于经不住我再三地问,才笑笑说:"我怎么没去看他?我一听到消息就赶过去了。"

我看他虽然是笑着说话,但笑得很勉强。

"你见着他人了吗？"

"他被送回团部，就躺在院子里。大家到处找人，问谁是他的老乡，离他家最近。这团里，离他最近的就是我和闻智了，但闻智在克克吐鲁克哨卡，不可能赶过来，那就只有我了。大家说，那你就代表他的家人吧。是我处理了他的后事。"

他咽了一口唾沫，不愿再说下去。过了一会又说："我去看他，他跟活着的时候一个样，就是胸脯被钢筋压塌了。是我给他擦洗的身子，换的衣服。我借来一套新军装，帽子和鞋也是新的，换上了新帽徽和新领章。我把他的脸擦洗干净……"说到这，他不愿再说下去。

我望着他。

他扭过头，走到一边去。

过了一会他抹一把脸过来，说："算了，别再提这事。"

这天下午，我到团直步兵连阵地后面去了，"丫头"就埋在那里。我邀了两个同乡同去，没有叫小林。那是一个石堆。我在那里站了很久。

多年后，我在《陕西省革命烈士英名录》（汉中分册）上看见了"丫头"的名字。那上面记载着他的姓名，牺牲时间，地点。那虽是些符号，也算是个标记。

我的战友"丫头"就这样长留在帕米尔高原了。我忘不了他那张稚气的笑脸，弯弯的眼睛。岁月流逝，他在我心里永远是那个年青的模样。

2001 年 1 月 31 日

谁守边关

我对连长涂正国有一种复杂的感情。我刚到明铁盖哨卡，没有见着他，我暂时被编在第三战斗班。

一天中午，我正在用脸盆洗衣服，大家说，连长回来了，都跑出去看。我听见营区大门外有汽车声，探头从窗户里看，只见一群老兵奔大门外面去了，又一窝蜂地拥回来，七八个人一起往连部走。

我到哨卡才不过三天，我把那些老兵还没有认清楚，也不知道那里面谁是连长。

我们这个连队很小。虽说是一个连，实际上只有五十来个人。不过是一个排的建制，多配了一个炊事班，一部电台，几个连干部罢了。连、排双重领导，干部和战士的比例是１３。

连、排干部双重领导，干部力量强，是因为边防重要；建制小，是因为雪山的给养问题不好解决。

我想连长风尘仆仆地回来，他至少要洗漱一下，休息片刻。然而，只是眨眼工夫，那帮人又从连部出来了。这回我看清楚了，在他们的前面走着一位矫健的汉子。他穿过操场，三两步就跨进战斗班宿舍。

棉布门帘呼啦一下掀开了，连长就站在我的面前。屋里别的战士都唰唰地立正朝他敬礼。我慌忙从脸盆边站起来，两手满是肥皂沫，不知所措。但是，连长抢上一步，伸出双手抓住我滑溜溜的手，使劲握着，用浓重的河南话问："你是知青？"

我说："是。"

他笑眯眯地看着我。

这回我看仔细了：三十岁出头的他浑身有一股勃勃的英气。宽肩、细腰、高个子；黝黑的脸膛，高鼻梁；黑刷子一样的浓眉下一双炯炯有神的眼睛；一笑一口白牙。不足的是，鼻梁和脸颊之间有几颗不太明显的白麻子。

他问候过大家，又转身到一班和二班去了。他走路是一副标准的军人姿势：胸部挺直，腰收得紧紧的。

看着他的背影，我自以为是地笑笑："是个带兵的人！"

当天晚上点名，连长重新对人员进行配置。我被宣布调进连部，接替刚刚退伍的文书的职务。

我和连长同住一室。

仅仅只过了三天，一个小个子新兵被调进连部当通信员。这通信员机灵、聪明、麻利、眼中有活。他能在连长刚刚进门时恰到好处地站起来，顺手接过连长摘下的手枪；也能在连长想要喝水时，恰到好处地把缸子递过去。

连长是一个重军事的人。他是1963年入伍的兵，赶上过"大比武"的尾巴。他们这一茬兵，在军事技术上，普遍比"文革"中和"文革"以后入伍的兵要过硬一些。

连长又是1964年学雷锋过来的，他喜欢那些听话的战士。在这两方面，前一项我做得挺好。我喜欢玩枪，枪玩得很精。但后一方面，我有一点差。有时候，我觉得"乖"这件事挺妈妈的。

不管怎么说，连长对我还是挺特别。比如说，射击吧，我们都使唤自己手中的枪。实弹射击，打打自己手中的枪而已。连长什么枪都可以使，步枪、机枪、冲锋枪、手枪，他都要打一打。这是一种嗜好。我使一支五六式冲锋枪，这支枪，我很喜爱。枪是我自己挑的，九成新，标尺和准星我自己校正过的。只要我使我自己的这支枪，便有百分之百的把握。

一次，连长在乒乒乓乓一阵射击之后，在大庭广众之下，摘下腰间的手枪给我，赐我几发子弹，让我向人头靶射击。美其名曰："在我身边的人，各种武器都要会使。"这当然令人羡慕。

有时候，他拿一架八倍望远镜，让我拿一架十五倍的高倍望远镜，我俩站在营区门口，朝着塔木泰克山上注视。我们在找黄羊。连长朝对面山上观望一番，说："那里，就在那里！"好像发现了敌情。此刻他收腹挺胸，显得威风凛凛。

明铁盖雪山一年中有八九个月是严寒的日子，只有三四个月有一些暖意。每到夏天天气转暖，我们手中的枪支就会因为热胀冷缩发生一些微小的变化。事实上，只要是自己手中常用的武器，这点微小的变化，射击时自己就可以修正。连长却要在每年6月和入冬以后搞两次校枪。每次校正枪支得三四天时间，每天校十来支枪，都是我配合他完成。射击的是他，每支枪至少打三组射击，每组射击打三发子弹。每三发子弹打过之后，我得在胸环靶上找弹着点，然后把它们连接起来，量出偏差距离。之后，再确定校正这支枪的准星。

那几天，我俩要打几百发子弹。我和连长滚得浑身是土。

天气晴好时，我们搞战术演练。

用一天时间，我和通信员捆绑炸药包。我们把一盆炸药分包成火柴盒那样大小的小包，在上面绑牢雷管，安上导火索，在导火索上用刀子切出截面。一盆炸药包百十个小炸药包，端上阵地。躲在阵地的掩体里，我和连长都点燃纸烟。三个战斗班在两边的堑壕里隐蔽好了，连长喊一声"敌机轰炸！"通信员把小喇叭吹响，战斗班撤出堑壕，钻进防空洞。这时候，我俩用烟头把一个个小炸药包的导火索点燃，掷出阵地，让它们在阵地前沿轰轰轰地成片炸响，营造一种敌机轰炸的气氛。连长喊："敌机飞走！"通信员又把小喇叭吹响，战斗人员又进入阵地。刚趴下，连长又喊："敌炮火袭击！"通信员又把小喇叭吹响人员又撤走，我们又把小炸药包点燃扔出去……如此反复。

每次搞这玩意，我和连长都有点兴奋。

连长三十二岁了，是河南安阳人。因为他探家，我知道他有家室，除此之外，知之不多。

我知道，安阳有个殷墟。

他的家乡观念非常严重，动不动爱哼几句豫剧。

有一次我俩抬杠。我祖籍山东，生于陕南。在我的出生地，汉丞相诸葛亮安葬在那里，那可是一个著名的军事人物。连长说："诸葛亮是河南人。"我说："不太对吧，他是山东人。"连长说："你没有听说过'南阳诸葛亮，稳坐中军帐'

吗？那个南阳就在我们河南哩。"我知道河南有个南阳，但是我说："不对吧，他是山东人，后来在湖北襄樊隆中隐居。这个南阳是那里的一个小地名。"连长的脸红了，说："我不听你胡说！"

那时候，文艺界已解禁，收音机里唱豫剧《朝阳沟》和《穆桂英挂帅》。在我们边防团，每个哨卡都有一部非常高级的无线电收音机。这种收音机是从日本进口的，可以收音，也可以当扩音机用。非常时期，如果电台坏了，它还可以用来收发电报。我们哨卡这唯一的一部收音机，有一个特殊的使命，就是每天晚上七点，收播中央人民广播电台的全国各地人民广播电台联播节目。哨卡官兵每天这个时候必定集中起来听半个小时广播，以此了解天下大事。除此之外，这收音机基本上是禁止听的。

这部收音机放在连部，就在我床头边的桌子上，我负责管理它。

在高海拔地区，收音机可以收到全世界各种电波。但我除了听中央台的新闻之外，仅限于每天晚上听一会歌曲。那时我最爱听的是《我的祖国》，而军医杨金玉最爱听的是《马儿呀，你慢些走》。我忽然喜欢上越剧《红楼梦》了。这部越剧在我从收音机里听到之前，我并没有看过。

连长也爱听戏，他一听就是《朝阳沟》和《穆桂英挂帅》。晚上收音机一打开，如果是越剧，我就占了。但连长很快来了。他说："我来调调，看还有什么。"他一下子就调到了豫剧。我本来正听得出神呢，宝玉正在问紫鹃呢，吱扭吱扭几下声音变了,成了银环和栓保的对话。一看连长,他已经躺在床上,双手抱后脑勺,不停地点自己脚尖,很享受的样子。

我憋了好一阵子,又调出《红楼梦》。连长气呼呼地站起来,双目瞪着我。但他瞪一会就扑哧一声笑了,凑过来说:"让我再听一会《朝阳沟》。"

都到这份上了,我只有让他。

有一件事,让我开始恨连长并惩罚他。

当初刚到边防团,我是被分配在团直新兵连的,很快被调到第二边防营新兵连。挑选我去的,是第二边防营新兵连指导员吕显忠,他的实际职务却是明铁盖边防哨卡的副指导员。新兵集训结束后,我又被他挑选到明铁盖哨卡。虽然我上了雪山,到雪山守哨卡,但我还是很感激吕显忠。他能挑我,说明他看重我。

吕显忠是刚刚从排长提升为副指导员的,而他当年能从战士提拔为干部,据说,在很大程度上,是因为在边防团文艺宣传队有出色的表现。

吕显忠认为,在孤寂的哨卡,文艺宣传是不可缺少的,它能鼓舞士气,活跃哨卡生活。

看重军事的连长却对这不屑。他认为,既然是军人,在哨卡就要铁下一条心,摒弃温情。他们俩除了互相之间有时候有一点嘲讽之外,我看不出还有什么过节。

那年夏天,吕显忠被调走了,他被调往自然条件更为恶劣的托克曼苏哨卡当副指导员。去的地方更艰苦了,职务却没有晋升。

吕显忠是在一个午后走的。走的那天,天上飘着小雪。按哨卡的习惯,即使是一个战士离开,也要欢送的。而吕显忠这个哨卡老兵走时,连长没有组织任何欢送仪式,他让通信员传达命令:所有人员都在室内学习。

吕显忠是一个人走的,他走的时候,像战士一样只带着一个铺盖卷。连长嘲讽地问我:"为何不去送送?"我看着吕显忠上马,在院子里转圈。他就要离开他待了多年的明铁盖哨卡了,却没有任何人出来招呼他一声。他拧过头,骑马出了营区大门,我就是这个时候冲出去的。我追赶他,几次迎风叫他,待他转过头来,我看见他的眼睛红了,眼眶里含着泪水。

我回到连部看到的是连长的冷眼。

就为这件事,我恨上连长了!我要惩罚他。这肯定影响我的"进步",但我不管那么多。

我惩罚他,就是不再让他听豫剧。我一直占着收音机,任凭他说破嘴,就是不让他听。连长从愤怒到无奈,从无奈到乞求。我索性把收音机里的电池掏了,压在我的枕头底下。在公众场合,蔑视他的命令,不和他配合。

当我后悔时已经晚了,连长在哨卡的日子已经不多了。

连长是夏天回去探家的,假期未到就回来了。我第一次见连长,他也是探家刚刚回来。那时,他那么精神,那么英姿勃勃。这次探家归来的连长,脸虽然刮得很光,但好像缺了点什么。

边防连干部两年探一次家,一次两个月,连路途算上,来回将近两个半月吧。他们对家的贡献,对家的全部指望,都要在这两个月里完成。

连长这次回来带回来一张照片。这是一张一周岁孩子的半身照，放大到三寸，连长一直把它揣在胸前的衬衣口袋里。晚上夜深人静时，他就拿出来在油灯下看。

连长不再和我抢收音机听戏了。有时候，夜间熄灯哨响过后，我已躺在床上了，他还坐在自己的床沿边喝酒，喝的是老白干，用的是搪瓷缸子。在哨卡，除了大的节日，饮酒是边防禁忌。连长喝酒是悄悄的，我假装没有看见。

有几次，他似乎喝多了，黝黑的脸膛红了，两眼充血。他这样喝过酒后，也就睡了。但我一觉醒来，听见有人呜呜地哭，我听出是连长，但不明白其中的缘由。

连长有一段心情很好，他把那张照片拿给我看，说："看，这是我的儿子。"

一个胖乎乎的孩子照片，黑眼睛望着连长，有几分灵气。

后来他干脆把这照片别在自己床头的墙上，以便一进门就能看见。

9月中旬，最后一辆送菜的车到雪山来了，开车的是一名1973年入伍的老兵。这个兵有六年军龄了，算是很老的技术兵了。他长得白白的，模样端正。

通常，凡是有司机上山，我都在连部给他支一张钢丝床，让他和连部的人一桌子吃饭，一室休息。

这司机被安排在连部时，连长刚刚操课回来。连长进门时，司机正把连长床头墙上别着的小孩照片取下来，拿在手上看。

连长解下腰带,说:"给我。"

司机说:"别着急,让我看看,像谁。"

连长伸手去拿,说:"给我。"

司机往旁边一闪,对着连长比,说:"看看像不像你。"

连长的眼睛直了。司机却嘿嘿地笑,说:"给你干吗,这是不是你儿子?"

连长说:"你把照片给我!"

司机说:"这是你儿子吗?"

连长怒了,冲上去扭住司机。但当他捏住照片时,司机说:"我让你抢!我给你撕了!"

连长的手软了,求司机说:"嘿嘿嘿,给我。"

司机得意地说:"你夺呀,你咋不夺了呢?"

一句粗话从连长的口中脱口而出:"鸭子毛!"他使劲把司机摔倒在床上,卡住司机的脖颈。

照片回到连长的手中时,司机的脸已变紫了。他差一点被掐死。

连长夺门而出。

"妈的!"司机喘了一阵,坐起来,点一支烟抽。

我不理解连长的愤怒,也不理解司机。

司机突然一声冷笑,对我说:"你知道他为啥探家哩咋就早早回来了?……人家说那娃不是他的。"

我突然一阵恶心,对这司机产生了莫名的厌恶。

我说:"你别胡说八道!"对他虎着个脸。

直到第二天,我对这司机都没有好脸。他开车走时,我没有像对别的司机那样和他言别。倒是连长，礼貌地和他握手。

我此后再没有和连长发生过任何争执。到了夜晚，我主动把收音机打开来放豫剧听。但这一切都晚了，仅仅只过了一个多月，连长就被调离哨卡，调离帕米尔高原了。他到喀什去了，那地方是绿洲，条件好得多。

我再没有见过连长。时光流逝，这个我在边关见到的最有军人气的十足硬汉，他的别样柔情，每想起来，都不由得打动我。

2001年2月4日下午

米拉的书

那些天,我大病初愈,住在边防团招待所。

我在这里碰见第一边防营的一个同乡,他也是个知青兵,患有脑震荡后遗症。他成天都说:"我的头昏昏沉沉。"我问他怎么回事,他说:"是大白菜砸的。"

"大白菜怎么能砸得这么重?"

他说:"大白菜冻住了,那就是一个大冰坨嘛。"

原来,他们从车上卸白菜,别人从车上往下面扔,他在下面接,一棵大白菜正巧迎面砸在了他的脑门上。

我说:"有多久了?"

他说:"半年了。"

我说:"那也不至于这么久还头昏吧?"

他说:"咋不至于?我当时就昏死过去了,直挺挺地躺在那里,抢救了半天呢。"

他说话很慢,翻着白眼珠子,反应迟钝,好像真的叫大白菜给砸成傻瓜了。

招待所就住着我们两个人,没过两天,他就去喀什检查病情去了。

他走了,第二边防营克克吐鲁克哨卡来了一个战士,和我同住一间屋子。

这是个农村兵，也是我的同乡。他每天到汽车队去，在那些修车的地方，从地上捡些沾满油渍的棉纱团呀、橡皮垫圈呀、破轮胎呀什么的，回来在野地里点着了，用一个铁皮罐头盒烧开水喝。开水里漂着黑乎乎的烟末子。

没过两天，连他也走了。

招待所偏僻得很。团直分队的人白天都要操课。真的是无聊啊！——那么，我只有到塔什库尔干县城去转转了。

团部旁边是一个高地，这里驻守着炮兵连，营区在一个高坡上，被高高的围墙围着。高坡上有阵地，有碉堡、岗楼和炮台，炮台上架着高射机枪。每天早晨，拉水的马车从营区的大门里出来。马儿被圈了一夜，一出大门就拉着水车狂跑，顺着大路从高坡上冲下去，跑过一片洼地，到塔什库尔干河边装水。

这个时候，我正好从炮兵连阵地下边的一条小路走过。我同样要穿过这片洼地，不过，我穿过洼地不是去塔什库尔干河边，而是往正北方向。我顺着小路爬上一道坡坎，从坡坎的豁口爬上去，这就进了街，就算进了塔什库尔干县城了！

塔什库尔干县城比我们老家的一个村镇还小，就是一条三四百米长的土街。

街很宽，很短。沙土铺的街道，街道两边是瘦高的白杨树，两边的白杨树下都有一条半米多宽的小渠沟。夏天，从雪山上引来的融雪水在渠沟里哗哗地流，渠水清澈，水面漂有枯叶。路边的商店里，服务员用铁水壶在水渠里提水烧开水喝。

我一上街，朝左边看，一眼就望到街的尽头。

街上有一家邮局，一家百货商店。百货商店对面有一个被木栅栏围起来的、有着拱形屋顶的两层建筑，据说这是涉外宾馆。我在那里时，边境口岸大部分没有开放，这家宾馆冷冷清清，从来没有见过里面住人。宾馆旁边有一家民族餐馆，它只有一间门脸，那时候吃饭要粮票，里面成天不见有吃饭的人。再往前走就是县"革委会"了——一院普普通通的平房。"革委会"后面有一所民族小学。再往前走，有一家民族电影院，电影院前边是一家土杂店。这差不多就是这座县城的一切。

在这座县城里遛弯儿，如果走快一点，点一支烟能走个来回。

塔吉克族牧民有时骑马从街上跑过。听见马蹄声在街头响起，抬头看时，他已经跑到街尾去了。街上只留下一道尘烟。

就是这条小街，在星期天却是军人的乐园。

边防团的人进城大都走的是我走的这条路线。到街上往左一拐，就是邮局。这地方连接着全国的四面八方，军人们的心都搁在这里。

一道双开门进去，两间房的进深，右边是工作台，里面站着两个女服务员，这就是邮局营业全景。

不过，军人最爱去的就是这个地方。大家都来这里买邮票和信封，信也都是从这里寄出去。要紧的是，这里有一个汉族女服务员，这是这座县城里能看到的唯一的汉族女服务员。据说，是一名上海来的知青，嫁给了边防团的一个干部，分配工作时安排在这里。

那时候，没有国宝级这一说。不过，她真的是国宝级的，大家到了邮局，眼睛都往她那边瞅。不过话说回来，维吾尔族服务员和塔吉克族服务员在语言上不那么好沟通，所以要买信封、邮票或咨询点什么，只好找她了。

她似乎不太赏脸，成天把脸定得平平的，对人爱答不理，似乎得了被欣赏疲劳病。

军人们在街上矫健地走着，见了上级标准地行礼。或者扎堆，几个老乡凑在一起找话说。

百货商店里的服务员不是维吾尔族就是塔吉克族，似乎没有男服务员。有趣的是，一个有着维吾尔族和塔吉克族混血血统的女服务员，那模样很特别，像老托尔斯泰的小说《哈泽·穆拉特》插图里面的美人。军人来这里买一些小玩意，或者牙膏，或者指甲刀，或者香烟火柴，或者就是随便转转。

电影院里放映的是维吾尔语电影，一年到头放映不了几部片子。"文革"前的一些影片刚刚被解禁，但是，很少有维吾尔语的。有一段时间，这个影院天天放映维吾尔语版的《冰山上的来客》，这部片子讲的就是帕米尔明铁盖的故事。电影里的萨里尔就是帕米尔，明特尔冰峰就是明铁盖冰峰。我们的老教导员告诉我，拍这部片子的时候，他就在明铁盖，摄制组在明铁盖拍的外景。

他说："杨排长啪的一声推开的那个窗子，就是你们战斗班的那扇窗子……你们看，是不是？"

我实在太无聊了，就去电影院看维吾尔语版的《冰山上的来客》。这部电影我看过 N 次了，现在看维吾尔语的，也不需要翻译。

这天不是周末，街道上很空旷。从电影院出来，我一个人在街道上走。

这是一个大晴天，天上几乎看不见云彩，但天空突然间响起了霹雳——一个炸雷！这在帕米尔高原是少有的。乌云翻滚而来，突然就有大点子雨落下来了。这也是少有的。在帕米尔我只见过下雪，从来没有见过落雨！但这次真正是雨落下来了！铜钱大的雨点，在街上打起一片尘土。我疾走几步，想跑到对面的商店里躲雨。

我跑过民族餐馆，稍稍犹豫了一下，刚要过街，却又返回来，钻进了路边的一间小屋。这么长时间了，我怎么从来没有发现这有一间小屋呢！屋子差不多算个大半间，有十五六平方米吧。屋门外边挂着一个四方牌子，上面写维吾尔语，我不认识。屋里三面靠墙立着书架，门里右边安放着一张三斗桌，后面坐着一个年轻的塔吉克族妇女。

我这人天生和书有缘，嗜书如命，看见书，我眼睛就直了，但我还是把屋里的女主人打量了一下。我见过不少塔吉克族妇女，但多是牧羊女，可这却是一个文化人！她不到三十岁光景，塔吉克族装束：花色头巾，硬壳帽，头巾披下来系在下巴颏下面，把脸颊掩住一点，细呢子面料的黑色紧身上衣，石榴红长裙，脚蹬一双黑牛皮靴。她的穿着与一般塔吉克族妇女相比，算是很精致了。她的模样看上去很乖巧：修长的眉毛，高挺的鼻子，玫瑰色的面颊，小而薄的嘴唇，长睫毛下一双乌黑的大眼睛，开口一说话就露出一口雪白的细牙，一丝微笑挂在嘴角……这和塔吉克族牧羊女相比，差别太大了！一句话，她是个优雅的美人。

她大方地看着我。

我以为我进错门了，打算转身出去，但那几架书牢牢地吸引了我。两年了，我从来没有看见过这么多的书。我不由得在室内驻足。我在书架前看了一下，那美人没有赶我走的意思，于是，我判断这是一个阅览室。遗憾的是，一大半书都是维吾尔文的。总算有一个书架上放着汉文书，然而这些书多是《毛泽东选集》、马列著作。什么《怎么办》啦，《反杜林论》啦，《雇佣劳动与资本》啦，《共产党宣言》啦，等等。这些书，闹图书荒的时候，我在家乡都认真读过。好不容易看到几本小说，却是浩然的《金光大道》和《艳阳天》。我有点泄气。

"你想看小说吗？"

我吓了一大跳。原来是那美人在说话。她会讲汉语！虽然发音不太准，但还是能听清楚。

我说："是的，我想看小说。你怎么会讲汉语呢？这是什么地方？是阅览室吗？这里的书能不能借走？"

她说她叫米拉，在学校学过汉语。这间小屋是县文化馆的图书室，她在这里管理图书。

她把那本《艳阳天》拿给我。我说："我看过这书。"她耸耸肩，表示理解。

我说："怎么以前没有看见过这个图书室呢？"

她说:"因为来看书的人少,所以很少开门。"

外面雨停了。过路雨,连路面也没有打湿。

我打算走了。

"你明天来吧,我明天给你拿一本好书。"当我走向门口时,她看着我的眼睛,突然对我说。

我半信半疑。

第二天我去了,她果然从家里给我拿了一本书——新版的《钢铁是怎样炼成的》。这本书许多年前我看过梅益翻译的版本。现在拿在手里的,是所谓工农兵翻译小组合译的译本。书九成新,有插图。书的扉页上盖有"新疆塔什库尔干塔吉克自治县文化馆"的印戳。

"你拿去吧,看完后还我就是。"米拉说,也不登记。

我在第三天,就把这本书还给米拉了。我又认真地把它读了一次。

米拉看到我来了,就问:"怎么样?"

我说:"什么怎么样?"

"柯察金呀。"

我又吓了一跳:这本书,米拉也读过!她读的是维吾尔文版本的呢,还是汉文版本的?她居然想和我讨论小说!

"柯察金不错。"我说。

"那么,冬妮亚呢?"她说。

"嗯,也不错。"我支吾说。

她好像还要说点什么,却又住了口,似乎担心词不达意。

"我……我想再借一本书。"我吞吞吐吐地说。

米拉说行。但她想了一想，突然扯扯我的军装，说她想要一件军装。

我说："为啥？"

她说："穿上神气啊！"

这让我意外。那时候，穿军装还是挺时髦的，能弄上一套真正的军装穿一穿，也是一件惬意的事。但我没有想到，米拉会向我要军装。我疑惑地看着她。

她说："我想要一件，送给我的弟弟。我弟弟一直想要军装。"

看来她是诚心的。

我非常为难，我们的军装都是有数的。每年到发新军装的时候，都是交旧换新，一套旧军装换一套新军装。我没有答应米拉，但是，我还是想让她借给我一本书。

好几天我都不好意思到图书室去。我终于按捺不住，去后勤处仓库找我的一个同乡，跟他要了一件旧军衣。这样，下次换军装时，我就可以把这件旧军衣交上去。我把自己随身带的一件新上装收拾好，给米拉送过去。

虽然是上班时间，但这天图书室又没有开门。我打问了一下，问清了米拉的住处。民族电影院对面，一段小巷进去，是一片居民区。这片居民区有别于一般塔吉克族人又黑又矮的小土房。整齐的平顶屋白石灰墙面，显得洁净。

我敲米拉的门。

一个民族汉子，看似像个维吾尔人，却是一身汉族干部的装束。他穿着中山装，非常粗鲁地开门见我。

我说:"米拉?"

他非常恼怒地瞪着我。

米拉也出来了。不知为什么米拉很生气。

我有点尴尬,不知犯了他们哪种禁忌。

米拉生气地把我狠狠推了一把。那汉子还上前对我晃了晃拳头。

我也很生气,说:"我把衣服拿来了,我想借一本书。"

米拉把衣服接过去,看了一下,又扔给我。

我不知道米拉为何又改变了主意。我给她衣服,只不过是想跟她借一本书而已。

我非常懊丧地走了,那汉子站在门口瞪着我。然而,就在我要拐出小巷的时候,米拉突然又追上来了。她仍然气呼呼的,把一本书塞在我的手里,转身而去。

我真不理解这个塔吉克族女子,在这短短的一刻钟里,一会出太阳,一会落雨。

也许是我不该到家里来找她吧。他们忌讳这个?

不过,转过街角我就高兴了。我看看书,是一本《呐喊》。虽然我在十三四岁时早已读过《呐喊》了,并且在家乡收藏有中华人民共和国成立初期的《呐喊》版本,但我对《呐喊》是百读不厌,何况在这无书可读的时候。

这毕竟是我最喜爱的书中的一本啊!

我没有来得及读这本书,就要离开这座县城了。这天傍晚,明铁盖哨卡的司务长到招待所找我,说明天有一辆卡车往哨卡送菜,让我晚上和他一起去装车,第二天一早,和他一起回哨卡去。第二天天不亮，我们就出发了，虽然我惦记着给米拉还书。

我再也没有机会到县城去。

我再到边防团团部是一个晚上，又住在团部招待所。不过，那已是我在帕米尔的最后一个夜晚了：我走进了退伍兵的行列。我在招待所只住了一夜，第二天天不亮，又出发了。我乘坐着大卡车，随车队离开边防团踏上了回家的路程。

当车队从县城路口边经过时，我曾经一闪念：我这里还有米拉的一本书没有还呢。

我的书架上现在有两本《呐喊》。一本是我上初中时收藏的，1952年版本，紫皮封面，竖排字；另一本就是米拉塞给我的那本，1976年版本，横排版，扉页上盖有"新疆塔什库尔干塔吉克自治县文化馆"的印戳。

我有时翻一翻这本书，想起它的来历。

2001年2月14日

朋友买买

我认识买买是在第二边防营新兵连。

这个新兵连有个维吾尔族班，我因好奇，去看那些维吾尔族战士。引人注目的是两个叫阿尔肯的战士。一个身材很高，匀称，白，脸型有棱有角，非常英俊。另一个稍低一点，身材也是那么匀称，白，非常秀气。他们两个人都堪称美男。他俩除了具有维吾尔族男子的特点：浓发，黑而修长的眉毛，稍稍深陷的眼窝，灵活而黑亮的眼睛，峭拔的鼻子，表现坚毅性格的嘴，整齐的牙齿和个性张扬的表情之外，还兼有汉族人皮肤的细腻，目光的聪慧，待人接物的礼貌和客气。

他俩都说一口标准的普通话。以至于我们第二边防营新兵连的汉族战士都认为他俩是混血。为了区分这两个阿尔肯，我们把个子大的叫大阿尔肯，个子小的叫小阿尔肯。

我们和他俩开玩笑，说："你的，爸爸的汉族，妈妈的维吾尔族？"

两个阿尔肯都嘿嘿地咧嘴笑，说："我的，爸爸的维吾尔族，妈妈的汉族。"

我们都明白对方的意思。

买买就不同了。买买的全名叫买买提·大屋提。买买是维吾尔族班最壮的一个。初见买买,我们都觉得他凶。他的身体非常粗壮,腰能分我的两个。他胳膊伸出来,那真正是一只铁臂。他动不动就卷起衣袖,把胳膊伸出来,攥紧拳头,显示自己不同凡响的力气。他大脸,皮肤黑粗,浓厚的眉像两片乌鸦羽毛,下面是稍稍深陷的两个铃铛大小的眼睛。那眼睛动不动就瞪得挺大,露出凶光,威吓你。鼻头又大又高。大嘴,络腮胡子。那胡子又黑又硬,如果不刮,像刺猬。

有几个下午,汉族兵和维吾尔族兵比试。我们比的是摔跤。买买差不多每次都代表维吾尔方最后一个出场。如果你被他抱住了,那就糟了。买买用足力气箍你的腰,胸部和下巴往前顶。他一点点地顶,一直顶得你背过去。

如果他赢了,他会威武地把双臂朝两边张开,歪着头,攥紧拳头,在人群中走一圈。

我对买买的最初印象便是如此。

初到明铁盖哨卡,买买被分在一班,配给买买的是一支旧式半自动步枪。以买买那样熊一样的身姿,背一支半自动步枪有一点滑稽。不久他就当机枪副射手了,训练时扛一只装有五百发标准弹的子弹箱。

我和买买建立友谊是在两年之后。那年,驭手王小元退伍了,买买被调到连部养马,和我同住一室。

养马人又称驭手,这是因为早年哨卡人上山下山搞运输靠的是一辆马车,部队在组建哨卡时,给了这哨卡驾车人一个驭手编制。哨卡通汽车后,马车不用了,但马匹还在。哨卡人巡逻还需要骑马是不是?驭手就保留了下来。不过,其职责基本上就是养马了。不过,他还得像别的战士一样参加训练、放哨、站岗。

买买住进连部的第一个晚上,熄灯哨吹过半天了,他还坐在床沿边没有睡。我看出他有点激动。是呀,除翻译依米提在明铁盖短暂工作过三个月外,维吾尔族兵住进连部的,买买是第一人。

我说:"买买提,你全名叫什么?"

"买买提·大屋提。"

"为什么大家都叫你买买提,而维吾尔族兵却叫你买买?"

"叫买买亲热。"

我于是自以为是地说:"是不是买买就是爱称?"

买买想了一下,说:"就是亲热。比如,我们把沙地克叫沙地,把库热西叫库热。"

我说:"那么,库尔班就叫库尔了?"他听了咧嘴一笑,说那么叫有点拗口。

我这么深入地和买买交谈,买买很高兴。

第二天,买买将一只都塔尔挂在墙上,这在战斗班是不可能的。战斗班的墙上只能挂腰带和军帽,因为要整齐划一。我以前听买买弹过都塔尔,那是在营区外边,几个维吾尔族兵坐在阵地的斜坡上,买买熊抱都塔尔把它弹响。

他们的歌声是低沉的,他们的嗓音带几分干涩,有时那歌声又有几分苍凉。我能听出来,那里面有一种思乡的情绪。

现在看着墙上的都塔尔,我问:"买买提,都塔尔和热瓦普有什么区别?"

买买比比画画，一时给我解释不清，急得脸涨红了。

我说："算了，买买提，维吾尔语和塔吉克语为什么相通呢？"

买买又回答不上。

"明铁盖翻译成汉语叫千头羊，罗布盖孜翻译成汉语叫绿的眼，卡拉其古翻译成汉语叫深的雪，那塔木泰克翻译成汉语为什么叫窗呢？我不明白。"

买买又回答不上。

但是，我对维吾尔语和维吾尔族的风俗如此感兴趣，买买很高兴。

他把都塔尔摘下来，轻轻弹奏。

这是一段轻松的悦耳的拨奏，音调里充满欢乐。

我始终把买买叫买买提，我认为这么叫比较郑重。

买买却一天比一天和我亲近了，这过去看去粗壮凶悍的汉子，如今表现出令人难以置信的温和细腻。

他总是甜腻腻地笑，说话也低声细语。

我和买买外出骑马，买买替我捉马，老驭手王小元是这么做的。惊讶的是买买替我牵马坠镫，扶我上马。他小心地牵着马走两圈，这才把缰绳给我。

有次去后山。山上的水渠堵了，我和买买前去疏通。

我和买买清理了渠中的冰冻。归来时，买买提出去老乡家做客。这是我们两个人私自做出的决定。在一个塔吉克族老人的毡房里，我们喝着酸奶，享受着毡房的温馨。我端着酸奶，问老人："毡房塔吉克语怎么说？"

老人说:"赫热谷。"

我指指毡房顶上的天窗问:"这叫什么?"

"热仁。"

那么,烟呢?我指指馕坑口飘向天窗的浓烟问老人。

我这么喜欢探究塔吉克人的生活,买买很高兴。

我终于叫买买大吃一惊。

在明铁盖,哨卡为维吾尔族兵订了一份维吾尔文报纸。那种报纸,我一点也看不懂。但是有一天,我偶尔用汉语拼音拼读报纸上的地名和人名时,觉得是那么顺溜。于是,我试着用拼音拼读报纸。我这么拼读的时候,一点也不知道报纸上的意思。

买买本来是在床上躺着的,突然坐起来,惊讶地说:"你会维吾尔语?"

我说:"我不会。"

买买说:"你会,你谦虚。"

我说:"我不会。"

买买说:"那你再读一读我听。"

我又读了一遍。

买买诡秘地笑笑,点点头,说:"你会。"从此对我更加佩服。

到后来我终于弄明白,这种报纸用的是新维吾尔文,而新维吾尔文大部分字母借用了汉语拼音,只有两三个辅音发音不同。我虽然能把一张报纸读下来,但是,我一点也不知道我读的是什么意思。

买买有时偷偷到牧民家去，这是我的猜测。因为我看他有时放马回来坐在床沿上，有一种吃饱喝足的满足。

夏夜，天气晴朗，我们打夜间射击。我们趴在营区门外，向百米外的一处半身靶瞄准。靶心中央有一支手电灯光一闪一闪，我们必须在它闪过三次后就把它抓住。闪第一下时，用准星的套圈套住它；闪第二下时，对准标尺和准星；闪第三下时，稍一修正就可以射击了。我们每夜都这样练习。

我身后是引水渠，它哗哗地流。渠边的小草已起来了，空气清新。高原的夏夜月很亮，星星也非常迷人。我和买买趴在渠边，我们瞄一会，就休息一会。别人都休息了，我和买买还趴在地上抽莫合烟。

"月你们叫什么？"我指指月亮说。

"艾依。"买买说。买买说过以后幸福地笑了。

我说："买买，你笑什么？"

买买抽着烟，甜甜地看我。买买说："都告诉你了吧，那是我家属的名字。"

我没听懂。

"那是我老婆的名字，我老婆叫艾依古丽。"

我大吃一惊："什么？买买你结婚了？"

买买甜甜地笑着。他又嘘了一声，叫我小声。这时才娓娓道来。原来，买买参军前就结婚了，应征报名时，他隐瞒了这个事实。

买买说："我的巴郎（孩子）这么高了。我上次探家，就是为了看我的巴郎子。"

我记起买买前不久探了一次家。新疆兵，路途不远，探家连去带来不过半个月。

这天夜里躺在床上，我说："买买，你给我说说，你们维吾尔族人结婚怎么结？"买买说："跟汉族人差不多。不过，迎亲的时候是赶着毛驴车。"又说，"女方在路上设了路障，一会横倒一棵树，一会点起一堆火，接亲的人都要跨过去。"

我说："买买，让我看看你老婆和儿子的照片。"买买说："没有。"我说："你哄我吧？"买买说："真的没有。"他说他探亲回去和老婆办离婚了，打算以后另找一个。我说："买买这样不好。"买买咧嘴笑。

入秋，热孜克打了一只雪豹。这只雪豹袭击热孜克的羊群，热孜克和他的牧羊犬把雪豹围住。雪豹被干掉了，豹皮剥下，非常完整。热孜克把豹皮送给买买。买买拿回来，求我晾挂在我管理的库房里。这是一只成年雪豹的豹皮，从头至尾一米五长，雪白的皮毛上，酒盅大小的蓝色花子，非常珍贵。

一天，买买对我说，他已答应把这张豹皮送给连长了，他请连长为他争取提干，在明铁盖哨卡当一名翻译。

买买已经入党，这为他提干打好了基础。

买买把这么大的秘密透露给我，说明他对我非常信任。

但是，没过多久，连长被调走了。连长是直接从团里走的，走的时候没有回头看哨卡一眼。

买买很沮丧。

入冬，老牧民热孜克的羊群又受到狼群的袭击，损失惨重。明铁盖哨卡有两百多只羊是让热孜克代牧的，现在，只好领回来自己管理。

管理这群羊的是库尔班。哨卡院墙外有一处圈羊的羊栏,那是一圈矮墙,里面一角,有一个土垒的小屋。那段时间,库尔班在这小屋里面支了一张铺,生了炉子,和那些刚出生怕挨冻的小羊羔一起住。

维吾尔族兵经常聚集在这羊圈里,欣赏自己的一点小秘密,那就是设套套兔子。

雪天,兔出来了,在雪地里踩出脚印。兔活动的规律是,从哪里出来,又从哪里回去。库尔班夜里去雪地设套,三两天就有收获。这样,他们经常在一起偷偷烧兔肉吃。我是被买买请去吃兔肉的,去之前,买买一定要我保守秘密。这样,我常常和五个维吾尔族巴郎在一起偷偷吃兔肉,卷莫合烟抽。

我和买买在一个屋子里差不多住了一年。第二年春天,我要退伍了。汉族兵都在准备笔记本,在扉页上写留念的话,打算送给自己就要离开的战友。买买在屋里转来转去。我说:"买买提,你转什么?"买买说:"我不会写汉字,维吾尔文你又不认识,怎么办呢?"他想了一想说:"走,我们到库房去。"

在库房,他把那张雪豹皮端详了一阵,说:"干脆,我把这张雪豹皮送给你吧!"

我那时不懂经济,不知道这雪豹皮的价值。

我说:"你已经送给连长的东西,怎么再好送我?"

买买说:"连长走了,我就送给你吧。"

我说:"万一他再上雪山,到哨卡来呢?"

买买叹一口气，显得很惋惜。

我终于没有要那一张雪豹皮。

这年，和我一起退伍的维吾尔族兵有沙地克和库尔班。买买被留下来。买买心里欠欠的，他对提干还抱着一线希望。

我走的那天，买买送我。买买咧嘴笑。此时，锣鼓已咚咚敲响，军医杨金玉气喘吁吁地从营区跑出来，和我握手时眼含泪水；而指导员周启鑫则泪如雨下，热泪打湿了我的双手……这一切都使买买的笑显得不太突出。

尽管这样，在我回乡后，我给连队写信时还是给买买写了一封，虽然我知道他看不懂。

据说，买买第二年也退伍了，回到了他的家乡阿克苏。

我的战友买买和我分别二十年了。有时，我提起他曾经想送给我一张雪豹皮！别人都惊呼：啊呀！那太珍贵了！懂行的人说：那在香港市场上价值连城！

不知为什么，我从来不为我拒绝了这张雪豹皮而后悔。

在明铁盖哨卡，我一直把买买叫作买买提，我这样叫，表明我的郑重。二十年后，不知为什么，想起他我就想叫他一声买买，像当年沙地克和库尔班叫他一样。这样想着，就越发觉得买买亲切。

2001年3月29日

姑 娘 们

夏天，连长带领两个班到罗布盖孜沟去了。那里的人打电话回来，说那里的草已长到十厘米高了，这正是打马草的季节。两个班全副武装，还带了马匹、绳索和割马草的大弯镰。

留下来一个班和后勤人员，在副指导员李仁的带领下坚守明铁盖。

李仁是一个二十七八岁的汉子，河南商丘人，1969年入伍的兵。他有一副女性一样红通通的脸，乌鸦羽毛一样黑亮的眉，水灵灵的大眼睛，一口雪白的牙齿。人虽然长得这样，性格却特别暴烈。他经常和连长抬杠，争得脸红脖子粗。不过，他和我性格相投，说话也能说到一起。

他快要退役了，转业手续正在办理当中，因此，不太想管连队的事情。他对我说："你也该锻炼锻炼了，这一段明铁盖的事你来处理。"

那些天，我每天安排昼夜的岗哨，组织留守人员用煤粉做煤球。

留在明铁盖的还有四名干部，他们都有各自的业务，对日常事务过问不多。他们是卫生室的杨军医，电台的冯台长和干部报务员吕春波，机要室的赵参谋。

有一天，一个电话从营部打来，说南疆军区文艺宣传队要到哨卡慰问了，让哨卡做好准备。

南疆军区驻军喀什，新疆南部和西藏北部的部队都归南疆军区管辖，辖区幅员辽阔。我在帕米尔三年，军区宣传队到我们哨卡慰问只有这么一次。

这一个电话打来，引起一阵骚动。

听说宣传队要来，大家都很兴奋。

杨医生算是留守人员中最老的兵了，他1968年入伍，比李仁还早一年。他说，军区宣传队有很多年没有到我们哨卡来了。在明铁盖哨卡，他是和我最能说得来的一个。自从这年春天，部队搞了一次一级战备，连队干部都回到哨卡，连部的人住不下，我便搬到卫生室隔壁的一间库房里，与杨医生为邻。我喜欢他把卫生室搞得干净整洁。卫生室开间小，在冬天，室内炉火很暖和。我们俩经常一起聊天，几乎到了无话不谈的地步。

杨医生说，他曾在喀什看过军区文艺宣传队的演出。他倍加赞赏一个叫什么红的女演员，说她歌唱得最好，也是最漂亮的一个。有一点遗憾的是，这姑娘在生活上有一点叫人担心，杨医生说了她的两件韵事。现在想来，那算是谈朋友吧，但部队有纪律，男女军人，只要没有提干，就不能在部队里谈朋友。那么，这姑娘谈朋友躲躲藏藏也算正常，不过在当时却给人留下谈资。

说起这事杨医生就笑，说不知道那个什么红来不来演出。

过了两天，营部又打来一个电话，说宣传队正在卡拉其古慰问，明天就到明铁盖，叫哨卡做好准备。

哨卡一片骚动。

电话传言说，姑娘们对哨卡人非常好，不但演出，还给哨卡人洗衣服，叫大家都把脏衣服准备好，专门留给姑娘们洗。

杨医生说："狗屁吧！到时候她们高山反应还来不及呢！"

李仁有一点紧张。他把干部们召集在一起，又叫来我和二班长，商量有关接待事宜。

第一件事就是腾房。一班和三班到罗卜盖孜去了，两间宿舍可住二十人。二班也得腾出来，拉到阵地上住碉堡去。这天下午，二班往阵地上背马草，准备着明天晚上睡碉堡滚草窝。

我的任务是写标语、贴标语。红红绿绿的纸上写着"热烈欢迎军区文艺宣传队来我连演出"等，在营区里里外外贴起来，营造气氛。

哨卡突然来了许多姑娘，上厕所卸包袱成了大问题。哨卡是男人的世界，连里只有一个厕所。大家都表示把这个厕所让出来，让给我们的女战士用。于是，又在显眼位置，贴了"女厕所由此前进"。

李仁郑重宣布：今天把厕所打扫干净，从明天起，我们的人都到营区外面的羊圈里上厕所，千万不要和我们的女同志遭遇。

羊圈紧挨着哨卡东边的围墙，一人高的矮墙，围出八九十平方米的空地，有羊时，羊就圈在那里。现在，羊都交给老牧民热孜克代牧了，那羊圈就空起来了。羊圈有一个没安门扇的门洞，地面上只有一层薄薄的干羊粪。那地方，暂时当作男厕所没问题。

各种食品都挑出来了：牛肉罐头、猪肉罐头、冻生肉、冰冻鸡蛋，各种菜罐头、水果罐头、粉丝、花生米和葡萄干……战士们特意把自己攒起来的哨卡每月发给个人的水果罐头留在宿舍，说："他们愿吃就吃吧，让他们吃个够。"

有人把电话打到营部，找自己的同乡，打听宣传队的消息。大家讨论，换下来的衣服、床单和拆下来的被套到底给不给她们洗，人家姑娘们头一次上雪山，累倒了怎么可以。

杨医生说：问一问什么红来了没有？

结果是说什么红来了，于是大家更加欢欣鼓舞。

据说，营部电话班的那帮小子那几天捂着嘴笑，把嘴都笑歪了，戏弄了明铁盖哨卡人，他们特别兴奋。

不管怎么说，大家都不由分说地把胡子刮了。副指导员李仁和冯台长、赵参谋摸着自己光溜溜的下巴嘿嘿笑，一下子都变成了小清新。这才对嘛，军人嘛，就是要有良好的军容风纪！

第二天大清早，有几个人就站在岗楼上和哨兵一起向东方张望，就盼望着宣传队来。有人还用了望远镜。快到中午时，果然有汽车出现在雪冈那边的公路上了，大家又是一阵骚动。

大家突然紧张起来。昨天商量了半天，怎么没有商量具体怎么迎接我们的宣传队呢？

本来嘛，依我的想法，副指导员带领我们大家去营区门口迎接，表示一下心意即可。副指导员这时候却有些慌乱。

眼看着汽车翻过雪冈，摇摇晃晃地往哨卡开过来了。大家都往房子里躲。副指导员和台长来找我,说:"你带头出去迎接。"我说:"为什么是我带头?""你是知青。"我说:"这和知青有什么关系?"副指导员脸红红地说:"反正是你带头!"

正说着,汽车已轰轰地开到营区外面了。我看了一圈,大家都躲到屋里,从窗子里往大门口瞅。

敢情是被姑娘们吓住了。

我瞅了一眼杨医生,杨医生满脸严肃。

汽车在外面叫了几声,无人出去,扭了几扭开到营区院子里面了。连哨兵都跑了,院子里空无一人。

副指导员推了我几把,我没有动,只好自己硬着头皮往外走。大家这才满脸严肃地三三两两地走出来。

汽车大厢里,宣传队的同志们可能是因为高山反应,都蔫蔫地坐在自己的背包上。没人上前去帮他们拿行李。我看见他们一个个灰头土脸,仔细看,有三个我们边防团自己的文艺宣传队员也坐在上边。他们是和我一起入伍的同乡,也是插队知青。他们自己把行李扔下来,跳下车。

副指导员说:"大家都过来,帮帮他们!"

大家这才上前,帮那些女兵拿行李。

女兵们个个脸色都暗沉沉的,有的脸色发青,目光也是呆滞的。这肯定是高山反应了!也不知道谁是领队,反正没头没脑地把那些女兵和男队员分开来带到不同的宿舍。

营区大门口,二班长易顺、二班副刘海平、报务员铁民和达成、小林几个人站在门口说笑。杨医生从我身边走过,也不看我的眼睛,小声说,那个什么红来了!我说,是不是?我走到营区门口,说:"哨兵呢?怎么不见哨兵?"这班哨兵是我的同乡郑德。我说:"他人呢?"达成嘻嘻笑着说:"到羊圈拉屎去了。"正说着呢,一个女兵从院子里走出来了。这女兵个子高挑,身材匀称,一副庄重的神态。她缓缓地走过来,款款地从我们身边飘过。大家还没有反应过来呢,她却已经朝羊圈走过去了。大家互相看了一眼,说:"糟了!"瞪大了眼睛。

小林说:"别看她走得稳,她内急。"

大家都往羊圈那边看,说:"坏了,要和郑德遭遇。"

正说着,那女兵又走回来了。大家于是又满脸严肃。那女兵又款款地走过去了。

我说:"她一定没有看见我们贴的标记。"

二班长说:"刚下车嘛,晕头转向还来不及呢!"

达成说:"郑德这小子呢,怎么还不出来?"

铁民喊:"郑德!"

大家跑过去。

郑德提着一杆枪提着裤子从羊圈里跳出来,连声说:"啊呀,吓死我了!吓死我了,吓死我了!"

小林说:"郑德!你小子!"

郑德说:"啊呀,啊呀,啊呀,怎么女人走路那么轻,没有一点声音!"

我说:"你在干啥?"

"我在拉屎。"

"还在干啥?"

"还在抽烟。"

二班长说:"你光着腚吧?"

郑德说:"嗯嗯。"

小林说:"你小子!"

铁民说:"交代罪行!"

郑德说:"我正蹲在那里抽烟呢,一边抽烟,一边用烟头烫地上的小虫子,突然看见眼面前有一双脚。"

大家哈哈笑。

郑德说:"我顺着脚看上去,才发现是个女人!啊呀,吓死我了!"

大家哈哈笑。

铁民说:"快说,她在干啥?"

"她没干啥。她拿眼睛看着我,脸定得平平的。"

"你啥反应?"

"我吓了一大跳。"

"你啥表示?"

"我也看着她,她就转身走了。"

大家哈哈大笑。

铁民说:"你小子!竟然和共军在夹皮沟遭遇!"

大家笑成一团。

郑德说:"啊呀,啊呀,我才知道,女人走路没有一点声音。"

从此郑德得了两个外号:一是"吓死我了",一个是"和共军在夹皮沟遭遇"。副指导员李仁终于调整过来了。他已经和领队联系上了,忙里忙外招呼大家。宣传队的人在搬乐器和道具。

一个女兵来找我,说她要用墨水,要鸵鸟蓝的。我给她取了一瓶。她刚走,杨医生就过来了,说:"那就是什么红!"问我:"是不是没说的?"我说:"我倒没注意。"

杨医生突然紧张了,一个女兵找他,说高山反应厉害,恶心得很,找他量血压。结果血压很低。女兵们于是都来量血压,挤在卫生室里。女兵们都把胳膊亮出来,杨医生脸定得平平的,一脸严肃,一丝不苟地量。不过,他量过三五个人后就到我的房间来了,说:"不行,我得透一口气。"我说:"怎么了?"他说:"恶心。"我说:"怎么了?"他说:"胳膊!"露出一副厌恶的表情。

他一定是太紧张了。

他缓一口气转回卫生室接着量,末了给姑娘们一点建议。

姑娘们走了,他好像大病了一场,脑门上一层细汗,脸色煞白。

我说:"看把你累的。"

他说:"恶心,主要是恶心。"

开饭了,我们把餐厅让出来给宣传队用。好菜、好饭只管往上端。哨卡的人端着饭碗找个地方胡乱吃一顿。

我和杨医生端着饭走进卫生室。不料他刚吃了两口就放下饭碗跑出去了,蹲在塄坎边哇哇大吐。我说:"怎么了?"他说:"恶心。"我说:"怎么回事?"他拧住眉头:"就是恶心。妈的,不想吃!"

这个我有点意外。看来他真的恶心,他真的有点太紧张了。孤寂的生活能使人从心理到生理发生变异。

不过，他没有忘记职责，说："你给副指导员说一声，她们心率过速，取消那些运动量过大的节目。"

演出就在操场上。布景很简单。

演出开始，演员比我们守卡的人还要多。宣传队员发现，看戏的比演戏的还紧张。十几个战士坐在小马扎上，任凭姑娘们在面前跳呀，唱呀，顾盼呀，抛媚眼呀，一开始，大家都不敢抬头。

大家都死死地瞅着自己的脚面前，就差说一句："佛主保佑！"

无非是舞蹈、小合唱、小提琴独奏、快板什么的，好不容易等到什么红上场了，她唱了一支《翻身道情》。这姑娘倒是大方，目光说不上清纯却阳光普照，笑靥可人却又保持着距离。这是一个恰到好处的表演，大家都叫好。接着她又来了一支《周总理纺线线》。后面就通畅了，就不用再紧张了。你想想，连什么红都上场了，不过如此！那么，后面的秧歌剧《兄妹开荒》就更没有问题了。于是大家热烈地鼓掌。真是名不虚传。什么红用她的一首《翻身道情》扭转了乾坤！我看见杨医生气定神闲。一切都好了。

我的三个同乡，两个说相声，一个说山东快书。故乡人熟悉的脸，看上去还是亲切。

大家的表情活泛过来，姑娘们备受鼓舞。什么红和她的队友唱了一首《花儿为什么这样红》，把气氛推向高潮。大家站起来鼓掌。李仁高声说："这是唱咱明铁盖的歌呀，《冰山上的来客》在这里拍的外景！说的就是我们明铁盖的故事！"宣传队领队也站起来说："来，大家一起来，我们一起唱一首《怀念战友》！"真的高潮了。郑德大声说："我想听郭兰英的歌！"于是，什么红唱了《清凌凌的水》。杨医生说："唱一首马玉涛的！"于是唱了《马儿呀，你慢些走》。姑娘们得到欣赏，一扫高山反应带来的暮气，变得光彩照人。

黄昏时平静下来了，暮色在雪山降临。宣传队的男女三三两两到明铁盖河边散步，我们的战士开始往阵地上撤了，岗哨也撤到阵地的高坡上去了。

晚上，我给罗布盖孜前卡打电话："告诉连长，明天宣传队到罗布盖孜，总共三十多人，安排好食宿。"

电话里说："那些姑娘们咋样？"

我说："非常好，给大家洗衣服。"

电话里说："真的？"

我说："真的。"

此时，在明铁盖河边，一支小号在不着调地吹，一个女声在吊嗓子。

雪山的夜来了，月朦胧……

2001 年 4 月 3 日

边地知青

一

　　边防团军人小卖部有一个叫小王的女服务员,据说,是上海知青。县城邮局也有一个。她们在塔什库尔干牧区插队,现在算是在当地就业。

　　我们在野外训练时,看见塔什库尔干冰河上有三五成群的男女青年踏冰过河,到县城去。人都说河对岸有一个知青点,一群知青在那里生活。远远望过去,驼色的山峰下,有一幢白房子。

　　3月份,塔什库尔干河还没有解冻,我就要到雪山哨卡去了。和团直分队的两个知青兵相约,溯河而走,想去那个知青点看看。

　　三五里走出去,河面上明晃晃一片,河冰已开始融化了。没有桥,隔河而望,那幢白房子在上游对岸的阳光下有点刺眼。山底下辽阔的牧场上有人纵马驰骋,还有在草地上飘来飘去的羊群。牧民低矮的小土屋和焦黑色的毡房上空有炊烟升起来,耀眼的白房子和它们比起来,与众不同。

这些知青是怎么到这来的？

战友建军讲了这么一件事，他曾经和一个南京知青在县城闲聊。这个知青说，从学校毕业后，他们被动员上山下乡。老师拿画报给他们看，只看见帕米尔高原上蓝天、白云、雪山、草地、骏马那么美，他们就报名来了。

这天，我们没有过河，因为冰河面上已经有了很厚的积水，我们原路返回。

二

我到哨卡后的第三个夏天，有一次重病到团部卫生队住院。病愈后，有一天，我到团部以南五公里开外的第二边防营菜地去。这个菜地在中巴国际公路旁边，离第二边防营营部有近一百公里地，离我们哨卡有一百多公里。不过，它是我们第二边防营开垦的，因此归我们营所有。我们几个哨卡连轮流管理它。今年轮到我们连了，连队在5月份派人在那里种上了洋芋。洋芋种好后，留下三个战士看管菜地，这三个战士都是我的同乡，在家乡当过菜农。

那天，我沿着中巴公路往南走，这正是去塔什库尔干河上游的方向。公路两边，大戈壁起伏，光秃秃的远山后面白皑皑的雪峰时隐时现。塔什库尔干河在6月份开始喧嚣，河水把对岸大片的草场淹没了。牧民游牧进雪山深谷中寻找水草去了。

我的同乡小林在菜地的小土屋里接待我。这小土屋和牧民的一样，用石头和黄泥砌成，一人高，进门得低一低头。

另外两个同乡辛伟和付志生到团部去了。

小林说:"你在路上碰见他们没有?"

我说:"没有啊。"

小林说:"他们买作料去了。"

其实,也没有什么地方可以买作料,无非是在团部小卖部买一点咸盐,再到后勤处和团直分队炊事班找自己的老乡要一点固体酱油啦、干辣椒什么的。

我和小林看了菜地。小林说:"主要是看旱獭,还有狐狸。洋芋刚种好时,怕它们掏洋芋种吃。之后也就是隔一段时间引水过来,浇一浇地。现在,洋芋快长好了,又怕旱獭和狐狸掏洋芋吃。"

我说:"打到过旱獭和狐狸没有?"

小林说:"打旱獭谁舍得子弹?狐狸倒是打到过一只,上次鲍副连长从这里过,把狐狸皮拿走了。"

我们俩说着话,一起提着铁桶到河边打水。

穿过公路是大片盐碱滩,盐碱很重,砾石堆里白花花一片。河水汹涌,水很浑。我们往河边走,看见河中间滚动着漩涡。靠河边有一个渗水坑,坑岸上是白花花的盐碱。坑底的水很清,这水碱很重,小林他们平时就吃这水。

我们一直走到河边。小林让我往对岸看,我看见对面河滩和大片草地成了大泽。猛地就看见白房子在水泽边,它原来离我们非常近。

"那里住的是你们知青啊!"小林把"你们"这个词说得很重。

小林的意思我明白。我们虽然是同乡，我也从农村入伍，但我是知青，这和他还是有点区别。

我当然对那幢白房子特别关注。

小林说："我到他们那里去过。"

我说："知青吗？"

小林说："对。从这里往上游再走两三公里，有一座桥，从那里可以过河，到了河对岸顺河往回走，再走两三公里就到了。"

我关切地望着那幢房子。

小林说："冬天就好了，冬天可以踏冰过河，那要近得多。"

我说："他们都是哪里来的？"

"有从口里（内地）来的，也有喀什的，还有塔什库尔干县城的。"

我说："咦？塔什库尔干也有知青？"在我看来，这座县城小如弹丸，人口顶多有千把人吧，怎么会有知青呢？这里的知青应该都是外来的。

"咋样？"我问。

"什么咋样？"

"他们的生活？"

小林说："糟透了。"

我递给他一支烟。我们把烟点上。

"他们比牧民过得还差。青稞吃不惯；烧的煤一半是煤一半是土，还不如烧牛粪；看起来那么漂亮的一幢房子，屋里黑洞洞的,连个窗户也没有;没有自留羊和自留马,到哪去都是靠自己的一双脚板……我那天到他们那里去,他们正在做饭,满屋子都是烟。"

我望着那幢房子。

小林说:"那里有女知青呢。"

我说:"我知道。"

"男的女的在一起生活呢。"

我说:"我知道。知青点都是这样。"

小林说:"想去看看吧?"

我说:"当然。"

小林说:"改天吧。改天我到团部后勤借两匹马,我陪你一起去。"

我朝对岸望望,扔掉烟屁股,和他打了水往回走。

三

土屋很小,进门就是床,床的旁边是火炉子和一张放锅碗瓢勺的简易桌子。墙上挂着三人的半自动步枪。炉子的火封着,通一通就又燃烧起来。

放下水,小林说:"这屋子憋屈,我们还是到外边去。"

我们绕到屋后,站在公路边。

小林朝团部方向望,说:"辛伟和付志生咋还不回来呢?"

我们闲聊了一会,谈到一名因翻车而牺牲的同乡的事情。小林和这个同乡很熟,流了眼泪。过了会小林说:"算了,不想再提这事。"笑笑说:"你不是想见那些知青吗,今天,你就能见到他们。"

我给了一个询问的目光。

小林说:"那几个知青经常从这里路过到县城去。他们一开始到这里歇脚,找水喝,我们就留他们吃饭。我们的大米饭和罐头到底是好东西,他们成年也吃不上一回。后来他们就常来,我们就给他们做饭吃。"

我说:"他们也不容易啊。"

小林说:"你没有看见他们吃饭的那个样子,好像一辈子没吃过这么好的饭菜似的。"又用眼角瞟我一眼说:"那可是你们知青啊!"

他把"你们知青"几个字咬得很重。

我说:"什么意思?"

"不瞒你说,今天又有几个知青到县城里去了,回来要在这里吃饭。辛伟和付志生就为这个到县城买盐去了,顺便在团里搞点酱油。"

我说:"几个知青?"

"一个男的两个女的,他们和辛伟、付志生一起到县城去了,一会就回来。"

我想:这小子,这么屁大点事情,还给我打埋伏搞铺垫,绕这么大一个圈子!

小林似乎看出了我的心思,仿佛要强调一般,加重语气说:"那可是你们知青哪!"

什么意思?难道让我对他表示感激?

我知道,小林是有点担心:几个战士,在这么荒僻的地方,擅自和部队以外的人这么密切地往来,部队首长知道后也许会批评。我未必会把这件事报告哨卡,但如果是知青,我肯定不会把这事报告哨卡。

我只好对他流露一点感激。

他于是得意地把手背在背后,在公路上走了个来回。

他说:"看,付志生他们回来了!"

辛伟和付志生果然回来了。他们拿着盐、酱油,还意外地提了一兜青辣椒、半个冬瓜、一包海带。

辛伟说:"跟后勤炊事班老乡要的。"

辛伟和付志生都看着我笑,又看一眼小林。

小林说:"我都给他说了,我说你们知青要来了,要到这里吃饭。"

付志生说:"说了?"

辛伟看着我憨憨地笑。

我说:"嗯,他给我说了。他说,知青要来吃饭。他们人呢?"

辛伟说:"他们到县城去了,我们到了团部。"

于是,大家忙碌起来。和面呀,洗菜呀,切菜呀,醒面呀……付志生说:"我们辛伟最实在了,每次都把牛肉罐头拿给他们吃。"

小林把炉火通开,往火里填焦煤。

不一会,那几个知青果然来了。

四

我们正在忙碌，他们突然就出现在小土屋外边。

三个知青，那个男知青先进门，他瘦高个，戴一顶旧军帽。他看见我这么个陌生军人，愣了一下，就在门口站住。女知青一个汉族，一个少数民族模样。汉族姑娘俊气，高个子，扎个马尾发式，脸上透出健康的光泽，粉红色上衣，看见我后她也在门外边站住了。那个少数民族姑娘又胖又壮，倒是挺豪爽，推那男知青："往进走嘛。"

付志生说："进来嘛，进来坐嘛。"

少数民族姑娘笑呵呵地进来，一屁股坐在床沿上。那个男知青和汉族姑娘仍然在门口站着。

小林说："这是我们一个连的，他当兵前也是知青。"

我朝他们点点头说："进来嘛。"

他俩虽然进到门里，坐在了床沿上，但仍然拘谨。

我问男知青："你是哪里来的？"

"江苏。"他说。

我又问那个汉族姑娘："你呢？"

"我是喀什的。"那汉族姑娘说。

"老家呢？"

"老家就是喀什。"

倒是那个胖姑娘不等我问就说："我就是塔什库尔干的，我土生土长。"她说一口标准的汉语。

我问那个男知青:"江苏哪里人?"

"南京。"

"你们南京来了几个知青?"

"就我一个。"

那么,他就是建军说的那位了。

我问那少数民族姑娘:"你是维吾尔族?"

"你猜。"她呵呵笑了。

我说:"我猜不出来。"

这姑娘说:"我爷爷是汉族,我奶奶是维吾尔族,我外爷是柯尔克孜族,我外婆是锡伯族,你说我是哪一个民族?"说完哈哈大笑,有一种各民族大团结的大气。

我也笑了。

男知青说:"你在哪里插队?"

我说:"我就在我们老家。"

我给男知青一支烟,又给小林、辛伟、付志生一人一支。我自己也拿出一支,把火柴点着了,却看了两位女知青一眼。

那胖姑娘说:"抽嘛抽嘛抽嘛。"

我说:"算了,这屋子太小了。"

于是我们都没有点烟。

我想问问他们插队几年了,牧业生产队生活如何,他们在牧区都干啥,附近还有知青点吗……可话到嘴边了,我却说:"下午别走了,就在这里吃饭,我这几个老乡忙了半天,专门给你们做准备。"

说出后我有点后悔。我不该这样直奔主题。

那个男知青显得更不安了，站起来说："不了，我们今天要早一点回去。"

我说："怎么回事？"

那男知青说："就是要早一点走。"

那汉族姑娘也站起来。

那男知青说："我们要走了。"

付志生说："怎么回事？"

小林说："专门给你们做饭，想和你们说说话呢。"

那男知青和汉族姑娘却出了门。

一直在那里埋头擀面的辛伟有点手足无措。

付志生说："吃了饭再走啊？"

三个知青已绕到屋子后边，站在公路边。

我们把他们送到公路上。我和那男知青握手，说："不要这么客气啊。"

男知青犹豫了一下，说："其实，我不是知青，我是返乡回去的。我到这里来，就是占一个城市知青的名额，将来好安排工作。"

我愣了一下，说："返乡知青？返乡知青也是知青嘛。"

他笑笑说："走啦。"

他们摇摇晃晃地在公路上走，越走越远，我们一直站在那里看他们。过了好长时间，三个人都回过头来，那男知青向我们招了招手。

我们也向他们招手。

辛伟说："怎么回事？平常他们挺大方的。"

我说:"因为我呗。"

付志生说:"因为有生人呗。"

小林说:"他们不好意思了,他们不想让人知道他们想留下来吃饭。"

我说:"其实,知青到外面找饭吃很正常。"

小林说:"是挺正常,就是吃顿饭嘛,他们平时吃不上嘛。"

他们消失在地平线上。

五

也就在这几天,我在团部碰见卡拉其古哨卡的一个同乡张勇。张勇黑黑的,壮壮实实的,他从我们家乡那个城市的郊区入伍。

他在团部俱乐部前的操场边碰见我,兴奋地喊:"嗨!我在这里碰见我一个同学!"

我没有反应过来。我们这个团有三百多人是和我一起从家乡来的,碰见一两个同学不算什么稀奇。

但是,他仍然兴奋地瞪着我:"你听清了没有,我在这里碰见一个同学!"

他的黑脸膛兴奋得放光,看我不理解,说:"我在四中上的学,我碰见我们初中一个同学。"

我们一边走,一边说话,于是我停下来。

他仍然瞪着我:"他是老百姓,不是当兵的!"

我说:"胡扯!"

他说:"你看你看,觉得我哄你是不是?"

我说:"难道不是?"

"他的爸妈都是我们那的人,在塔什库尔干工作,他初中毕业就到这里来了。"

这倒让我想起来,我当新兵时,在新兵连集训,有一次周末上街,我们几个人正在路边走,有一个地方干部模样的人和我们打招呼,问:"你们是哪里来的兵?"我们回答了他。他显出很亲切的样子,说:"那可是个好地方啊!"我们没有留意。等我们走过去了,我突然说:"咦?那人带点家乡口音。"回头看,他已经走远。

后来,隐隐约约听人说,这城里有一个家乡人。

张勇说:"你还是不相信吗?"

我半信半疑。

他说:"那好!我明天让你见见这个人吧,他就在县城。"

第二天,我们约好了一起到县城民族电影院看一场电影。

张勇说:"我已经把票买好了,他就坐在我们前面。"

电影是维吾尔语版的《冰山上的来客》。这部电影我已经看过 N 次了,这一次来看,主要是见一见他那个同学。

影院里黑乎乎的,看电影的差不多全是塔吉克族人。我刚在座位上坐定,张勇就拍拍他前面一个人。转过来,是一个小伙子,一开口,果然是一口乡音。

张勇呵呵笑,说:"我说是吧,我没有哄你吧,这就是我的同学。"

借着影院的微光，我看见这同乡是一个小个子。

我递给他一支烟。

张勇说："算了，看什么电影，我们出去聊聊吧。"

我们到了影厅外边，站在门厅里聊天。

我说："你是怎么到这里来的？"

他说："一言难尽。"

原来，他的父母20世纪50年代从西北农学院毕业，"好男儿志在四方"时被分配到这里。

"他们是学水利的，在水利局工作。"这小伙子说，"其实我们家也是农村户口，不过，我从小和我外婆生活，我外婆是城里人，所以我是城市户口。我外婆就住在西大街天主教堂旁边。"

张勇说："是吧，是吧，是吧？不然，他怎么和我上一个学校呀。"

小伙子说："我姓周，叫周红，我们老家在褒河农村。我爸妈在这里工作几十年了。"

他看上去瘦小，脸上皮肤黑黢黢的。

"初中毕业要下乡插队，我父母写信让我过来，说这里好得很，我只要过来就算插队。我是被他们骗来的。"

我说："他们身边原来有人吗？"

"没有。"

"那也难为他们。"我说。

"当然，他们现在年纪大了。不过，你们也看到这是什么地方了，到这里我不习惯。我来后偷跑过两次，两次都被父母追回。"

"你怎么跑?"

"我在大戈壁上走了两天。又是雪山,又是戈壁,这么大的地方,我怎么走得出去呢!他们骑马赶上了我。"

张勇看看周红,又看看我,说:"我没有骗你吧?"

周红眼巴巴地看着我,全然是看见亲人的眼神。

张勇还要给我一个惊喜,说:"别急,他在这里还有一个哥哥。"

我瞪大了眼睛。

张勇说:"就让你见他的哥哥。"

我说:"怎么回事?"

周红说:"我的哥哥本来在老家农村,我爸妈把他也弄到这里来了。他过来也算插队知青。"

张勇说:"他哥哥已经工作了。"

我问:"在什么地方。"

"他在牛奶场工作,离这不远。"周红说。

张勇说:"去看看?"

我说:"走。"

六

塔什库尔干县城东头街口是一个大下坡,坡下面拥挤着一片小土屋。下坡右拐,在一个小巷子里穿来穿去,走到尽头,一个大的栅栏门里,是一个不大的院子,院场里拴着几头正在吃干草的干瘦的奶牛。院子的一角有三四间土屋。周红推开其中一间的门扇,探头进去叫了一声:"哥。"

屋子不大,屋内光线昏暗。屋子的一角有一张简易木床,床头边是一张三斗桌。泥墙上一方小小的墙洞用三根树棍隔了,蒙上塑料薄膜,算是窗户。光线就从那个墙洞里透进来。一个年纪二十五六的年轻人头发老长,戴一顶旧军帽,穿一身蓝色红卫服,坐在桌子旁默默地抽烟。他个子不高,抬起头来,脸上灰蒙蒙的,额头上有明显的抬头纹。

他明显认识张勇。

周红介绍我:"哥,这是我们老乡。"

他的哥哥木讷地挪一挪身子,招呼我坐。在烟盒里给我摸了一支香烟。

他给我们把烟点燃,自己抽一口烟,若有所思。

"我家在褒河那里,离褒河很近。"他自己介绍自己,"我本来在家种地,在家种地也好好的。"他把烟徐徐地吐出。看起来,他很少和人交流,他希望倾诉。"可是,他们说只要到这里来就算知青,就可以解决城镇户口。我想,也行吧,先解决了,再想办法转回去。"

我心想:这谈何容易!

他果然又吐一口浓烟,说:"你肯定想,把户口再转回老家谈何容易。是的,我也想了,这简直是做梦。"

他又深深地吸一口烟:"走一步是一步吧。"

他的脸暗沉沉的,一副毫无希望的表情。

"我这就算是工作了,我这就是上班。"

我说:"你们就那几头奶牛吗?我怎么看不到别的奶牛?"

"四头,这个奶牛场就四头奶牛。一个场长,下边就我一个职工。这就是一个单位。你想想,这是牧区呀,家家户户又有牛又有羊,家家户户都产牛奶、羊奶,县城里的汉人屈指可数,就算他们天天喝奶,这几头牛也够了。我其实是没有什么事可做。"

他一副毫无希望的表情看我:"我,这一辈子恐怕是回不去了。"

张勇说:"那你咋办?"

"你们当几年兵就回去了,我呢,在这里熬吧。"他咽一口唾沫。

从他那里出来,我的心情有一点沉重,作为一个曾经的知青,我们当年离开家时,不管怎么说还是生机勃勃。而这个周红的哥哥,有一点颓唐了。

我们和周红在巷子口分手,他回县城去,我们朝南顺大路返回团部。

七

几天后,我离开团部返回哨卡。我乘坐的是一辆援助巴基斯坦的大卡车,司机是一个甘肃籍的退役老兵。他在边防团招待所过夜,我去找他,求他把我捎到卡拉其古,然后,我在那里等待去明铁盖的便车。

我们的车走得很早,路过第二边防营菜地小屋时,天刚蒙蒙亮，我自然无法和小林他们告别。

隔着河，我又看见了对面的白房子。

司机开着车在驾驶室里和我聊天。

他说："其实，你们有送菜的车上山啊，你怎么不坐？"

我说："送菜的车有跟车的人，我们的司务长也在车上，这样我就只能爬大厢。坐你的车，我可以坐驾驶室啊。"

他问我，当兵前干什么，我说："插队知青。"

司机说，他在这条路上跑了十几年了。他是军区汽车团的，集体转业，被派去支援巴基斯坦。

"兄弟，这条路我跑得太熟了。所有援巴的司机以前都是军人，只要是军人在路边挡我们的车搭便车，司机没有不停的。坐我的车，你不要客气啊！"他的这句话拉近了我们之间的距离。

汽车开出去五十多公里，路过一个叫达布达尔的地方。这是雪山峡口处的一片谷地，有牧场，有牧民的村庄。村庄房屋稀少，一律是低矮的土屋，稀稀拉拉地散布在公路边。

司机突然把车停下，说要找水喝。他领我走进路边的一个院子，这院子有一排房子。司机说：这是达布达尔公社"革委会"。

一个汉族干部接待我们。他三十来岁光景，小平头，高个子，强壮结实。他一开口，我听出是南方口音。

司机说："主任，搞点水喝。今天这位小兄弟也是知青。"看样子，司机和他很熟。

原来，他是这个公社的"革委会"副主任，是从上海到帕米尔插队的,算我的前辈了。

他带我们到他的宿舍。半间小屋,陈设简陋。他端出一个煤油炉子,用一个搪瓷缸子给我们烧水喝。

"我是上海人,出来快十年了。"他自我介绍,"是被'三结合'结合进班子的。"也许是这里的汉族人太少了,和我初次相见,说话就毫无顾忌。

"知青,你是知青?"

我说:"是的。"

"这公社不要说是知青,汉人也就我一个。"他像看小兄弟那样瞅着我。他把煤油炉子的火调到最大,烧开了半缸子水,说:"兄弟,这里的水烧不开,烧开的水也不过六十度,不是真的开水,你凑合着喝吧。"

我说:"我知道。"

"除了水,实在也没有别的什么,要不,卷莫合烟抽?"他从腰间扯出一个烟袋,从床沿边扯出半张报纸,撕成小块,熟练地卷了一支莫合烟。

司机说:"抽这个。"摸出一支雪莲牌香烟给他。

他说:"算了,莫合烟带劲。小兄弟,你抽一支。"

我一直关切地瞅着他。他抽着烟看着我笑,从额头到后脑勺抹一把自己的短头发,说:"其实也习惯了,这些塔吉克族人,好处。"

司机说:"塔吉克族人单纯,省心。"

他说:"塔吉克族人是不错。不过,你们来了,我们在一起说说话还是好。没人和我说话,我快要把我们自己的话忘掉了。"

我说:"你会塔吉克话吗?"

"当然……"

正说着,一个塔吉克族牧民走进来,他于是用熟练的民族语言和那人交谈。

他站起来,对我们说:"不好意思,我得过去一下,那边村子里找我有事。"

司机和我便向他告辞。

他说:"真的不好意思。"

他和我握手说:"不好意思,小兄弟。"他握手的力气挺大。

他送我们上公路,我和司机钻进驾驶室。"再见!"他大气地摆手。

汽车启动了。我扭过头看,只见他洒脱地转身,和那个牧民朝牧场那边的村落走去。

他在远处和大地融为一体。

八

半年后,我离开高原退役,那又是落雪的季节。

当我路过达布达尔时,我想起那个老知青。汽车路过菜地小屋,我又望河对面那幢白房子。我到底没能去一次白房子,没有亲眼看一看那几名知青的生活。

三天后,我们宿营在阿克苏。

在阿克苏,我们住进了旅馆。在此之前和之后,一路行军,我们都住兵站,住旅馆这是唯一的一次。

阿克苏这天飘着小雪。

我们住在郊区。下午饭后,我们四个知青兵往郊区公路下边的一个小酒馆走去。我们在小酒馆要了酒菜,慢慢喝。屋外的雪突然下大了,风呼呼地吹。几个盘子空了,只剩下一盘油炸花生米和一瓶烧酒。

一阵风带着雪花扑进门来。门掩上,门里站着的是一个年轻女子。她身穿棉猴,半边脸裹在围巾里,扑闪闪的睫毛上挂着一点雪花。她向屋里扫视了一下,围巾拉开,是一张俊气的脸,因为冷,面颊有一点发青。她往柜台边一靠,店伙计立刻给她倒了一大杯白酒。她看也不看,端起杯子,一仰脖吞进肚里。一连三杯酒这样吞下去,我们大吃一惊。这时,她才正色把店里面打量了一下,端一杯酒,慢慢地品。末了又一口喝干,裹上围巾,推开门闯进风雪。

"她是谁?"和我一起的建军问店伙计。

"上海知青。"店伙计说。

"喝酒好厉害。"

"他们都是那样。"

又碰见了!这些知青啊!我们跟出去,看见雪花在她的身后卷起,她的背影在荒野里消失。

2001年4月10日

风雨夜昆仑

那年夏天,我脸上脱皮。自从上雪山后,我先是嘴唇干裂,裂了一道口子,无法愈合。后来指甲又凹陷,指甲盖翻翘起来,呈碟形,每个指甲盖看似都要脱落了。现在,脸上又脱皮。我脸上的皮一层层脱,已脱了两个多月了。脸颊上的嫩肉裸露出来,先是红色,慢慢开始变黑。我的右脸颊上有了一大块青斑。

战友们每个人手指甲都凹陷,嘴唇也有干裂的。但是,脸上脱皮脱得这么严重的,只有我一个。

连队批准我到边防团卫生队看病,我得以下山。到了塔什库尔干,卫生队队长说,这是高海拔环境造成的,造成它的原因是低湿和日光的强辐射,常年没有蔬菜吃,缺乏维生素,也是一个原因。他批准我到喀什去治疗,说在低海拔环境下,病情自然会得到缓解。

快两年了,我一直在雪山上生活。现在,要去喀什这个新疆南部最大的城市了,心里不免有点兴奋。

和我一起到喀什去的有一个同乡阚君。他在家乡也曾经插队,他比我年龄小。他是去赶考。恢复高考第二年,军区给了我们边防团一个推荐指标,是东北的一所兽医大学。阚君争取上了。同乡都笑话阚君，说阚君你好好学，学成了回来骗马、骗牛、骗骆驼。阚君还没有去考试呢，大家都已经叫他骗匠了，一天"骗匠，骗匠"地叫。

我们清早出发，坐后勤的一辆卡车。车上共五个人。司机是一名四川老兵，他的副手是一名1976年入伍的河北兵，还有一名是司机的四川老乡。他们坐在驾驶室里，我和阚君爬大厢。

这是7月末。

汽车在山间弯道上转来转去，进入塔合曼谷地后开始加速。我们的对面是慕士塔格冰山，它像一位须发银白的老人，威严地低头向我们俯视。雪山风吹过来，我们的身后拉起长长的尘带。我和阚君都受不住这么吹。刚想开口说话，嗓子眼就被风堵上了。转过身说话，声音又被风远远地抛到车后面去了，听也听不见。我们把羊皮大衣紧紧地裹在身上，背过身，把大衣领子竖起来，背靠驾驶室蹲下。

差不多三个小时吧，我们到达卡拉苏哨卡。卡拉苏哨卡在慕士塔格冰峰下。站在哨卡院内，感觉得到冰峰逼人的寒气。哨卡的另一侧是五〇四二高地，那里有一个哨兵瞭望所，从那里可以望见苏军营地。

我站在院子外公路边。

天气晴朗。慕士塔格冰峰离我那么近，它就在我的面前。我看见冰雪从我的脚下一直朝山上堆积而去。它们缓慢地爬升，向高处铺展开辽阔的距离，它突然就高耸起来，突兀成一座冰峰。烟云从它的峰巅蒸腾起来。突然，我看见那峰巅的崖壁上，有一个小小的雪球滚动，一缕烟尘在它的跟前升起，接着是一根根流动的雪的流苏。那雪球越滚越大，而在它的前面，不断涌起雪的浪花，形成气势。过了很久很久，我听见一阵阵沉闷的隆隆声。它响在我的四周，久久不散。紧接着寒气一浪一浪迎面扑来……我真有幸，我竟然看到了慕士塔格的雪崩！

在冰山巨人的面前，这场雪崩是多么地渺小啊！

午饭后，我们继续赶路。

汽车绕着冰山在积雪的公路上走。

慕士塔格冰峰过后接着是公格尔冰峰。而在远处，国界那边，不断还有别的冰峰浮出地平线，在太阳光下面明晃晃耀眼。

司机说，快要到布仑口河了，他让我们仔细听。我们隐约听见了一阵阵隆隆的声音，这声音持续不断。司机说，实际上布仑口河离我们还有几十公里路呢。

汽车逐级下山。天光突然变暗了，隆隆声渐近。一条河从我们的身边突然跃下，落入峡谷。它咆哮着，在山石上撞击着，呈漏斗式跌落。隆隆之声震耳，我感觉到整座山都动摇了。河道中间，巨大的岩石在激流中晃动，似乎顷刻之间，整座山都要崩塌下去。

汽车顺着河谷向下盘旋，峡谷里越来越暗。前面是一道绝壁，咆哮的河就在它的下面奔腾。这是一段凿在绝壁的公路，路面呈搓板状。司机说，老虎口到了，提醒大家要格外小心。他踩住刹车，让汽车缓慢地往下溜。

这段路不短啊！

我明显感觉到我的肺在扩张。清新的、含氧充足的空气往我的肺里涌。这种质感的，甚至可以量化的感觉，我的肺明显感觉到了。近六百个日日夜夜后，我的呼吸器官对空气是那么敏感。我那么贪婪地，深深地呼吸着。我的手，我的胳膊，我的腿……我浑身都感觉有了力气。

我看见了对面山崖上零零落落的树。在一个山坳里，我看见了阔叶树！久违了，阔叶树！阔叶树，你好！我对阔叶树有了深刻的理解。在雪山上我看不见一棵树，而在高原，那些树都那么瘦。就说白杨吧，它们的枝梢短，它们受不了那么凌厉的高原风吹。往高长，它们的枝梢会被疾风折断；而树叶，也比平原上的树叶小一轮。

现在，我看见阔叶树了。我感觉得到那绿叶释放出来的氧，不断滋润着我的肺。感谢你们了，针叶和阔叶树！我有点困了，我有点醉了。这是不是醉氧的感觉？

天暗下来了，黄昏越来越近。布仑口河把咆哮变成了喧嚣。汽车在山边公路上放任多了，它轻松地加速。我知道司机放松了神经。

真应了那句话：山里的天说黑就黑。在雪山上还是晴朗的天，到峡谷里就阴云密布了。天一黑就黑得不成样子，伸手不见五指。

司机把车前灯打开。

突然一阵轰隆隆的闷雷，像高山滚石，大雨哗哗地就下来了。我一年多没有见到雨，今天见到非常亲切。我感到干裂的嘴唇好受多了。然而雨一来，天就越见黑，车前灯只能射出去十几米远，其余被雨幕和黑暗吞没了。

大雨哗哗下，光秃秃的石山经不住这么冲刷。滚石落下来，冲过公路，有的石头砸进车厢里。我起初没有感觉到，直到一块石头砸在驾驶室顶棚上，一串石头像兔子一样从车前灯的灯光里窜过去，我才意识到危险。司机一会加速，一会刹车，躲避那些石头。在一个弯道，我看见坡上滚石如涌。汽车箭一般从它前面冲过去。副司机从车门里探出头来，把一支手电筒递给我，说："你们往山上照，有石头下来就猛拍驾驶室。"

他钻进驾驶室后汽车就狂奔起来。显然，司机想冲出这危险地段。

手电筒灯光如豆，根本不起什么作用。我感到石头滚落到车厢里，土落在我头上。

我和阚君都全神贯注地往山坡上瞅。

突然，汽车跳起来，仿佛在往深渊里落下去，接着是猛烈地震动。我和阚君都喊了声"完了"。然而汽车落稳了，四周都静下来，只听见河的喧嚣。司机从车门口钻出来，站在踏板上，说："车落到河里了。"

布仑口河每年都出事故，边防团每年都有人在此遭遇不幸。稍后一年，我有两个战友都相继牺牲在布仑口河谷。两次都是翻车，一个被货物压死，一个被淹死在驾驶室。

车前灯照不出多远，灯光前是水泊，中间好像还有漩涡。我用手电往两边照，两边都是浑水。副司机挽起裤腿下到水里,只往前探了一步又缩了回来。水淹没了他的大腿,发动机也熄火了,再也发动不着。司机说:"不敢动了,等吧。"

大雨哗哗地下。司机、副司机和司机的那个同乡都躲在驾驶室,在里面点烟抽。我和阚君站在车厢里淋雨。

这里属于昆仑山,公格尔山是它的主峰。昆仑雨在高原应该就是雪吧,落在人身上那么冰冷。我和阚君早已被淋成落汤鸡了,身上的羊皮大衣,里面的绒衣绒裤都湿透了。我冻得浑身打战。我听见阚君牙齿相碰的咯咯声。

我们想抽一支烟,但烟全湿了。

司机关了车前灯,准备着苦熬。

雨越下越大,车厢里积了一层水。

驾驶室里,司机、副司机和司机的同乡三个人挤在一起睡着了。

夜深了,倦意袭来。我们大半天没有吃饭,又是大半夜,人饿了,顶不住火。雨偏在这时候下得更大了,还带着风。

阚君站着站着就蹲在车厢的角落里了,接着在车厢的积水里躺下去。他想睡觉,但很快跳起来,说:"妈的,冷得很!"

他说:"嗨!你抱抱我吧!你抱抱我吧!你抱着我让我躺下去。你用你的身子和大衣给我挡雨,叫我睡一会,一会我再换你。"

亏他想得出!

不过,也只好这么办了。他躺下去,我把他抱住。他说:"抱紧一点!再抱紧一点!用皮大衣把我们裹在一起!"

雨唰唰地落在我的身上,水唰唰地从我的皮大衣上往下流。阚君竟然在我的身下睡着了，扯着轻微的鼾声。他的半边身子浸在冷水里。

我在上面快冻僵了，脚和手都被冷水刺得麻木。

雨渐渐小了。我站起来，把湿大衣盖在他身上。

阚君跳起来，说："来吧，我换你睡一会，还可以。"

我说："算了。"此时，我看见天边露出了一颗星。

雨彻底停下了。

天蒙蒙亮，我才看清我们的车陷在一片水洼中间。水洼并不大，往前走也不过七八丈远，而且它就在公路边上。一道山瀑从山上斜刺下来，从水洼流过。布仑口河还在远处。昨天夜里，是涧水在冲击我们的汽车吧？也是它卷起漩涡吧？早知如此，我们昨天夜里可以涉过水洼，想办法拖出汽车。

我们试着想把汽车发动着，没成功。我和司机、副驾驶涉过水洼，往前面走。

不过一两公里，绕过一道山弯，在一个山坳，我们就看到了一座石灰窑和几名窑工。这里已是柯尔克孜州的地面。几名窑工都是柯尔克孜人。他们很快拿来了几根撬棍和几盘大绳，又牵来两匹马。

马拉、人推，汽车很快重上公路。

此时，天已大亮，汽车马达轰轰响，高奏凯歌。

我们在这天中午进入喀什市。7月的喀什市已经炎热。热闹的街市上，男士已穿上了短袖衬衣或汗衫；女士已穿上了短袖衬衣或长裙。繁华街市，闯入我们这辆满载风尘的汽车。

烈日当头，我和阚君还穿着羊皮大衣。天虽然炎热，但被冷雨浸泡了一夜的皮大衣和绒衣绒裤还是冰凉。我们把皮大衣解开，露出羊毛，让我们的胸部透一点风。

我看见街上的男男女女都在朝我们望。一个小孩子在吃冰棍。只听他们在路边说："山上来的！山上来的！山上来的！"

是呀！只有我们这些山上来的，才会给这缤纷的世界增添这样特别的景致！

2001 年 4 月 18 日

风雪库热西

刚到哨卡的第一天晚上，我们被安排在一个漆黑冰冷的空库房里过夜，等待着退伍老兵第二天走后，给我们腾出来一手臂宽的通铺。别的部队新兵没有到之前，老兵就可以退伍，边防哨卡的老兵却要坚持站好最后一班岗，不能让新老接替之间出现断档。哨卡没有多余的铺位，我们只有睡在库房冰冷的地上。

这虽在3月，明铁盖的冰雪还没有融化，库房里没有生炉子，冷得像冰窖。地上连一把干马草也没有，我不忍心把被子铺在地上，就裹紧皮大衣，打算坐在背包上熬过这一夜。像我一样坐在背包上的还有三个人，他们是三个维吾尔族兵，叫买买提、沙地克和库尔班。在新兵集训连，他们在维吾尔族班训练，我认识他们，但不太熟悉。这会，他们挤在一起卷莫合烟抽，用维吾尔语交谈。我还没有习惯莫合烟，它有一种马草的味道，有一种草地空气的清新味道，不像别的烟那样呛人。我喜欢那点在他们腮边忽明忽暗的烟火光，它给人一种温暖的感觉。

夜很冷，有几个睡在地上的战士又爬起来了。一个哨兵踱进屋来，对三个维吾尔族新兵说："把烟灭掉，这是边防，夜间不准抽烟。"我后来知道他叫詹河,是个河北兵。他出去后,屋里又是三个维吾尔族新兵在说话。不一会,一道手电光照进来,三个维吾尔族新兵都把头抬起来。进来的是两个维吾尔族老兵,我后来知道他们一个叫库热西,一个叫阿不拉提。他俩叽叽咕咕和三个维吾尔族新兵交谈,又轻轻笑出声来。几个维吾尔族兵又都把莫合烟点上。我猜测:两个维吾尔族老兵刚才是在笑话詹河,说他在吓唬新兵。个子瘦高的阿不拉提很快出去了,他从自己宿舍里抱来一条毡毯、一床褥子,帮助三个维吾尔族新兵打地铺。

我坐在背包上打盹,后半夜困倦地歪倒在背包上。

第二天,退伍老兵要走了,他们要把自己日常生活的一些用品给我们留下。而有朝一日,当我们告别哨卡时,我们会把这些东西向我们的接替者再传下去,美其名曰"送传统"。一个湖北老兵把一只掉了瓷的搪瓷碗、一双筷子和一只有点瘪的脸盆传给我。我以后就要用这些家什吃饭洗脸了。我的高山反应还没有过去,木讷地竟忘了和他说句谢谢。而他像失了魂似的,脚下踉跄着,匆匆爬上停在哨卡营区大门外的大卡车。一阵锣鼓家什敲响,他们被送走了。

他那样失魂落魄的样子,我在几年后退伍时才深刻理解。

当天,我被分在三班。我的铺位紧挨着阿不拉提的铺位,他是一个很和气的人,瘦高个,刀条脸,稀疏的浅色头发,稀淡的倒挂眉,走起路来松松垮垮。他每天在我的前面上夜哨,推我起来上夜哨时,他身上从屋外带回来寒气。他的汉语说得很差,往往从他这里开始,口令就传错了。比如说,口令本来是"食堂",当他传给我时,他要想一想,结果就传成"稀饭"了。这是很危险的,如果真有人通过哨卡进入边境禁区,对错了口令,我们就要开枪。到后来,我知道阿不拉提有这方面的缺陷,每次接到他传的口令,都要把他前面的那一个哨兵推醒来进行核实。

不过,我很快就调离三班到连部去了,阿不拉提就再也没有向我交班的机会了。

我到连部接手文书职责。

每天晚上,头一班哨兵都要到我这里领口令。如果来的是维吾尔族兵,我一定要反复叮咛,口令一定不可传错,或者在他的下一班进行抽查,看他传出去的口令准不准。

在维吾尔族兵中,比较让人放心的是库热西这个人。

库热西原是一名机枪手,在我到哨卡时,刚刚被宣布为二班副班长。他中上等个头,体魄健壮,宽肩,倒三角体形,运动时喜欢把袖子和裤腿卷起来,露出粗壮的胳膊和有力的腿;红脸,宽颧骨,稍微卷曲的栗色头发;眉骨耸起,眉毛淡而稀疏;有点凹陷下去的略带棕色的眼睛;粗鼻子,阔嘴,整齐的牙齿,下巴结实。

在篮球场上,他凭着体格强健横冲直撞,简直像一辆坦克。而且他眼露凶光,咄咄逼人。

他说:"我的名字在维吾尔语中的意思是斗争。"他打篮球时就表现出那么一种气势。

5月,连队借来犁和牦牛,在河边翻地种青稞。由于高寒,这片青稞不可能结籽,但它收割后可以晾晒成干马草,储存起来供马匹过冬。坚硬的冻土，犁起来很费劲。高原犁地是"二牛抬杠"，两头牛颈上架一根杠子，同拉一张犁，就这样，牛还累得直喘气。一头牛累趴下了，库热西一急，脱掉棉袄，和另一头牛一起拉犁。他的力气比牛的还大，把牛拉滚到一边。

7月，我们到卡拉其古一带打柴。在乱石密布的山坡上，寻找一种被碎石掩埋在底下的松树。我们一般都沿着山沟往沟里走，到石坡上挖掘，把埋在石堆下的松树挖出来，再拖下山坡。库热西却带着几名维吾尔族兵去攀爬绝壁。绝壁上，星星点点的有那么几棵树。他们在绝壁上把树放倒，让树从高空落下去。看着他在悬崖上攀爬，把身体紧贴山崖，呈一个"大"字形，我不由得为他捏一把汗。

库热西是识马的好手。去喀什领军马，一路风餐露宿，一连十天，一路观察那些马，给相中的马做记号，想着留给自己的连队。在分马时，他和九连的一名维吾尔族兵翻脸，双方对骂，动了鞭子。那兵在马群经过明铁盖时飞身上马，把一匹乌龙马抢了去。看着那小子骑马飞越过雪冈，库热西气得双脚直跳，两眼充血。

他是克孜勒苏柯尔克孜自治州首府阿图什人，却梦想着提干长期留在哨卡，当一名翻译。

他懂一点汉语，试着朝这个方向努力。他常常煞有介事地捧着维吾尔文本《毛选》（第五卷）阅读，并且在大会的发言中引用。他用维吾尔语念一遍后再用汉语解释，以证实他的水平。

他很快入了党。

他决心抓住机会，来一个突破，机会稍纵即逝嘛！他幼稚地打破自己的民族习俗，以证实自己的"进步"。他原本是一个穆斯林。他这种幼稚的做法，却招来别的维吾尔族战士的愤怒。

"库热西妈妈的！"买买提说。买买提原本很尊敬库热西，现在却轻蔑地朝他背后啐口水。他得罪了别的维吾尔族兵，一时间变成孤家寡人。

下一年春天刚过，团里突然给哨卡派来一名翻译，翻译叫依米提。依米提脾气好，处事沉稳。依米提的汉话并不比库热西讲得好，但他会写汉字。库热西是那种一有心事就表现到脸上的人，他的失落很快表现到脸上来。只不过一两天，他又恢复了自己的民族习惯，因此，也恢复了维吾尔族兵对他的尊重。

6月份，库热西回去探了一次家。到了9月，他又要求下山到塔什库尔干看病。哨卡人很快知道了他的秘密，原来，库热西在塔什库尔干与一名塔吉克族干部的女儿谈婚。

"库热西妈妈的！"买买提又愤怒地说。

买买提是一名粗汉，健壮、结实，满脸浓密的络腮胡子，有两片乌鸦羽毛一样粗而乌黑的眉，乒乓球一样大的眼睛，大鼻子。他看去很凶悍，实则是一个心地非常善良、非常细腻，又非常有民族自尊心和民族自豪感的童心男子，和我是朋友。

买买提认为，库热西的婚姻目的不纯。他说："他是为了在塔什库尔干安排个工作！"

果然如此。次年春天,库热西退伍,很快在塔什库尔干和女友完婚,又很快安排了工作,却是在离县城一百公里的卡拉其古牧场当一名牧工。这单位就在我们营部驻地附近。

这年 5 月,库热西忽然回到明铁盖哨卡来了。他带着一辆吉普车。大家都"库热西,库热西"地叫,围上去。他穿着一件蓝色的卡其中山装,绿军裤。他热情地和每一个人握手,与他同来的还有牧场的两名维吾尔族职工。

那年月粮食紧缺,库热西回哨卡是想买一些面粉。他一定给牧场的人吹过牛了。在过去,在古尔邦节或肉孜节,他必定和哨卡干部一起,带着面粉、盐巴到老牧民热孜克家慰问。他估计买一点面粉不成问题。

库热西爽朗地向连长开口。

"库热西想买面粉。"连长说。

副指导员刚从司务长职务上提起来,瞅着库热西笑,笑过之后说:"库热西,你不是退伍了吗?"

库热西脸上的笑颤抖了一下。

"我们这可是军需,是定量的。"副指导员又说。

库热西脸上的笑容一下子冻住了。

他是从来不求人的,这次却求道:"少卖给一点,一袋子行不行?"

和他同来的人无不尴尬。

战士谁也帮不了他。

他莽莽撞撞在哨卡转了一圈,失望而归。

我最后一次听说库热西是这年的 11 月。那时,买买提刚刚探家归来。他说，在卡拉其古牧场找过一次库热西。

"我看见库热西了。"买买提说。

"他在干啥？"我问。

"他在牧场。"

"他在牧场干啥？"

"他在牧场放羊。"

"放羊又怎么样呢？"

"我看见他穿了一身旧军装，扛了一根棍子。"

"那又怎么样呢？"

"他在棍子上挂了一只水壶。"

"那又怎么？"

"壶里装着酒。"

"他请你喝酒了？"

"天下雪，他请我喝了酒。"

"他女人呢？"

"在县城。"

"他觉得如何？"

"他不觉得如何。天下雪，他请我喝酒。喝过酒，他扛着棍子，挑着酒壶，赶羊往山谷里走了。"

"那又怎样呢？"

"他走远了。"

再没有人看到过库热西，也没有人向我提起他。

许多年后，当年那些兵，全都离开了哨卡，离开了雪山。而随着时间的推移，当我梦绕魂牵，想念雪山，想念哨卡时，我想起库热西。

他毕竟留在了雪山。我常常记起买买提说的那些话，想起他身穿旧军装，扛着棍子，挑着酒壶，冒着风雪往山谷里赶羊的样子。

他那红而爽直的脸，他那在风雪中走路的姿势。

听说这几年，在我们边防团防区，继过去红其拉甫口岸开放之后，通往原苏联现塔吉克斯坦的口岸也开放了，塔什库尔干县城现在是一个边境贸易繁忙的市镇。我的战友库热西还会回明铁盖哨卡吗？他和他的塔吉克妻子生活的如何，是否幸福呢？

2001 年 4 月 19 日

雪山谍影

刚到哨卡,我有点迷糊。一直到第二天中午,我还是昏昏沉沉。我连哨卡的方位也弄不清楚。连队宣布老兵带新兵上夜哨,这个规定至少要坚持两个星期。新兵刚到,什么都不明白。老兵得教他如何去哨位,如何观察地形地物,如何交接班,如何照看每一个宿舍的火炉子。

半夜里,我睡得正热乎的时候被人推醒来。黑暗中,詹河站在我面前。哨兵上哨、出哨和收哨都不准点灯。我跳起来三两下穿好衣服,全副武装和詹河一起到哨位去。

詹河是1976年入伍的,早我一年罢了。然而,现在是老兵了。我们一起到营区大门口,登上哨楼。

上一班哨也是一个老兵带一名新兵。詹河凑上前去问:"有什么情况?"那位老兵说:"没有。"接着交代了口令。

我感到挺新鲜。小小哨楼两米见方,一扇薄薄的门,墙也不厚,一道土楼梯弯上来。这样的哨楼只能避风挡雪是不是?

我从院子里走过来时被冷风一激,有一点冷。詹河把门关上。

哨楼上有三个观察孔,都只有一巴掌大,上面嵌着玻璃。我们从观察孔往外看。

这夜月色朦胧,哨卡前面的谷地白花花一片,积雪还没有化呢。我把枪紧紧攥在手里,我从玻璃孔里使劲往外瞅,问:"苏联在哪里?"詹河也在玻璃孔上瞄瞄,指前面说:"那里。"我看见白花花的一片那面有一道亮光。我问:"那是什么?"詹河说:"冰河。"冰河白天我已经去过了,我曾去那里拉水。我说:"冰河那面就是苏联,是不是?"詹河说:"不是。""那他们在哪里?""在山那边。"山在冰河那边。月色中,可见它朦胧的身影。白天我已见识过它了。山很高、很陡,到处都是绝壁。虽是阳山,到3月雪还没化。我的印象中,它的方向应是东边,而詹河明明白白告诉我,这个方向是北。白天,我在冰河拉水时,我以为这就是界河。尽管河对面空空荡荡,从河岸到山脚是布满石头的斜坡,但我依然非常警惕。我老以为那边就是苏联,不然,我们的哨卡和阵地修在这里有什么意思?当时我问过和我一起去拉水的副班长董良,他支吾了一声没有给我说清楚。现在我要上夜哨了,我想我们面对的是苏联,不然,我在岗楼里放哨有什么意思!我并不害怕,我很喜欢刺激。现在,詹河又告诉我,河对面不是苏联!我问得很郑重,我认为这事非常重要。我问:"这山叫什么名字?"詹河说:"塔木泰克。"我说:"苏联在山那边多远?"詹河说:"少说也有五公里。"我一下子泄了气,紧绷的神经一下子放松了。

詹河说:"现在你知道没什么事了吧?来,我们点烟抽。"我说:"哨位上不是不准抽烟吗?"他说:"咱们换着抽。"他蹲下去点着一支烟,说:"你往外盯视,我抽几口。"

詹河抽过几口给我交代地形地物,末了说:"我们主要是把守这个口子,不要让特务溜过去。"我说:"有特务吗?"詹河说:"怎么没有?"我说:"这么宽的地方怎么把守得住?"詹河说:"到处都是雪山,他们必须从这里过去。他们来了,你就喊口令。如果他们答不上来,还向哨卡接近,你就朝天开枪。这是警告,你不要没警告就朝他开枪,万一你弄错了,打死了老乡或者别的什么人。"

我说:"有那号事吗?"詹河说:"怎么没有?去年警卫连,就是我们一年入伍的兵,一紧张开枪把自己的连长给打死了。"我说:"怎么回事?"詹河说:"他是新兵,是不是?连长夜里查哨,想考验一下他的警惕性。连长去的时候把羊皮大衣反穿上,装成一只羊,向哨位接近。他问了一声口令,连长没有答,趴地上不动了。他抬手就是一枪。听见哎哟一声跑过去看才知是连长……你就记住,有什么情况先问口令,他不答,你先朝天开枪。朝天一开枪,大家都惊醒了不是?真有特务,这时候抓他也不迟。千万不要随便朝目标开枪,打错了人。"

我想,边界既然离我们这么远,这事不可能发生。詹河似乎看出了我的心思,说:"你可不要大意。边境什么事情都可能发生。"我说:"有那么严重?"詹河说:"怎么没有?你瞧着吧,特务经常在我们哨卡附近打信号弹呢。"

值这么一班哨,我对詹河印象挺好,我看出他是一个热心肠人。

他说:"你是知青不是?"我说:"是。"他说:"来,我们站起来抽。"我们一人叼半截烟。詹河说:"别走出去就是,别让人看见明火。看见明火，敌人就发现目标。我从来不在哨楼外抽烟。那对自己不好，是不是？搞不好为这一支烟把命送了。你是知青，你怎么到这里当兵来了？"

我认为，知青和来不来这里当兵没有必然联系。

我说："你家在哪里？"他说："我家在河北，河北武安。太行山，知道不知道？"我说："我知道太行山，那地方有条红旗渠。"他说："我们这一批兵都来自太行山区。但是，一部分家在山下，是平川；一部分家在山里。在山里的都是涉县人，他们是真正的太行山人。而我们是武安，我家在平川坝子里。"他说完后，用炯炯的眼睛看我。我赶紧点头，同意来自坝子里的人有点优越。

我对苏联离我们哨卡那么远有点泄气，我当兵就是冲着边防来的。我过去想象的边防，两国之间是隔着一道墙，最次也是隔着一道铁丝网。然后是两国军队隔边界对峙，人成天处于紧张的戒备状态。那很有意思，是不是？

在我当兵离开家乡之前，大概是前一个月吧，我做了一个梦。我梦见我在雪山上。雪山上到处都是雪，软软的，像我们家乡冬天的那种软雪。我在站哨。岗楼在一面雪坡上，是那种我在家乡见到过的，木质的，和邮政局投信箱一样颜色的绿色岗楼。我穿着一件绿色的军大衣，戴一顶绿色的棉军帽，背一支带刺刀的步枪，从岗楼里走出来。我那么浪漫，我走出来后就斜靠在岗楼上，看远方的天空。我看远方有没有人在看我，我在保卫国防呢，应该有人看我才对。而在附近，雪坡下面，一道铁丝网那面，同样的一座岗楼边，站着一名苏联士兵。我走过去顺着铁丝网走。他也走过来。我们都沿着铁丝网走，谁也不招呼谁。有时目光相遇了，就警惕地点一点头。

现在，我就在雪山上。我们的哨卡就在边境。而我们哨卡的岗楼却是土坯砌的，涂一层薄薄的黄泥。边界还在山那边，在冰山上，不爬山根本无法接近。这样的地方居然还有敌情，我有点怀疑。

夏季到了，哨卡一项重要的任务就是检查出入禁区的人。5月初，牧民开始游牧到雪山来，他们都要从哨卡大门外经过。他们中大多数都是民兵，是配合我们守边防的人。但是，他们出入禁区时都得亮证，就是边防通行证。对那些年年来，哨卡干部和老兵们都认识的老民兵，我们不看证件也就放过去了。但是，对陌生人——第一次来禁区的，我们都要仔细盘查，把证件看清楚。干部们提醒：虽然都是民兵，但不排除里面混有坏人。

果然，在夏天的夜晚，信号弹就在哨卡附近打起来了。我第一次看见信号弹在附近打起来，曾经紧张了片刻。我一个人在站哨。我从岗楼上看见，信号弹从哨卡东边的戈壁滩上升起。我仔细朝那里观察，看不见人影。黄色的信号弹很亮，一瞬间照亮了夜空。我跑进连部，叫醒连长。我说："连长，有信号弹！"连长说："哪里？"我说："哨卡东边。"连长打了个哈欠，说："继续观察。"翻个身又睡了。这么大的敌情，连长居然又睡了！我回到哨位上，不眨眼地朝四周观察：平安无事！我给下一班哨兵交哨时，说："刚才东边打了一颗信号弹。"接哨的是卫生员王小国，他是老兵。他手里打着手电筒,说:"你在哨楼上警戒,我过去瞅瞅。"他打着手电筒转了一圈回来说:"没事。"我说:"那是谁打的呢?"他说:"遥控发射,多得很。"我说:"那总有人把它放在那里吧?"他说:"那还不容易。他们过来,收买牧民,牧民把它们随便扔在哨卡附近就不管了。他们想什么时候发射就遥控发射。"第二天早晨,我去头天夜里升起信号弹的地方看,居然没有一点痕迹。

果然很多,每隔几夜就有站夜哨的哨兵到连部叫连长,说发现了信号弹。连长有时连身也不翻,问:"还有什么动静?"进来报告的全是新兵。而老兵都习惯了,发现信号弹,除了多一份警惕,给下一班哨兵叮嘱一声之外,不做特殊处理。

我后来上夜哨,又发现了几次信号弹。一次从河边升起,绿色的,把河水照得绿光闪闪。还有一次从阵地边升起,白色的。第二天,我又去升起信号弹的地方看,又是没有任何痕迹。见得多了,我们也就不当一回事了。哨兵自己多一份警惕而已。

这样的边境地带,有没有什么特务呢?有一次,在卫生室,我、军医杨金玉、卫生员王小国一起聊这件事。王小国是一个心细的人,他说:"怎么没有?总之在边境要处处小心。"他早我两年到部队。我说:"你见过特务吗?"他瞪着眼看我,说:"没有——不过,我没见过不等于没有。""你见过吗?"我问杨医生。他是1968年入伍,早我九年到部队,以他的阅历一定见过了。我瞅着他。杨医生把正在抽的一个烟头扔进垃圾桶里,说:"我见过。"我一下子来了精神,问:"在哪里?"

杨医生平静地说："在团里。"我说："什么特务？他来干什么？捉住他没有？你怎么看见的？"杨医生清清嗓子，说："我们经常看见放信号弹，那不算啥。那是过来了个把土特务。他们带了信号弹来，花钱收买牧民。他们也就是放两颗信号弹骚扰我们一下罢了，别的也干不了什么。"我说："你见到的特务呢？"他笑笑说："你别着急。其实，我看见他时，他已经死了。不过，那是一个真正的特务。我们从他那把袖珍小手枪来判断这个问题。"我说："怎么回事？"他说："我们接到上级的通报说，有特务过来了。老乡觉悟很高，老乡向我们报告了敌情。我们因此发现了特务的踪迹。这特务知道我们发现他了，想往出跑，但是，他迷路了。我们的人追他时，他跑进了一条山沟。这条山沟根本走不通。他进去后再没法往别处去了。他绝望了，便开枪自杀了。"

杨金玉说完笑眯眯的。

"这就完了？"我说。

"完了。"杨金玉说。

我哈哈大笑，说："你在骗人。"

杨金玉收住笑，说："我怎么骗人？团部通知我们几个大夫，说这特务死了，但死因不明，让我们去解剖尸体。我们骑着马去了。看那人躺在一道坡坎边。人死了，手里拿着一把袖珍小手枪。那手枪非常小，比火柴盒稍微大点。这样的手枪怎么能打死人？查看手枪，他显然是用手枪自杀的。但查遍了尸体，找不到弹孔在哪里。后来，我们判断他是往口腔里开了枪。把他的头发剃了，果然就是。子弹从颅脑里穿出来，刚刚露出头皮。子弹很小，像一枚大头针头。这你信了吧？"

我说："还有呢？"

杨金玉说："什么还有呢？"

我说："这特务来干什么？"

杨金玉说："那谁知道？他人都死了。"

一年过去，一到夏季禁区开禁，总有信号弹在附近升起。我成了老兵了，看见它升起，也镇定自如。不过，这一年边境真正发生了一件大事情。有一段时间，我们加强了戒备。

这件事发生在一营的防区。团部通报说：近日，从边界那边过来了五名特务，边防团打了一个埋伏，三名特务跑了，一名在快出国境时被击毙，另一名被子弹打成重伤。在我们的人包抄过去时，那个受伤的特务自杀了。消息说：我方已和苏联方面交涉了，苏方不承认是特务，说这几个人涉嫌走私，也正在受他们的通缉。不管是不是特务，团部命令所有的哨卡加强戒备，以防对方报复。那几天，所有哨卡都放了双哨。对方果然有反应。一天夜里，在我们哨卡附近，东北南三个方向，同时有三颗信号弹升起。在当天晚上，千里边防线上，所有哨卡都有信号弹升起。对方是在炫耀自己的间谍力量吧？团部命令：一定要加强戒备。

次日晚上，就发生了这么一件事。我和王小国去接哨。我们的前一班哨是二班长殷顺和我的同年兵达成。我们接哨的时候，二班长紧张地说："有敌情。"他告诉我们，猪圈院墙外有动静。我们听了听，似乎有脚步声。搜索到猪圈边，脚步声果然在院墙外。再搜索到院墙外，脚步声好像在河边。河边的脚步声好像还不止一个。往那边瞅,好像有黑乎乎的一片。

二班长说:"暂且不要报告连长。听我指挥,我们来把它弄清楚。"他发布命令,对我说:"你,打着手电筒,从中间靠过去;小国和达成,跟在后边从两边包抄;我上哨楼观察,一旦真有情况,我好鸣枪向全连报警。"

我一想,怎么让我走中间走前面,还要打手电筒,真有情况我这不是找死嘛!我看看达成和王小国,他俩都笑嘻嘻的。我想,那我就豁出去了吧!反正我也是个不怕死的!不过,你二班长怎么就去蹲到哨楼上?我心里这么一想,就有点不高兴。但我从来是那种兜得住的人。我说:"好,那我就摸过去。"

我左手拿手电,右手提冲锋枪。我把冲锋枪的保险机打开,扳到连射的位置,随时准备开枪扫射。然后我趴在地上,左手横着伸出去,使手电筒和我保持一胳膊距离。我把手电筒一亮一灭,刚一亮就把它灭了,灭得时间很长。手电一灭,我就横里做蛇行状爬进。我想,我总不能还没有开火就让你们把我打死吧?我一直向河边爬过去。夏天,小草在河滩上长起来了,有四指深。河滩边有一块地,是我们开垦出来的。我们在它的四周围了一圈矮墙,用于挡风。这样,我们就可以在墙里面种青稞了。雪山天寒,青稞不可能结籽,但夏末割了晾干了当马草,储备到冬天用没问题。我听见的脚步声就是从那里传过来的,我一点点地朝那里接近。我已快爬到青稞地了,对方还没有反应。这天夜非常黑。我突然打开手电筒,一匹马已从矮墙里面把头探到了我面前。我惊了一下之后立刻反应过来:

原来是马号里的马跑了,它们跑到地里来吃青稞。我站起来说:"是马跑了,它们在吃青稞!"一共有十几匹马,它们吃得那么专心。王小国和达成听见声音也站起来,二班长也跑过来。这时候,我有点生气,我说:"二班长,凭什么遇见情况你不往前冲?"二班长尴尬地辩解,说:"这事可不要声张,不要让连长知道。"

一场虚惊就在我们四个人中间化解了。

因为第一边防营发生的打死特务事件,我们全团一共战备了三十多天。没多久,我到团里,对特务事件探了个究竟。我的老同学付川在步兵连,他曾被抽出来参加了一次行动,那就是给苏方交还尸体。经过外交途径,苏联边防军曾和我们边防团进行接触。在卡拉苏哨卡附近,我方向苏方交还尸体。

那天,苏方开来两辆大卡车。大卡车用篷布蒙严了,里面有什么布置不得而知。我们当然也做了准备,不然,把付川他们调上去干什么?

我方派了一个战斗班。这个班的人员个头都挑选过,尽量找魁梧的,他们的任务是护卫国旗。

从喀什上来的上级领导和翻译与我们的副团长同坐一辆吉普车,另一辆车拉着尸体。苏方和中方都在自己的一边插了国旗。我方让苏方过来,苏方打手势让我们的人过去,我们的吉普车便开过去了。苏方的人员拿着一个小册子只是翻,和两具尸体对照片。当确认是他们的人之后,他们仍然不承认是间谍,而强调说,这两个人也正受到他们的追击,是两个走私者。我方说:走私者为什么带枪?受伤后为什么自杀呢?不管怎么说，尸体是交给他们了。付川说："我们送尸体时，还给他们装了棺材匣子。苏方把人搬出来，竟然用白布一裹就装上了车。"在边防团团部，我在一名参谋那里看见了交还尸体的照片。我们那时军装很简单，而苏军则是大盖帽，毛呢子大衣扎腰带，脚蹬皮靴。那一身行头看起来是比较威武。

有了这么一件事，我才觉得，所谓特务的事离我们并不遥远。

转眼到了1979年春天，南方要自卫反击了，我们西线也在战备。内部通报说，苏军也在战备，勃列日涅夫到了中亚军区。广播里每天都在报道南线中越边境的紧张气氛。形势还没有特别紧张，但回去探家和在山下休假的人都被通知回来了，连病号也被通知归队。那几天，连部住不下，我和侯排长、驭手王小元住在一间库房里。这天晚上，熄灯哨吹过了，大家都睡了。我们因为排长刚从家乡探亲回来，和他聊天，还没有熄灯。我们三个人都躺在床上，一边聊天，一边抽烟。

突然一声枪响。

排长说："是不是枪响？"

我说："就是。"

排长一骨碌翻身起来，从枕头下拔出手枪，穿着裤头就冲出了房门。我也跳起来，三两下穿好衣服，提着冲锋枪冲了出去。我冲出去的时候，王小元还在慢腾腾地穿棉裤。他把衣服穿好了，又扎腰带，又背子弹带、手榴弹袋，一副不慌不忙的样子。

而我的枪上只有一个弹匣。我连子弹带也没顾上提，一出门就去了军械库,围着军械库转了一圈。那里很重要,我要看看会不会出问题。我没有发现异常情况,赶紧返回去。我回宿舍时,王小元正全副武装跑出来,问我:"有什么情况?"我说:"不知道。"他说:"排长呢?"我说:"可能上了阵地。"他一溜烟地跑出营区。

我回房子把手榴弹袋背了,腰带扎紧,又背好子弹带。现在,我也要上阵地去了。我把冲锋枪保险机打开,扳到连射位置,子弹推上膛。现在好了,只要我二拇指一动,三十发子弹就会一连串射出去。我出了宿舍直奔营区大门口,在我跑向大门口时,突然听见营区院墙外从阵地那边传过来一连串慌乱的脚步声。莫不是特务被排长和王小元追急了,慌不择路地朝这边跑来了?我心里一阵紧张一阵兴奋。好!我今天要立上一功!我一定要捉个活的!我藏在大门口门柱旁,把枪端好了。听见脚步声啪啪过来,我横刺里朝外面跳出去。我这么横刺里跳,是为了防止对方突然射击,我双脚落地前用枪指住对方,同时大吼一声:"不准动!"来人慌得闪了一下,说:"嗨嗨,是我!"我这才看清是王小元。他提着枪,跑得上气不接下气。

我说:"你跑回来干什么?"他说:"排长让我给连长报告,说哨兵不见了,可能让人摸了。"我说:"排长呢?"他说:"排长在阵地上。"哨兵让人摸了!这还了得!我和王小元赶紧跑进连部。连长还在睡觉,哨兵郑德正站在床面前。连长说:"你慢慢说,发生了什么事?"郑德一急支支吾吾,什么也说不清楚。我说:"连长,刚才有人打枪,排长已上了阵地！"连长一跃而起，说："吹紧急集合号！"我摘下小喇叭跑出去嘟嘟地吹。不过一分钟，战斗班的人全都全副武装冲出来了，其他人员也都冲出来了。连长手提手枪，站到队伍前面，大声说："刚才有人打枪，排长已上阵地去了。听我命令：一班跟我立即上阵地；二班由副指导员带领坚守营区；三班由副连长带领去阵地前沿搜索巡逻；其他人员各就各位。立即行动！"

我提着冲锋枪随连长往阵地上跑，迎面碰见排长光着身子从阵地上下来。他冻得受不住了。他说："哨兵被人摸了！"我说："没有，他在连部站着呢。"排长说："他人呢？"我说："那不是。"副指导员正在大门口盘问哨兵，问他发生了什么事。排长冲上前怒吼："你刚才在干什么？"哨兵说："我去连部报告敌情。"排长说："刚才哪里打枪？"哨兵说："那一枪是我打的。"排长说："为什么打枪？"哨兵说："我看见跑过去一个人。"排长说："在哪里？"哨兵说："在土坦克那边。"土坦克是我们训练打坦克自制的一个模型。我们立刻去土坦克那里搜索，结果发现在旁边的洼地里，有一头吃草的毛驴。那是连队的小毛驴，从马号跑出去了。这夜月色那么亮，哨兵居然没有看清楚。

不管怎么说，整个夜晚第一战斗班都待在阵地上，第三战斗班前前后后巡逻了三个多小时。副连长巡逻回来说，没有发现什么异常情况，他恼怒地问哨兵："你是怎么搞的？"

大家都说，哨兵因为战备过于紧张了。这一场虚惊也就这么过去。

然而，第二天中午，驭手王小元躺在床上想心事。他双手抱后脑勺，想了又想，突然问我："我说，昨天晚上你跳出来抓我时，冲锋枪子弹上膛没有？"我说："上了。"他愣了一下。我说："不但上了，我还扳到连射。"他的脸唰一下白了。他坐起来说："你的手扣在扳机上？"我说："怎么不是。"过了很久，他才躺下，他在躺下去时一哆嗦，说："你呀，差一点把我打死。"我说："怎么不是？我听见脚步声那么慌张，还以为是跑过来了一个特务呢。我想捉个活的。"

我后来也很后怕。我想："万一我把王小元打死了呢？"于是我迁怪郑德。郑德是我的同乡，我对他说："你呀，差一点让我犯个大错误。"

2001 年 4 月 28 日

四十公里雪程

他们排成纵队，出现在白茫茫的雪原上，慢慢地蠕动着，好像巨大的玉盘上绽开的裂纹缓缓地向前延伸。疾风刮着地面，呼呼作响，卷起尚未冻结在地面上的雪的粉末。

他们挪着沉重的步子，在雪地上砸下一溜深深的坑窝，每走一步，都重重地喘息，喷出的热气从口罩边溢出来，在睫毛、眉毛和胡楂子上结成沙状的冰粒。每个人都穿得很厚：衬衣、绒衣、皮背心、棉衣、罩衣；毛皮鞋像铁锭一样，踏在地上橐橐地响；皮手套戴至小臂，人造毛帽耳放下来紧紧地系住，帽檐重重地压住眉骨……可是，他们依然觉得很冷，还在身上套上一件羊皮大衣。这样一来，他们都显得更加肥大，笨拙得实在像头熊。

高原的风真厉害呀！不比平原的风——湿风，这种风只冻皮肉。高原的风是干燥的、真正的冷风，冷硬的风。它刮起来像刀子，像冰冷的飞箭，一下子就从后背穿过，穿透皮肉、骨髓和血液，从前胸直穿出去。空气本来稀薄，却又急剧流动。他们渴望空气像饥饿的婴儿渴望母亲的奶汁，每个人都张开口使劲地呼吸，好像刚刚从水中扔到岸上的活鱼。低气压使血压降下去，无事时就昏昏欲睡，此刻活动起来，更觉得头重脚轻。

他们慢慢地向前走，几乎是一步一歇。积雪有时陷至膝盖，有时掩埋过腰身。裤管和鞋面在摩擦中渐渐打湿了，但是只要不停顿下来，脚掌到胯部就一直很热。可是脚趾很冷，这些部位跟鼻尖和耳轮一样，若不是有皮毛保暖，一定会冻得发烫，过后就冷却下来，直至麻木。每个人都扛着一把铁锹，像扛枪那样，锹头向天空斜指着。走过一段路，有人回过头去看：哨卡的那几幢小屋，弹丸一般在冰山下扔着，岗楼静静地矗立着，长方形的射孔，仿佛黑色的眼睛，在雪野里更加醒目。从那踏过来的足迹，宛然一条从脚下飞出来的发辫，由粗变细，愈远愈细，一直细到没有。

"多好的天气啊！"抱怨寒冷的一个没有，反而有人轻轻地赞叹了。

于是，有人仰首看去，看那高阔的蔚蓝的天空。天空好像是洗过的，如出浴的少女一样鲜亮，海子一样清澈。那阳光是金黄色的，可是从积雪上反照回来，便成了刺目的闪光，每一粒雪尘便成为一颗闪光的晶体。而明铁盖河仿佛是有了生气，晃动着浑身的玉片，河面上一片光辉。那雪裹冰封的群峰，如巨人矗立，蟒龙般的烟云从上面升起来，绵延千里，宛如奇大的银色的蒸汽机头，喷吐着浓密的烟雾。

他们沉着地朝前走，顾不上说话，每走一步都格外吃力。那被疾风和阳光蚀黑的脸庞，流露出忍受煎熬的神色。太阳渐渐爬高，温度也上升起来。有人开始觉得身上发热，摘掉口罩、敞开大衣；有人将墨镜或风镜戴上了；有人埋头看看手表。已经九点十五分了，可是，走了还没有三公里。

"前面停下！"排长在后面大声喊。队伍停下来。几个战士用锹把顶住胸膛，支撑住倾斜的身体。有人歪斜着身子，呼呼地喘息着。

排长瘦小、精悍，不大的眼睛里放射着沉静的光辉。"原地休息！"他用不很响亮的声音说。

大家纷纷在雪地上坐下，不愿意多走一步。大家都面对太阳，享受太阳温暖的照耀，也高兴冷风拭掉脸上的汗渍。

"往年的冬天从来没有这么长啊！"有人开始和近旁的人说话。

"他们也是，怎么不悠着烧呢！"一个小脑门战士愤愤不平。

"话不能这么说，托克曼苏卡子哪能和我们比呢。他们那连干牛粪也捡不着。"搭话人一副善解人意的口气。

"娘的，我的火柴呢？"有人嘴上叼着烟卷，在衣袋里摸索着，接着点燃了烟。浓烈的烟味在疾风中开始飘散。仿佛是听见了熟悉的信号，每个人都摸出一支，或者卷好一支，点燃吸着。

有一处爆起一阵哄笑，一个大个子摘掉帽子在空中挥动着，哎——哎——哎地叫；另一个战士从地上飞起一个雪团，打在他脸上。嬉笑声和叫骂声便从这起来，几个人艰难地在雪地里奔跑追逐。

也有人站起身，轻轻跺脚。一个战士小声嘀咕："该干了，坐着实在冻。"

"四十公里路哩,挖吧,不然早得很呢……"有人随声附和。

排长扔掉烟头,拾起铁锹,眯细了眼睛,静静地向远处眺望。他那样子像在聆听什么声音,然后把铁锹使劲扎进雪里,用脚使劲踩了一下,一屈腿,将一块积雪铲起抛了出去。

大家全都站了起来,一条线地在不很分明的被积雪覆盖了的路面上排列开来。铁锹和积雪的接触声,雪块脱离铁锹的摩擦声嚓嚓地响。每个人都重重地呼吸,白色的气流从口中喷出好远,像小小的手电筒在黑夜里放射的光柱。

雪层一块块地被切割。雪块是新鲜的,蓬松而略有弹性的。有人端着它在铁锹上颠了几下,咂着嘴说:"嘿,和我们家乡的年糕差不多呢!"

大家都挥舞着铁锹,大衣的衣角摆动着。

雪尘飞舞,此起彼落。心脏在胸膛里跳动着、撞击着,发出沉闷的声音。血液在流转,骨节在啪啪地响。筋肉绷紧了,有片刻还突突颤动。喉管里发出吭吭的声音。毛孔逐渐张开,汗从皮肤里渗透出来,黏糊糊的,受了冷气的袭击,顷刻变成细小的冰珠。"啊——啊!"有人轻轻地低吟着,似乎陶醉在劳动的节奏中了。抬起头,脸蛋红扑扑的。雪块像白色羽毛的球体,像棉团,像凝结的乳汁,像软化了的美玉,在空中飞起,又跌到地上,翻滚一下,懒懒地爬开。雪层下露出白里透黑的路面来了。雪的粉末像晚秋的晨霜一样,和泥土掺和着。路面一片片扩大,最后铲除了白色的界线,一段路便像一卷灰色的布匹在脚下展开。

几个人先后伸展了腰，看看这伸展开去的路面。

一个人脱下皮大衣扔在一旁，几个人跟着脱了下来。几个人撩起帽耳，露出那发红的柔软的耳朵。

排长把铁锹插在雪里，摘掉墨镜，看看天空。天空比方才还要亮了，太阳燃烧着，向头顶慢慢逼近。雪山闪着耀眼的光芒，衬着蓝天，显现出美丽的远景。几朵薄云在空中轻轻地浮游着……

巨大的玉盘似的雪原被切割着，仿佛在上面滚过了一道宽阔的车辙。阳光使雪层表面的积雪融化了，雪地上湿漉漉的，雪的反光也不再像上午那般刺目。雪山上的冰雪在融化时变得柔和了，如堆积入云的肥羊的脂膏，如美人熟睡时袒露的肌肤。而雪山的峡口里，流水潺潺，正把那冰冻的山涧，如洗一柄睡剑一样地冲洗。

一条冰河横身而来。

他们横抱着铁锹，从冰堤滑向河谷。他们都在河面上旋了一圈，然后站起来。一个人摔了一跤，爬起来又摔了一跤，再爬起来却不敢向前挪步，在原地动了几下，几乎是直挺挺地摔下去，躺在那有几分钟不动。最后挣扎着爬起来，几乎是一路挪一路摔地冲过岸去。

伴随着这冰上舞蹈的是时时爆起的笑声，掺杂着愉快的吆喝和痛苦的叫喊。

道路开始在彼岸延伸了，沿着一面断壁向山上旋去。铁锹铲动雪块的嚓嚓声，锹把嘎吱的呻吟声，战士呼哧呼哧的喘气声和怦怦的心脏跳动声，又和谐地交奏起来。腿在发困，腰在发酸，心在发烧，胸在发闷，口在发燥，头在发涨，眼睛在冒火。有人俯下身去把额头贴向雪面，脸上洋溢出快意。

在西方，天边出现了一层淡淡的灰色。一股小风吹得人心在不知不觉中紧缩起来。高高的冰峰上，巨大的烟云笨重、吃力地不易察觉地摆动了一下。一只鹰在空中愈旋愈高，勾着头向大地上瞅着，一扭身，一斜翅膀，向东方慌张地飞去。一种阴冷的没有生气的东西渗进了日光里，太阳好像减退了它的热力。空气急剧地颤抖着，身体裸露着的地方，可以感觉到阴冷的尖锐的气体的荡拂。仿佛浓重的墨水溢出，阴云从西方慢慢地爬过来了，渐渐吞没了山头。阴云张牙舞爪，气势汹汹，锋头不断地变幻，一会这一团向前，一会那一团向前，挟带着轰轰的啸声。太阳惭愧地向高空退却，光线显得细长了，显得软弱无力。一层白色的粉末从地上爬起来，在空中翻腾了一下，飞快地旋转着，奔跑着，升浮着，在山坡前兜着圈子，欣赏峡谷的恐怖的叫喊。白色的颗粒从空中斜劈下来，交织成密密的网。有的直劈下来，一股脑钻进了深深的雪褥。微温的空气受了压制，慌乱地向远方逃遁。寒气立刻填塞进来，拥挤着，推搡着，迅速聚集、膨胀、扩散，向空中也向实体浸透。一种恐惧注入了人的心头。这从人的目光里反映出来——每一双眼睛，都与这残酷的自然气势一样，急剧地变化，显得越来越冷峻。

"该死的天！"有人诅咒。

"我们要白干了！"有人泄气。

"千万别来暴风雪呀!"有人祈盼着。

所有的喊声都无情地被疾风带走了,吹卷到不知哪个角落。

风呼啸着,咆哮着,喧嚷着,低吟着……有一阵子,远处传来雪崖崩塌的声音,这声音和其他声音混合着,从头顶上滚过去,碰上峭壁,使峭壁下面的石粉唰唰地散落。雪尘随了风头迅跑、翻滚、喷溅,如激流奔涌。

寒冷凶残地侵袭着人们。有人瑟瑟颤抖;有人眯缝了双眼,在风雪中寻找同伴;有人脸色发青,喉管里发出喔喔的颤音,吹动发紫的嘴唇;还有人沙哑地咳嗽。

"弟兄们……"排长在风声中声嘶力竭地喊。

风暴渐渐平静。

不等风暴停下来,他们就都眯缝了眼,回头望那上午挖开的道路。道路又被不很厚的一层白雪掩埋起来了。他们揪心地望着,感叹这层雪掩埋了他们的劳动。假如这层雪使这段路不能行车,他们真会泄气,甚至灰心丧气地回去发电报,告诉团部,道路挖不通。

每年冬春总有这么几次,或者送重病号下山,或者补充给养,或者有其他特殊任务。这时候,他们就得去挖路。有多少次,他们都是这样干的。有几次,他们没有挖路,但是,他们抬着病号,几乎走了两天一夜。

现在,风和雪都不像刚才那般暴虐了。在气温下降的情况下,霰雪停了,倒飘下一片片小小的柔的雪花,这有点叫人不理解。风力也减弱了。现在的风力,仅仅只能打破飘洒着的雪花的秩序,使这些雪花真正像玉色蝴蝶般飞舞。看这些飞舞的蝴蝶是有趣的,但是,他们谁也不去看它。在突来的风暴过后,他们要使怦怦跳动的心脏安静下来,要使紧张的神经得到歇息。

他们就地坐下。几个人盘脚坐着,几个人侧身躺着,一两个人干脆四仰八叉地睡着。他们的体温并不曾使他们身下的积雪融化,只感到泡沫般松软的雪被压缩。他们的体温不但不能使身下的积雪融化,甚至暖不热身上的内衣。其实,内衣是微温的,只是他们几乎感觉不到。他们一静下来,就感到冷,感到毛孔在收缩,感到流转的血液在减速。

他们又点燃了烟,烟的薄雾又开始在每个人头顶上缭绕旋转。他们与其说是在吸烟,不如说是在吸取烟火给予的一点点热力。就在火柴擦着的那一刹那,看见火光一闪,他们心里就亮堂、温暖了许多。

排长走到每个人的跟前。他没有多少话,只是走到每个人的跟前。他似乎想笑一下,但是脸却扭成了一个奇怪的表情。但是他只需要这样,大家心里就温暖。这时候,他们就摘掉嘴上的烟,并不让烟。脸孔却生动了,活泼了。

看这些脸孔,人的心里是舒坦的。

有一阵子,他们抽着烟,望着深渊下的冰河,竟都想起自己的故乡来,他们常常想起自己的故乡。现在,他们想故乡的春天、溪流、一片片青青的田野;想父爱、母爱和兄弟姊妹的爱;想故乡草舍上升起的炊烟;想在小镇的街上,同学们相见时彼此点头……

他们从来没有像现在这样，在严酷的环境里，感到故乡的可亲可爱。有一阵子，他们甚至用痛苦的心情去想念他们的亲人，他们体验到的爱是别的人无法体验到的。他们甚至用宽赦的心情去想那些曾经使他们极端不愉快、甚至伤害过他们的人。在这个时候，他们能原谅一切，即使有难言的悔恨，也能说清。

他们又爬起来，向挖开的，但是又被白雪覆盖了的道路走过去。他们走在路上，用铁锹试探了几下：雪不深，只不过掩盖了地面，最深的地方，也只能掩埋锹头。这是令人欣慰的，是的——这样的雪是经受不了车轮的碾轧的，汽车可以从上面通过。

铁锹挥舞，锹把在手掌中滑动。他们都起劲地干着，但是，铲起的雪块越来越小，扔出去的也越来越近。他们都认为，这段路越来越难挖。雪太深，雪层太硬。有时他们不得不配合，两把锹头对头端走一块雪。

风声小了，落雪住了，然而天空灰暗。

有人试着又脱掉大衣，可是立刻觉得身体单薄得像一棵草，像一根强劲的朔风面前的枯枝。

因为没有了阳光，似乎也就影响到他们的视线。他们从心里感到一种难以名状的压抑，感到严寒咄咄逼人的气势。同时他们不只感到寒冷，而且感到饥饿。

他们来时都带着馒头，可是现在，馒头已经结冰。他们将馒头高举起来,摔在冰上,馒头像皮球一样弹起很高,冰上多了一点斑点。他们把馒头塞进怀里,指望体温将它焐热。

他们不敢有过高的奢望,他们盼望能有一碗热汤,或是一碗热面。但是谁都知道,就是有一碗沸汤,在这也会结冰。

道路向前延伸,绕过一个山脚,经过一片山坳里的洼地。夏秋季节,洼地里总会有牧民的灰黑色的毡篷。每天这个时候,牧羊人赶着羊群在山洼里游荡,洼地里一片咩咩的叫声。这时,牧歌也就在山坳里唱起来,鹰笛也就嘀嘀地吹响。他们走过这洼地的时候,总会看见旱獭在某一个洞口探出它金黄色的脑袋;某一处岩石下,飞窜出一只雪鼠;狐狸从某处斜坡上飘忽地走过——这是真正的银狐,一边走,一边回头望着……这时就响起了牧羊犬的吠叫……而塔吉克族主妇也就走出了毡篷,小孩子跟在她的身后,友好地向来人招手。

现在,洼地里静寂极了。寒冷的空气里,只听见他们铲雪的声音,听见彼此的呼吸声和自己心脏的跳动声。时不时地,还可以听见彼此饥肠的交鸣。这使他们更加频繁地向坐落毡篷的地方张望,同时想起夏日毡篷顶上的炊烟,想起燃烧着干牛粪或干羊粪的馕坑,想起青稞面烤馕,酸奶汁、甜奶汁、奶茶和酸香的奶豆腐。他们不由得停下来,舔着嘴唇。

他们的嘴唇都干裂了,这是被干燥的高原风吹的,唾液舔在上面,像吻了一口辣椒面一般疼痛。他们很渴,而心里,因为饥饿,仿佛着了火。

"多么干净的雪啊!"有人说。

他们惯于赞叹雪,仿佛这雪没有给他们带来严寒,倒是带来了美的享受。

有人便捧起一捧雪来，这白雪在绿色的棉手套上，显得更加洁白。多么可爱的雪啊！多么可爱多么洁白的雪啊！他们将这雪捧到眼前，舍不得似的看了又看，然后探下头去，嘬上嘴唇……突然，像被烙铁烫了似的，猛一哆嗦，一抬头，然后自顾自地笑一笑，稍一迟疑，又毅然将嘴唇压上去，给这雪一个深深的吻。有人干脆匍匐在地上，大口吞咽。

饥饿的胃肠终于使他们不能忍耐。然而，他们的牙齿对付不了那些如铜似铁的馒头。他们小声叫骂，用想象中的美味来充饥，并在想象中大嚼着。

"来来……休息，我来给大家讲个故事。"排长笑说着，把铁锹扣在地上，在铁锹背上坐下。

他们从来就难得看一回报，难得看一本书或一场戏。故事是醇酒，是深山的银耳和大海里的对虾，是精美的小菜，是时常点缀他们生活的宴席。

排长摘下手套，摸出纸片，撒上烟末，不太灵巧地卷动着。大家围着他坐下，也都掏出纸片和烟末来。随着一苗火和一缕青烟起来，他们的口中立刻就包含了香而浓厚的莫合烟味。于是，在时时响起的咳嗽声中，排长的话匣子打开，端出来一个个故事。

在严寒中，他们围着排长，像围着火。

天空昏沉沉的，灰色的云幔悬挂在天上，欲沉欲落。雪山的峰头被云雾遮盖了，只剩下低矮的雪坡。天空有一处亮了一会，一会又昏暗了。亮的时候，可以看见浓淡不一的云彩，在不同高度的空间向不同的方向奔涌。

他们挖着雪，都沉默着。他们都明白，已临近黄昏了。按事先的约定，报务员应送来车队的消息。他们太需要车队的消息了，车队的顺利与否，决定着他们下一步的行动。他们一边挖雪，一边耐心地等待。他们总把那峡谷的震荡，当成汽车马达的轰鸣。远方有雪崩，那是对他们的警告。他们感受着远远传来的雪崩的余韵，似乎嗅到了汽油的气味。

"干吧！"瞧着有人发痴，排长说。

有人说："干吧。"然而没人动。他们依然在倾听，在感受雪崩的余音。

"干吧，伙计们！"

难堪的沉默，比冷寂更沉重地压迫着周围的空气。那轰隆隆的声响太诱人了。

猛然插入积雪的铁锹和积雪的摩擦声，发自肺腑的急促的喘息声，在那些干活的人的周围又响起来。白色的气流，从他们的嘴角吹走。他们的动作有点迟钝了，但是，他们仍然不停地挖着，舍不得伸展一下腰身。

一些人陆续走过来，一步步在积雪的道路上排开。他们终于感到这道路是非挖不可了，便又全神贯注地在自己脚下的那一片雪里铲着、掘着。

排长不再督促，他只是更稳、更有力地掘着那深雪。

他们在长久的期盼中，终于看见来路的迷蒙中有一个黑色的斑点。这斑点若有若无，似动非动，一会又在迷蒙中消失。

当这个斑点又一次出现时，他们看见它渐渐长大，变成一个小小的人形。

淡淡的喜悦在他们心中增长、扩大。人形移动着，由黑色变成了墨绿色，渐渐变成了绿色。

来人是报务员，一个圆头圆脑的战士。

他们关心消息胜过关心报务员，不等报务员站稳，就问："车队如何？"

报务员说："道路必须挖通，车队在继续前进。"

灰色的天空中，浓重的阴云滚动着。从西北方异国国土吹来的风猛烈地揉搓着阴云，使它们推搡着、拥挤着。有好一阵子，云层掠过山谷的时候，巨大的啸声卷飞山顶的浮雪，浮雪纷纷向山谷里落下来。

他们判断又要有一场大风雪，都相互不安地对望着。他们被高原多变的、动荡不安的天气折磨够了，甚至有人脸上流露出任人宰割的神情。

"莫非要前功尽弃了？"有人眼里一遍又一遍闪过这个大家都不愿有的念头。

"真是这样的话，我们干脆回去。"有人私下在心里琢磨。

由于害怕再受到一次不可忍受的打击，他们放慢了挖进的速度。他们更多地瞅着排长是否在大风雪没有到来之前，下达撤退的命令。但是，他们谁都知道：道路必须挖通！否则，托克曼苏哨卡的弟兄们会被冻死。尽管他们盼望出现奇迹，盼望上级撤销挖路的决定，采取什么别的帮助托克曼苏哨卡度过春寒的措施。但是，这种幻想从他们扛着铁锹上路的那一刻起，就完全破灭了。他们知道，只要还有万分之一的希望，排长就会坚持让他们挖下去。他们等待好天气已经很久了，没想到还是这样糟糕！他们希望天气晴下来，哪怕是个阴冷的天气也好，只要不来暴风雪。

阴云翻滚着，变化着。有一阵，浓云聚集，且飞快地奔涌着，像一支庞大的黑色马队在狭道口徘徊，又冲出峡口。突然，一线淡蓝的天色露了出来，这使他们从心底里感到温暖，感到喜悦。黑色马队似的乌云继续奔走，蓝色的天空不断扩大。他们都仰起头注视天空，把手中的铁锹把攥得更紧了。他们欢呼了。在西边的山头，一道炫目的光芒从浓云中喷射出来，照亮了一壁雪山的斜坡！一瞬间，阳光又被阴云遮蔽了。然而，在雪山顶上，出现了一轮金色的光环。金色扩大着，使云层和雪山脱离，在山和云之间，留下一片明净。阳光又照射过来，渐渐地，只看到云朵向东方飞快地涌去。晴空中，那被夕阳染红的几片云彩，不情愿地向东游移。

他们又看见高阔的蔚蓝的天空了，看见白的山、白的峡谷与天空泾渭分明；看见太阳虽然已经旋在西山的山顶，然而力量仍然很足。他们料定夜里会是个晴天，便觉得力量倍增。他们想：真要一直是这样的好天，照往常的挖法，到了午夜，一定会和车队自己的挖路队会合。这样，他们就能坐上车，和车队一道回哨卡去。那么，黎明就能回到哨卡，吃一碗热腾腾的汤面，洗了手、脸、脚，钻进被窝。那么明天就能跟了车队继续西进，把焦炭送到托克曼苏哨卡去。

现在，最使他们泄气的是他们肚子饿。那些馒头没法子充饥，他们曾把它敲碎，和雪粉一起咽进肚里，但胃受不了这不同凡响的刺激，一阵阵痉挛，一阵阵发疼。好在他们看到天空已经放晴，这样，即使肚子饿也能够坚持下去。他们将裤带勒了又勒，打起精神，一路不歇地往前挖。

黄昏很快就过去了，也可以说没有黄昏。太阳稍稍向西倾斜，就碰上雪山的峰头了。他们从来都觉得白昼很短，往往正午刚过，就到了白昼的尽头。高原的夜空是高远的，只要没有阴云。他们虽然是站在世界屋脊之上，仍然是触摸不到星空，相反，星空对于他们更是高深莫测。

现在，他们在喘息之余，仰头去看那些繁星。这里的星似乎比故乡的星明净，全然没有那种红灿灿或黄灿灿的光泽，大半倒是银灿灿的。他们想：现在，在繁星下面，在同样被星光照亮的惨白的雪谷里，有一支车队和挖雪队，他们和我们一样也在挖路，也在看天上的星星。几小时后，两支队伍就会会合，这样，焦炭就会运上托克曼苏哨卡，那的弟兄们就能度过这个寒冷的晚春。

他们的春天从来都是寒冷的，包括他们的夏天和秋天也是如此。仿佛大自然故意在考验这些热血男儿，看他们能不能在这里存活。

现在，他们看这些繁星，觉得这些地球的朋友们倒能耐得住寂寞，来和他们这些雪山之子亲近。有时隔一夜来，有时夜夜都来。他们对这些星星，既感到高远，又怀有一种敬爱之情。

他们觉得，今夜它们分外亲切，与往日夜晚在哨位上看它们时另有一番感触。他们觉得，这是大自然在今夜的恩典，在他们饥饿、劳累时，让这些俏丽的朋友来抚慰他们。

他们挖得更快。他们决不辜负星光，决心在灿烂的星光照耀下，提前完成任务。

他们不停地挖着，在那种手和足的有节奏的配合中，个个都沉醉于思念。谁也不会辜负这美好的星光。在这样洁净的夜晚里，所有美好的思念都蜂拥而至。

道路不断延伸。他们挖完一段，很快又挖一段，不断前进。那些美好的思念，使他们浑身是劲。他们有人想起：小时候，正是在这样的星光下，自己光屁股坐在青石板上，听爸爸讲嘉陵江汛期过后，赤着足的爸爸拿一柄钢叉，踩着水，去深潭活捉娃娃鱼的故事。爸爸捉住娃娃鱼后，嘿嘿地笑。娃娃鱼翻着小眼睛看他。末了进屋歇了，便做了一个活捉娃娃鱼的好梦。在梦中，梦见自己十分渺小，爸爸十分高大……

他们中也有人想起：也是在这样一个有着繁星的晚上，用同一架水车，和同村的一个姑娘给苞谷地浇水。那星光啊，把人都照晕了。平时说说笑笑的伙伴，这一夜倒没有了言语，一垄地没有浇完，便忍不住只身逃走，在星光下面，漫步到黎明……

他们拼命地挖着。自从估计今夜能够与车队会合之后，就忍饥挨饿，甚至觉得身上不再那么冷了，腹中不再那么空空如也……

所有幸福的想象都与思念同至。

现在，明月也升起来了。起初，在雪山的山巅，好像燃了一盆火。他们的心里，便都有火燃了起来。火焰散尽，明月步入中天，小块的浮云爬上前去，轻轻地，小心翼翼地，在铜镜般的月轮上拭抹。那分亲近，是难以比拟的。

他们忍不住停下铁锹，凝视明月。所有幸福的想象，与思念同至。

他们中有人想起：有那么一夜，自己挑着行李，从车站直奔乡里。在月光下把门敲了几遍，妻子竟不相信是自己回来了，倒是儿子听出来了，从窗口伸出头来叫爸爸，又埋怨他母亲："妈，你睡得真死！"现在，他想起他的儿子，儿子又梦见他的爸爸了吧？而他的妻子干完繁重的家务和田里的活后，靠在灶台前，回味着他们鹊桥相会。他想起他们那个村子，被一条小河环绕着。有时也是这样的月夜，妻子去河边洗衣服，她把棒槌敲得山响，又伸出手，划破那粼粼波光，而儿子一边在河边踢水，一边唱歌。儿子的歌是俏皮的，是对父母的褒扬，是对父母相爱的朦胧猜测。

妻子就嚷："你胡嚼什么！"

树荫下就传出一群孩子的欢笑，儿子的笑声最亮、最响……

现在他想：妻子也许又坐在河边吧？儿子也许又在踢水？月亮把他们的倒影投在河边的水里，这是非常非常美的。他想：是的，这是非常美的！

又起风了。星光打战，月光也随之波动。这种变化无常的天气，他们往往一天或一夜经历几个季节。他们趁着星光和月光继续往前挖，身体也在发颤，耳边响着那种长久的、低沉的、缓慢的峡谷风的声音。他们越来越感到一身的"装备"太沉重，好像身体已经支撑不起。他们真想脱掉这一身笨重的装束，扔掉帽子，光着膀子干。他们怀念在无定河边，在嘉陵江岸或在汨罗江上，光着膀子干了一天后，泥鳅似的跳进水里，一边在月光下尽情沐浴，一边谛听在荷塘那边，在港汊的芦苇那边，少女和少妇们在水中嬉戏的声音，聆听那噼的一声脆响过后，接着爆起的妇女们可爱的尖叫声和笑闹声。

那种日子会回来的。他们挖完了这段路，待到7月，谷地里的积雪和河上的坚冰奇迹般地化了，他们中会有人回家探亲，说不定就会重温这往日的好梦呢。

那时候，他们的乡邻，看见他们那一副憨相，那一张被高原风和高原的太阳蚀黑的脸，那一双在黑色的脸上熠熠闪光的，像鹰眼一样闪亮、一样机警的眼睛，便问："你们的生活一定浪漫，一定富有诗意吧？"

他们现在就富有诗意。他们现在经历的，古人、今人想歌吟而未能歌吟。他们只知道"蜀道难"，不知道在人迹罕至、曾经是无人区的地方，有一支这样的挖雪队。

他们要往前挖。在精神和气力上，他们都发挥到了最大限度。他们身上的每一个器官，都在尽最后的微薄的努力。

"我们一定要挖通，绝不能让托克曼苏哨卡的弟兄们冻死呀！"他们在心里说。

真正是弟兄们！每次托克曼苏哨卡的同志们路过此地，他们总是像兄弟一样，共叙一番兄弟之谊。那个维吾尔族战士阿尔肯，代表他们哨卡和我们哨卡的人比赛摔跤，不是被摔破了鼻子还伸出拇指说"好，好，好"吗？我们连的指导员，调到他们连去当指导员，四十多岁了，走的时候骑在马上，在风雪中不是嗷嗷地大哭过吗？而通信员小雷不是趴在他的马屁股上，像趴在他就要远征的爸爸的马屁股上一样，悲伤地抽泣过吗？

他们每次都像款待嘉宾一样，款待路过这里的弟兄们。他们对这些弟兄们，连心都可以掏给。

他们挖呀挖的，身影在夜色中发颤。他们拼命地挖，心里说："弟兄们呀，我们一定要挖通！"

他们的饥肠又在交鸣，而他们的手足越来越感到麻木。同时，他们感到十足的倦意，这种倦意使他们缺氧的脑袋如入梦境、昏昏欲睡。他们的手和足仍然机械地运动，却越来越没有准头。有时，你的铁锹扎在我的铁锹上，迸出一点火星来，他们便骂自己："熊样，怎么不中啦！"

他们又仰望星空，星空在颤动。他们想：那深蓝的天空真是神秘呀！望它一回，就得到一回力的提携！他们讨厌阴云，有时候讨厌到了愤怒的地步。有时候看到乌云张牙舞爪地爬来，便在心里骂："妈的，你比我还愤怒呀！"

阴云到底又爬来了。这种厚颜无耻，使他们愤怒到了无可奈何的地步。他们索性停下来，愤怒地向阴云漫过的地方望着。天空顿时低暗，使人如置身在地窖之中。

雪又来了，斜飞的雪花夹着雪粒，落在他们身上。他们看见老天这样跟他们作对，觉得简直没有了出路，不由得弯弯手指，手指僵硬；跺一跺脚，脚腿麻木。一肚子的委屈不知道该对谁说，他们诅咒老天，对天充满了仇恨。

"干呀！加油干呀！"这是排长从黑暗里传来的声音。

竟然没有人动。竟有人无声地，向路旁一块低洼地走去。

"干呀！加油干呀！"又是排长的声音。这声音显得单调而孤立，像一缕被无际的黑暗抛远的游丝。

风又猛了。风速很快，很有力。现在，即使排长再喊，大家也难以听见。雪不停地落下，奇寒像魔鬼，在夜色中游荡、徘徊。

现在，他们必须挖雪。现在他们一刻也不能停顿，只要不停顿，他们就能照现在这样子活着，而且有希望在午夜时和车队会合。

他们又挖起雪来，用尽全力挖呀挖的，下决心挨到午夜。

"弟兄们"这个声音始终在排长胸中响，他扛着铁锹，挨个儿走到大家跟前，眼对眼对视良久。

他在公路上来回走了几次。他自己吃了一惊，他向那片路旁的洼地走去。他在黑暗中看见几个人蜷睡在那里，突然无比恼怒。他上前推他们，有人抬起头，然而又睡意沉沉地把头低下。他大声喊："起来！兄弟，你会被冻死的！"他用脚踢他们，命令围拢来的战士："搀起来，跑步！"

看见有一个已经不能迈步，他痛心地喊："兄弟，你真笨！"就上前抱住了他，用大衣紧紧裹住。

大家轮流暖着这个冻僵的战士。他的一个同乡一边抚摸着他的脸，一边抽泣。

然而，有人却愤怒了："莫像娘们似的！他又没死！"

他们不停地用手抚摸那个战士的脸，抹去他鬓角和眉毛上的冰花。

那个战士突然挣扎着抬起头来，小声说："放开我……"

在饥肠不断的抗议声中，他们不停地向前挖着。手和脚越来越不听使唤了。有时候，一阵倦意袭来，头脑发晕。他们想：现在，心不能歇着。心不能歇着，纵然有风暴再来，心也不能歇着！

在茫茫的黑暗里，他们不停地挖。他们的心看得很远很远。心长着眼睛，世间的一切都在它的视野里。

现在，心看得很远很远，那些过去的生活，最模糊和最生动的，最微不足道和最大的，都一幕幕再现在眼前。他们想：亲人，我的力量和勇气都是你们给的！

于是有人看见，在他家低矮的茅屋下，有着善良眼睛的母亲站在门前，向半山坡叫他，又顺手把一串火红的辣椒挂上屋檐，又转身回去，端出簸箕，在院子里簸小麦。他又想起，为了逃学，哥哥时常打他。哥哥手狠，打他像打敌人似的。他的头和手都被打破了，哥哥还不罢休。但是，他清楚地记得，在一次挨打之后，他在假寐中，觉得哥哥正站在他的床前，不安的呼吸喷在他的脸上——哥哥在哭，在看他的伤口。他几乎要流下泪来，说："哥哥，原谅我。"

他们中有人想起昔日的女友，她又在灯光昏暗的舞厅里，随着绵绵乐曲，颇感幸福地偎在某人的胸前跳舞吧？她从前那么真诚，那么深情地注视着自己的时候，那目光是非常美好的，那目光宛如明净的泉水。现在，一双娇美的腿和另一双似乎很有信心的腿随了音乐，在这一泓净水中不停地搅着吧？他相信，她从前的目光不会是假的，那是真诚的。他想，这就够了，只要那目光曾经是真诚的。不过他想那目光再也不会迷惑我了，那样的目光，一生中只能迷惑我一次！

有人跟跄了一下，摔倒在雪坡下，又艰难地爬起来。那样子正像他十一岁时和父亲进山打柴，摔到崖坡下。他以为自己死了，可是他挣扎了一阵之后，终于从崖坡下爬上来了，而且在父亲后面，将一捆柴拖回家里。那时候，他还是个孩子。当母亲搂着他，用盐水洗他肩膀上的伤口时，他心里悄悄地流泪。是的，是他自己请求母亲让他跟父亲进山打柴的，因为他不愿看见，父亲和哥哥劳累一天，回到家端起碗时那阴沉沉的脸色。那种脸色，连母亲看见也要发抖。他想，我也要进山砍柴，我决不会像他们那样的。后来，他的伤好了，每次担柴回家，除了夜里睡着后因劳累呻吟外，醒着的时候，完全是照自己想的那么做的。

他们的心都在黑夜里搜索着、摸索着前进。他们的心都看得很远很远。这山的屏障，夜的屏障，雪的屏障都没有了。心看见了辽阔的无边的大地，看见了辽阔的无边的海和壮美的江河，看见了繁华热闹、大厦林立的城市……心沸腾了，心很满足。

黑暗增加，他们不能再看见近旁雪山的轮廓。他们想，大自然究竟用什么魔法，使原来银白的世界变成墨黑的？

风吹得他们站立不住，他们只好转过身来，迎面对风，将头俯下，把身体冲向前去，那模样有点像运动员在跳板上将要跳水的姿势。他们不能看见雪尘的飞扬，只感到脚下干燥的雪粉，像潮水中的浮沙，被唰唰地刮走。气温至少降到零下三十摄氏度以下了，人身上的一点点热气，似乎都已被寒风吹走。

凭经验，他们知道，道路不能再挖下去了，虽然这一段山谷较宽，但头上的冰峰很陡峭，雪的峭壁随时都可能崩塌。他们攀扯着，挂着铁锹，往前面一片他们熟悉的开阔地走去。

现在，到来的是真正的风暴。浓重的阴云和密集的雪雾搅和着，混为一体，在山顶、山腰和谷底飞奔。狂怒的吼声，将雪山震撼，雪山纷纷将头上的积雪摇落。那吼声俨然像千万匹奔跑的狼的狂嚎，受了峭壁的阻挡，退回雪谷，又高亢起来，冲向峭壁，使山谷荡起巨大的回响。不羁的、翻滚着千万个浪头的雪的奔流吞噬一切，仿佛要将一座座雪山冲走。汹涌的雪的尘末堆积到山脚下，稍一停歇，又被巨大的旋风卷走。

他们攀扯着，被风浪推揉着，在山谷里顺风而跑。谁也不敢停下，停下就会被推倒、被淹没。他们不敢躲在任何一块洼地里，因为洼地很快会被风雪填平；也不敢躲藏在任何一面山崖下，任何一面山崖都可能发生雪崩。

他们艰难地奔跑着，爬上一座平缓的雪丘，彼此紧紧地攀扯着停下来。风雪猛烈地吹打他们,想把他们推倒,迫使他们跪下来,面对面团团抱住。

疾风在雪丘边翻起巨大的浪头,雪浪扑打在他们身上,十分有力。他们紧紧地抱着,冰冷的脸挨在一起,像一组石的雕塑,抵御着冷风的袭击。他们痛心地感到,他们一天一夜的道路白挖了。他们劳累了一天一夜,又冻又饿,无非是将自己搁弃在这冰冷的雪谷。他们盼望黑夜赶快过去,否则,他们就会葬身在此。他们想,也许这就是他们的葬身之处,而托克曼苏哨卡的弟兄们也就完了。也许在数月后,某家报纸上会报道:在喀喇昆仑山上,在中国某某边境,一支中国哨卡的队伍被暴风雪吞没。

他们紧紧地抱住,彼此感受对方的心跳和呼吸,以此证明他们还活着拥抱着他们活着的战友。有一阵,他们警觉地将嘴唇贴紧同伴的耳朵,轻轻地、急迫地互相呼唤着对方的名字。他们就这样拥抱着,呼唤着,互相鼓舞着,抵御着……

黎明时,在离他们不远的地方,闪烁着一簇火光。其实,这火光并不是现在才燃烧起来的。在那场风暴最猛烈的时候,这簇火就一直燃烧着,只是风雪的密网把它遮蔽了,他们没看见。到了黎明,风暴停住了,气温就开始回升。

他们的身子一半被积雪掩埋着。有人脊背上堆着积雪。有人从伙伴的怀抱里挣扎起来,伸着僵直的手,扒掉眉毛和眼睫毛上的冰凌;有人掀起皮帽,露出躲藏在帽檐下的眼睛;有人摘掉口罩,抚摸着干裂的紫黑色嘴唇。他们都有一些昏迷,迷迷糊糊中难以判断自己。

天渐渐亮了，云潮退尽，东方出现了一抹红色。在他们眼前，又是一片白茫茫的世界。这时，他们才清楚地看见，那火光不止一堆，在火光周围，停着三四辆汽车。

莫大的欢喜使他们万分激动，眼睛里流出了泪水。有人便互相搀扶着，蹒跚着，挣扎着向火光走去。

终于，在汽车的篷布下，有人看见了他们，喊叫声和喇叭声相继传来，有人翻身下车，朝他们这边奔跑。

排长的眼睛湿润了。一阵难耐的抽泣声，在他的喉管里响起。

中午，一支更大的挖路队在公路上排开，两辆满载焦炭的卡车和两辆带篷的御寒车不停地在后面轰鸣。在挖路的队伍里，至少有一半是昨夜和暴风雪搏斗过的前卡士兵……

车队，在前进。

1985 年 9 月 9 日

到罗布盖孜前卡去

我骑着一匹老辕马，王小元骑着一匹小黑马。我们带着那只叫"雪"的白狗。老毛驴拖着一辆板车跟在我们后面，板车上绑牢了一只直径六十厘米的立式高压锅，还捆着一袋面、一袋米、一捆干柴、一箱水果罐头。

我背着一支五六式冲锋枪，王小元背着一支半自动步枪。我们各带四颗手榴弹和一个基数的子弹。

我们出了明铁盖哨卡朝西拐，顺着大路，绕过阵地边的斜坡。大路翻过高地，明铁盖河在这里拐了一个弯。阵地前沿是一片开阔的山谷，罗布盖孜河从南方蜿蜒而来，在这里和明铁盖河交汇。

我们经过一座简易公路桥。桥不大，横跨在罗布盖孜河上。桥身是一并排结实的原木，原木上是夯实的黏土，最上面是一层石子。过了桥，下公路朝南，是大片开阔的草滩。一条路蜿蜒在草滩上，路荒废了，看得出来，平时没有人从这里走。

老辕马是一匹最聪明最懂事的马。每天早晨，起床哨吹响之前，王小元把马厩的马栏打开，马群奔涌而出。马群出哨卡直奔河边，饮水后翻过阵地边的山坡，去罗布盖孜沟口河谷。到了黄昏，王小元提着马鞍到后山河谷去。老辕马看见王小元就自动跑过来，王小元提着马鞍跨上它的光背。骑光背马要一点技术，不过，老辕马很平稳。马群散放在河边草滩，老辕马跑过去咬那些马，把它们聚拢。吃了一天草，马儿们个个生龙活虎。王小元逮住小黑马，把马鞍固定在它的背上，骑上去。老辕马带着马群回哨卡。暮色中，马群出现在哨卡前边的大路上，轰隆隆一阵马蹄声响，争先恐后地拥进哨卡的大门。最后是王小元，他伏在小黑马背上，头伸向前边，左手攥住缰绳，左肩前抵，右手向后垂着，偶尔拍打一下小黑马的屁股。小黑马箭一样地从斜坡上冲下来，像一股风。我们每天黄昏都喜欢见这一幕：小黑马，伏身在马背上的王小元，箭一样地飞跑和冲刺，在空旷的山谷展现出速度美。王小元知道我们在欣赏他，他很享受。

小黑马是明铁盖哨卡最快的马。我们曾拿它和北京越野吉普比试，在五百米距离内，吉普车追不上小黑马，过了五百米，吉普车把小黑马甩在身后。但是，从罗布盖孜沟口过来，小黑马穿过草滩，涉过河水，越过山坡，走的是捷路，吉普车被它远远地甩在公路上；小黑马到了，吉普车才露头。

我喜欢骑小黑马，但小黑马没有老辕马平稳。

"这次路远，你就骑老辕马吧，不会有差错。"出发前，王小元这么说。

下了公路是草滩。我们沿着罗布盖孜河往它的上游走。我们的左边是明铁盖冰山，它现在在河的对面，明铁盖哨卡就在它的下面。我们的右面高耸着驼色的山峰。在山与河之间的草滩上，是我们脚下的道路。这条路，据说在 7 世纪，大唐僧人玄奘去西天取经曾经走过。老兵们都这么说。在我退伍二十五年后，一个叫冯其庸的学者，据说经过反复考察和论证，证明这话没错。

一座毡房坐落在河的对岸，毡房是驼色的，像蒙古包。一个塔吉克族妇人揭起毡帘，带着两个小孩子，在门口向我们招手。这一带几乎没有常住居民，牧民们5月上山，过了夏季，在9月就转场下山。

我们也向这妇人和小孩子招手。在这人烟罕至的地方，不要说人，就是看见一只鸟、一只兔子，都会感到亲切。

塔吉克族女人，尤其是姑娘们，往往在脸上涂了羊油，她们以此来防高原太阳强烈的光辐射。她们用羊血涂唇、涂脸蛋和手指甲。羊油冷却后变黄，羊血冷却后变黑。

塔吉克族人是我见到的最纯朴的民族，即使贫困到家徒四壁，他们也慷慨地赠予。

塔吉克族女人友好地向我们招手，小孩子也向我们招手，给这山谷增加了温馨。

我想让马跑起来，不是那种四蹄捯换的碎步快跑，而是四蹄同时离地，像腾云驾雾一样地飞奔。

"行的，老辕马行的。你夹紧了，把缰绳提起来。"王小元说。

我把缰绳往前一顺，双脚跟磕了一下辕马的肚子。老辕马真的跑起来了，不过它的体型太大，落地时有点沉重。我换了小黑马，小黑马真的过瘾。我只需把缰绳一提一送，它便箭一样地飞奔出去。骑小黑马，两耳边真的是风声呼呼。

"你顺着路跑,不要到草滩上去。草滩上有旱獭洞,它会折了马腿!"王小元在后面大声喊。

我沿着路跑,身后腾起一股黄尘。

我的马跑起来,白狗也跑起来。这只白狗是我的最爱。

明铁盖哨卡最早收留白狗的是我。那是一个月夜,我在哨楼上站岗,一团白影跃上哨楼来到我足下,从此再不愿分离。我认出它是一只牧羊犬,它的主人是卡德·巴都。

我知道雪山牧羊犬,它们大都在雪山上战死,或者死于与雪豹搏斗,或者死于狼群的袭击;也有病病歪歪死在主人面前的。大概这两种死法,卡德·巴都都不愿看到。那个黄昏,我看见卡德·巴都用石块和棍子追打这只白狗,自己骑着骆驼,赶着羊群闯进夜色。

它是一只老牧羊犬,两颗门牙在搏斗中折断了。分开它的皮毛,它的背部、肩部、颈部,到处都是伤痕。它的体魄比一般的牧羊犬大,也比哨卡唯一的黑母藏獒大,在与外来狗搏斗时,异常凶猛。

哨卡的黑狗下了一窝狗崽,从颜色看,热孜克的牧羊犬是它们的爹爹。热孜克的牧羊犬是我见过的极凶猛的一对。它们的皮毛和狼相似,比狼的毛色黄一些,体型比狼大,搏斗起来比狼凶猛。

旷野里亮着四盏灯,蓝色,它们一点点朝哨卡接近。这是在夜晚,像所有猛兽的眼睛,它们在旷野里燃烧成火。这其实是热孜克的牧羊犬,它们来哨卡看它们的孩子。哨卡岂是随便出入之地,黑母藏獒首先和这两只狗交手,哨卡别的狗蜂拥而上，但它们都不是这对牧羊犬的对手。解决战斗的是白狗，月光下，它就是一只白色的恶魔。只见它直立起来，将对手压倒，冲撞过去逼对手倒退。它像一道白色的闪电，动作准确而快捷。它的眼睛也闪着蓝光，和夜色中猛兽的眼睛一样；它从不大声叫，只是从喉管里发出沉闷的啸声。一连几个夜晚，我亲眼见到它们搏斗，直到热孜克的狗一败再败，彻底死了来哨卡看它们的孩子的心。

我们每次巡逻都带着白狗，带着它，我们比较放心。

这次去罗布盖孜我又带着它。它一直在我们前面一百米的距离，不慌不忙地跑着，有时停下来，警觉地注视前方。

我骑着小黑马跑了一个来回，和王小元换马，小黑马是他的最爱，胯下离了小黑马，他的精神就折了一半。

"你其实还是骑老辕马好，我怕小黑马摔着你。"王小元三番五次地在我身边说。

我骑上老辕马。

我看见老毛驴被远远地甩在后边。老毛驴拖着一板车货，一步步勤勤恳恳地在后边走。

"老毛驴不会把车子拉翻吧？"我说。

"不会，你放心。"王小元说。

他看我疑惑，又说："你就放心吧，它识得路。"

他又说："它识得路——老马识途嘛。"

明铁盖哨卡有两头毛驴。老毛驴是一头母驴。老毛驴确实老了，它身上的毛干燥，脊梁上那一片毛又稀又白，像老年人快要脱光的头发似的。它的眼睛看上去无神，眼光混浊。它跑起来有些呆板，不像小毛驴那样灵活，有精气神。小毛驴是老毛驴的儿子，小毛驴是一头公驴。小毛驴的毛色油光水滑，眼睛黑溜溜的，走路时耳朵不停地动，拉车时腿部的肌腱明显有力。但是，小毛驴没有老毛驴任劳任怨的品格。

明铁盖河进入10月就平静下来。河水不再像夏天那样，一到下午就波涛汹涌，浪花飞溅，啸声如吼。河水变得清澈了，并且一到夜间就开始结冰，这个过程一直要持续到第二年4月。每天中午，雪山的融雪水流下来，在未化的河冰上再淤上一层；夜间，这一层融雪水就上冻了，日复一日，月复一月，像叠千层饼。三个月后，三米多深的河道便被淤平了，几十公里长的明铁盖河完全被封冻了，河冰三米多厚。我因此真正领会了"冰冻三尺非一日之寒"的含义。

到了10月，我们就开始从河里取水。水车是钢管焊成的，车把很长，上面架一只空汽油桶，汽油桶平放在车上，用铁丝绑牢了，上面开一个注水的方孔。我们从河里汲水，把水车注满。拉水车的是老毛驴，车辕架在它的身上，我们在后边推车。进入11月，我们就开始破冰取水。到了12月，需用炸药把冰河炸一个坑。我们用钢钎在冰河中央捣一个洞，用铁丝把一捆炸药吊进去，装上电雷管扯上电线，然后在洞口像堆坟包一样压上一大堆石头。我们在远处摇动手摇发电器，轰的一声巨响，河床被炸塌了一片。我们掏尽冰碴，河床中间就出现了一个大坑。清澈的河水从冰层下汩汩流出来，我们就用绳子吊着铁桶从坑洞中提水。我们在坑岸上把水车装满，赶着老毛驴，从坑洞边往河岸上走。这样，我们得在冰河上走一段路。

冬天的明铁盖零下三四十摄氏度，河中间的水坑一夜间就被冻住了。我们天天用钢钎捣它，过几天再用炸药炸一回。

在冰河上拉水车，铁桶上结了冰，溢出的水在水车上挂出冰溜子；溅出的水花落在老毛驴身上，老毛驴身上也结了冰。

有这么几次，老毛驴在冰河上滑倒了，它的双膝渗出鲜血，半车水泼在它身上，它被立马冻成了一头冰驴，半死不活。即使这样，它也要爬起来，拖着车往前走。

我们在后面推车。我们的棉手套和棉袄上溅上水花，也结了冰。看见老毛驴那样，我们便加一把劲。我们都心疼这头老实的老毛驴。

这项苦役，在冬天，每天都要持续这么两三个小时。连部和每个班宿舍里用大汽油桶改装的水缸要装满，还有炊事班的大水池。这么一车一车地拉水，全指望老毛驴。

小毛驴没有个稳重的样子，它从来不好好干活。到了夏天，明铁盖哨卡几乎看不到它的身影，大家都说，小毛驴嫖风去了。夏季，牧民们游牧上雪山，牧民中有那么一两头母毛驴，小毛驴出去嫖风不是那么困难的事。

老毛驴拖着一板车货在我们后面走。

"它不会把车拉翻吧？"看着那么崎岖的路，我又说。

"不会的，老毛驴能着呢。"王小元说。

我说："都说老毛驴立过功，有没有这事？"

"嗯，有的。"王小元说。

王小元身材瘦小，刀条脸。他是哨卡的驭手，职业养马人，他说的话不会有错。

"我的腰有一点疼。"他说。

他常常说腰疼，肩疼，胯疼。这和他在严寒天气放马有关系。

"咱们慢点走，"我说，"等一等老毛驴。"

老毛驴勤勤恳恳地在后面走，它绕开那些土坎、旱獭洞。

"它怎么立的功？你说说。"我说。

王小元眯着眼睛，似乎想了想："它呀，有一次，和我们今天一样，派一个兵给罗布盖孜前卡送给养，那个兵回来时得了雪盲，眼睛看不见了，趴在板车上，是老毛驴把他拖回了连队卡子。"

我朝后面的老毛驴瞅了一眼，我觉得，这不算太突出。

王小元似乎瞅准了我的心思。他清清嗓门，说："它救过一个老兵的命。"

我勒紧了老辕马的缰绳，压住步子。

王小元也压住小黑马的脚步。

"那个老兵像我们今天一样，给前方哨卡送给养，返回时遇到了雪崩，被埋在了山沟里。老毛驴逃脱了。老毛驴那时候还年轻，又灵活又机敏又机警。"

"那是很早以前的事了吧？"

"当然，当然，我也是听来的。老毛驴在雪崩到来前就察觉到了，拉着车狂奔，它躲过了一劫。它飞奔回哨卡，给哨卡人报了信。哨卡人发现战士没有回来，骑马去找，救了那个战士的性命。"

我回头看老毛驴，老毛驴在勤勤恳恳地走。

"谁能证明它立过功？"

"我呀！团部军马所就有它的档案。它立了二等功。每年，它比别的牲口多二十五公斤苞米，那是细料；还给它特发两斤冰糖，那是特供。"

"细料和特供它能吃上吗？"

"哪能，"王小元笑笑，"都和在马槽里大家吃了，我们是平均主义。"

正前方是一片冰原。冰原明晃晃耀人眼目，冰原边缘是冰舌，冰舌上挂着长长的冰瀑。冰瀑往下滴水，我知道，那下面有一道沟渠。我们的前辈从那开了一道沟渠，沟渠绕过明铁盖冰山下的斜坡，把清澈的融雪水引到哨卡，每年6月到9月，当明铁盖河咆哮着黑色的浪涛的时候，我们就吃这融雪水。再往远处看，冰原的尽头，是一排小小尖尖的冰山。那里人迹罕至，偶尔有棕熊和野牦牛出没。

我们在这里下马，让马到河边饮水。我们一边饮马，一边观察右首的一条峡谷。

这就是罗布盖孜沟。沟很窄，罗布盖孜河从沟口流出来，向我们来的方向弯过去，河水清澈得明镜一般，哗哗响，带一点寒意。沟口两边是两座塔楼一样高的山崖，山崖呈焦黄色，最高处一片焦黑，仿佛是经历过大火。

山崖上，一只秃鹫俯瞰我们，它突然一跃而起，往河对岸飞去。

我们察看沟口，没有什么异常动静。

进入这样的地段前先观察一下，这是边防常识。

进入沟口是一个山坳,白狗突然在前面停住了,朝山坳里注视。

一股浓重的羊膻味飘过来,是那种我们熟悉的塔吉克族人毡房的味道。塔吉克族人搭毡房选址很聪明,毡房要背风、近水,离草场近。这样的地方是祖上反复选择定下来的,后辈儿孙转场时,也就在这里扎营。塔吉克族人的羊群每天夜里围着毡房露宿,牧羊犬保护它们。这样一辈辈传下来,毡房四周的洼地里就积下厚厚的羊粪,有的地方羊粪三米多厚。塔吉克族人烧火、做饭和取暖,也烧这干羊粪,馕坑里,干牛粪、干羊粪似明似灭,既烤馕,又取暖。只是羊粪的膻腥味很重,一里之内顶风都可以闻见。

两只牧羊犬出现在毡房前,我一眼认出它们是热孜克的狗。雪山牧羊犬遇见情况很少叫,它们专注地注视着我们的白狗。也许是仇人相见分外眼红吧,它们紧盯住我们的白狗,后足在地上缓慢而有劲地划过,仿佛准备随时扑过来。石子从它们的足下飞起来,迸出火星。

我在雪山的夜晚很少听见牧民的牧羊犬叫。如果它们叫,也就是那么孤零零的几声,那一定是遇见了不可知的情况。但凡雪豹和狼群来,它们不吱声就做好了战斗的准备。

热孜克掀起毡帘出来了,后面跟出来的是他的小女儿:一个漂亮的塔吉克族小美人。那是一个十四五岁的小姑娘,戴一顶明黄色的棉帽,帽檐压住刘海,后半截遮住耳朵和后颈。一方红色的薄纱从帽子上裹下来,系在下巴颏下边。姑娘穿一件黑色的无袖棉袄,棉袄里是一件白色的长袖夹衣。下身是一条火红的裙子，脚蹬毡靴。红裙子在雪地里火一样撩人。

这姑娘的美丽全在一双眼睛上。清澈的、略带一点蓝色的眼睛，像晴空下的一片蓝天，干净、纯洁，带一点羞怯，又那么灵活地转动着，火热地看人。

热孜克一家是这一带唯一的永久住户。明铁盖是边防禁区，夏季牧民游牧上山，一律要经过哨卡边检，能够上山的都是所谓"贫下中牧"。青年和壮年都是民兵，他们中有的是武装基干民兵，配有半自动步枪等轻武器。他们由牧业生产队党支部书记带队，在十天半月里，散漫地边游荡，边往山上走。总共几十户牧民，分散在上百里长的山沟里。他们逐水草而居，上山后还有那么两三次转场迁移。到了10月上旬，他们拔营下山，像来时一样，带着牧羊犬，骑着马或骆驼，赶着牦牛和羊群，避开雪山上即将来临的第一场冬雪。

热孜克一家是四季都不下山的。热孜克是铁杆的贫下中牧，不过，即使这样，热孜克也有三个老婆。热孜克快七十岁了，在他年轻的时候，那个年代，塔吉克人时兴一夫多妻，热孜克娶了三个老婆陪伴他，常年居住在雪山。牧业生产队夏季在山上打的马草，运不走的，由他看护。明铁盖哨卡有两百多只羊，也由热孜克帮忙代牧。

热孜克是到哨卡来得最勤的牧民，哨卡的干部战士都和他很熟。

"亚达西亚克西（同志你好）！"热孜克远远地施抚胸礼，顺势伸开双臂迎上来。

他戴着一顶黑色的卷毛皮帽，上身着黑灯芯绒棉袄，下身穿黑灯芯绒棉裤，裤脚扎起来，脚蹬翘洛克（毡靴），满脸堆笑，极富表情的眼睛充满笑意。他的鹰钩鼻子高耸，上唇浓密的大人丹胡子两边向上翻翘起来，薄嘴唇咧开，露出一口发黄的牙齿。他是每天都离不开莫合烟的。

他的脸上和身上沾有尘土。这不奇怪，明铁盖一带每天都刮大风。

我们跳下马来。

"热孜克亚克西（热孜克你好）!"王小元说着，从挎包里掏出事先准备好的一块砖茶、一包盐巴呈上去。

我们和热孜克握手，随他走进毡房。

他的小女儿看管住两只牧羊犬。我们的白狗和我们的毛驴板车远远地停在路上。

毡房中间，一个井口大小的馕坑，四周铺着几张干羊皮，再就是卷起来的毡毯和几床卷起来的被子。毡房是一根根规则的带有弧度的长木杆作骨架撑起来的，羊毛绳把它们扎牢了，上面盖着驼毛制成的毡片。有牛羊粪在馕坑里燃烧，毡房里烟雾弥漫，但很暖和。毡房顶上是一个天窗，雪山上无雨，有一点水分都变成了雪，天窗开在顶上不怕落雨，即使落雪也不怕。冬天，热孜克一家还化雪饮水呢。

有几个羊皮袋子里装着奶酪和酸奶，半袋青稞面也装在羊皮袋子里；地上有一口铁锅，一个铜茶炊，两个陶罐。

塔吉克族人没有高压锅，他们煮好的羊肉只有六成熟，切开羊肉，肉里面带着血丝，就这样用匕首切羊肉蘸盐水吃。粗糙的纤维坚硬，摩擦牙齿。塔吉克族牧民从不刷牙，但他们牙齿雪白。

两只小羊羔拴在毡房墙角。

热孜克的小老婆和大女儿放牧去了，大老婆、二老婆在家。两个老年女人忙着给我们煮奶茶，她们黑黢黢的手在馕坑里拨拉干牛粪和干羊粪，让火着起来，好烧茶炊。小女儿去河边打回来一罐水。

蓝色的火焰在馕坑里往上蹿。

小姑娘把茶炊放在馕坑上。当她埋下头去的时候，我诧异地看到她浓密的头发扎成了几十根小辫子。她的脸上没有抹羊油，本来雪白的皮肤被晒得红里透黑，清澈而灵动的眼睛埋在长长的睫毛里。而在她的辫梢上，是一组奇怪的装饰，那是些被人扔掉的塑料象棋棋子、塑料瓶盖、各种纽扣、一两个镍币……用羊肠线串起，像坠子。在她的颈项上，挂着一副这样的东西串起来的项链。在那个年代，她们没有忘记打扮自己。她们没有别的东西，只好用这些毫无美感的东西，把自己打扮得不伦不类。

手捧姑娘献上的奶茶，从女人黑黢黢的手上接过一块烤热的干馕片。馕片散发着青稞面的香味，但上面沾着羊屎。

我把羊屎吹掉，在奶茶里蘸了一下。雪白的羊奶冲过砖茶后，颜色有一点像咖啡。

奶茶里放了盐，我用馕片搅动碗里的奶茶，喝一口茶，咀嚼一口蘸了奶茶的馕饼，觉得还对味。这是他们最好的待客饮食。

看着我吃奶茶，小姑娘动人地笑了。

"吃吧，多吃一点，不然他们会生气的。"王小元说。

王小元问热孜克:"这沟里有没有什么情况?"

热孜克是我们哨卡的兼职边防观察员,专门把望这沟里的风声。他多少能听懂一点汉语,说:"邀克,邀克邀克(没有,没有没有)。"

"哈马斯邀克(全没有)。"他又说。

他示意我们再吃点馕饼。

"库察克巴(肚子饱了)。"王小元拍拍自己的肚子说。

"库察克巴(肚子饱了)。"我也说。

我们要走了,热孜克和他的小女儿送我们出毡房。王小元跨上小黑马,我跨上老辕马。热孜克为我牵马扶镫。

小黑马在毡房门口转了一圈,疾步上路;我骑着老辕马紧跟。老毛驴拖着板车跟在后面,白狗殿后。我们朝毡房门口热孜克一家招招手,热孜克一家也朝我们招手,我们往沟里面走去。

罗布盖孜河在山沟里收窄,水流清澈。沟边的路看上去平缓,实际是渐行渐高。我们感觉不到海拔在升高,只是感觉到越走越冷。水流湍急,哗哗作响。在悬崖下,激流冲下来,卷起飞沫。已经在8月里了,山沟拐弯的地方依然有积雪。抬头看,悬崖顶上,夹道的山峰白雪皑皑;发生过雪崩的地方是雪的断崖,寒气滚滚从那里冲下来。

我把冲锋枪顺到前边来抱在怀里。

白狗到前面去了。白狗在前面跑跑停停,有时机警地站住,往前方张望,竖起耳朵谛听,它一直和我们保持着一百米左右的距离。

在几个拐弯的地方，河水撞向崖壁，形成漩涡，崖壁下幽暗，泡沫在那里翻滚。

有一段山谷稍稍开阔，山势看起来平缓，两边的山坡蒙着一层寒雪，四周白茫茫一片。

"戴上墨镜吧，不然会得雪盲的。"王小元说。

我望望后边的老毛驴，老毛驴拖着一板车货，勤勤恳恳地走着。

我说："王小元，前卡烧的什么，竟然能把高压锅烧穿了？"

"还能烧什么？也不过是煤和干牛粪罢了。"

"前卡有干牛粪吗？哪里来的？"

"干牛粪还是有的。罗布盖孜那一带还是有挺好的草场，那里有牧民放牧。"

"冬天呢？"

"天一冷，牧民当然就走了。不过，天一冷，我们的人不是也撤了嘛。那时候罗布盖孜沟里全是积雪，有一米多深，谁能到这里来呢？夏天，沟里拾来的干牛粪也够烧了，何况我们也会补给一些干柴、焦炭和煤的。"

"我们补给的干柴也只能做引火柴，做饭烧火还得靠煤和干牛粪。"王小元又说。

我知道干牛粪。我曾在炊事班帮厨，凌晨起来下厨房生火，放几根干柴，点着后放上干牛粪。干牛粪从谷地和山坡上捡来，它们在谷地和山坡上已被风干，在牦牛肚子里没有消化的草茎草根变成了干燥的粗纤维，在灶膛里，点着后燃烧起蓝莹莹的火苗。不过，我们在明铁盖哨卡主要是烧煤，干柴和干牛粪引火，之后都是添煤。马蹄形回风灶，煤点燃后火力强劲。罗布盖孜前卡是季节性哨卡，时间短，一般就是夏季的四五个月。过了10月，山沟积雪，大雪把整个山沟都埋起来了，河水也封冻了，没人能在这里待得住。

"怎么就能把高压锅烧穿呢？"我说。

"准是忘了加水呗，准是！"王小元说。

"要不，就是火烧着人睡着了。"他又说。

"那是。"我说，"夜里站哨呢，哪能没瞌睡。"

"昨天郑德回来，说把高压锅烧穿了，连长气坏了。"王小元说。

"这我知道。"

郑德是我的同乡。昨天他骑马下来说，把高压锅烧穿了，连长当场就发了脾气，叫他立马在天黑前赶回去，前卡夜间不可少一人。

"明天，我派人专门送高压锅，现在你马上回去。不可再烧坏，再烧坏处分你！"连长当时有点恼怒。

郑德是我同乡，我们在一起总是会多聊几句。

两个月不见，郑德的脸比在明铁盖时还要黑了，说话也更木讷了。

我说："郑德，你们在罗布盖孜如何？"

郑德说："还能如何？就我们三个人，开始还说说话，后来要说的话都说完了，就整天你看看我，我看看你，待着。"

我说："我还没去过罗布盖孜，我想去看看。"

郑德说:"来吧来吧,等着你。"

郑德吃罢饭就骑马走了。我和连长同住一室,我说:"连长,我想去罗布盖孜前卡,明天送高压锅,让我去吧。"连长说:"明天再说。"

夜晚,连长说:"明天,你送高压锅去,和王小元一起去。他是老兵,去罗布盖孜很多次了,路上你听他的。"我说:"是!"我很高兴。

连长说:"叮嘱他们不要再烧坏了,这是连里唯一的备用高压锅。"

我说:"得令!"

又是一段狭长的山沟。在山阴山坳,一堆堆积雪没有化尽,可以看见石羊风干的头骨。斜坡上,可见狼和雪豹的足迹,梅花瓣状的足迹印在雪坡上,有一处有深深的划痕。一片空地里野兽的足迹连成了片,好像它们在这里开过大会,听过某人做形势报告似的。

头顶上,两峰间天空高远,没有鸟,一些雪尘从山崖上飘下来。一只雪鼠从崖头边蹿过去,它回眸望了我一眼,蓝眼睛。我丢了魂。

"是一只雪鼠啊。"王小元说,"你看,它通体洁白。"

"它的蓝眼睛柔柔的,幽幽的,看到人的心里去了。"我说。

"它怎么一下子就不见了呢,真迷人。"我又说。

王小元也眯起眼睛,有点醉了。

"它让人想起很多,那么温柔的眼睛。"我又说。

我的心有点痛。我赶紧仰头看，前面是一座雪峰。

"快走吧。"王小元说，"我带你看老营房去。"

"什么老营房？"

"国民党的老营房，新疆过去旧军队的。"

"咦？"我说，"他们也在这里戍边吗？"

"当然，我们的国界在这里。"

我想起派依克沟。

在明铁盖河的下游，明铁盖哨卡十几公里外有一条叫派依克的山沟，也是我们哨卡的防区。沟口对面的山坡上，有一座国民党的老营房。派依克沟是一条由北向南而来的山沟，溯流而上过分水岭一直向北，可以到达中苏边界，这是一段未定边界。据说，那边大片土地曾经属于中国。国民党的老营房是一排土坯房，房顶早已坍塌，只剩墙壁，墙壁上有方形的射击孔，门洞下的斜坡上隐约可见台阶。我当新兵入伍时从这里过，柳指导员就告诉了我这一切。

但是，在罗布盖孜深沟也有国民党的老营房，从来没有人向我提起。大概是到这条荒僻深沟里来的人太少了吧。

王小元的小黑马跑了起来。

我用脚跟在老辕马的肚子上磕了一下，老辕马也跑起来，依然平稳。

在一个山坳前，我们停下来。山坳很小，呈半月形，罗布盖孜河从山坳前流过。山坳朝南，正午的阳光有一阵子可以照射到这里。山坳背后是一道石崖，石崖的上端有一点突出。石崖下面，有一片仔细看才能辨出的断墙和石头砌的墙基。

"嗨!"王小元跳下马来,"就在这里,老营房就在这里!"

我也跳下马来,跟着他牵马往石崖下走。

走到断墙跟前,断墙上门洞的豁口清晰可见。土块、砾石和沙土间可以看见陶片和兽骨,较多的是牛羊的骨殖。一处断墙根有烟熏火燎的痕迹。我端详了一下,这也就是三间小房的面积,和一座小土地庙差不多。

想必这也是一所夏季的临时哨卡,在冬季,一定会被大雪掩埋。

我朝四周看了看,说:"王小元,你说,他们当年在这里咋过?"

"凑合着过呗。"

我望望罗布盖孜河,仿佛看见一个老兵从土坯房里走出来,提着一个陶罐去河边取水。

"他们当年没有皮大衣。彭教导员见过当年的老兵,说他们把老羊皮用羊肠线连起来,裹在身上当皮大衣穿。"王小元说。

"他们吃什么?"

"青稞粉。彭教导员说,他们也抓黄羊。这山沟里黄羊多得很。"

"他们点灯烧羊油,他们没有柴油灯。"王小元又说,"他们也没有罐头吃。他们两三个人守一个卡子,没人和他们说话,可怜得很。"

"我们不是也一样嘛,没人和我们说话。"

"他们没有煤,没有大米、白面,从喀什进山全靠骑马骑骆驼，要走一个月。他们和外界断绝了一切消息，他们有的人后来连话都不会说了，和哑巴差不多。"

"我们不也是嘛，我现在笨嘴拙舌。"

"你还好吧！大家都喜欢听你说话，听你说话大家快乐。"

"那是在明铁盖啊。郑德说，他们在罗布盖孜也没有啥话说了。开始问一点彼此家里的情况，到后头只能发呆。"

"还好吧，彭教导员说，你们要知足！"

"他是在给我们忆苦思甜啊。"

"是呀。彭教导员说，他自己就是骑骆驼上山的。那时候山上已经准备建新营房了，每个骑骆驼上山的人，都要在身后拖一根大木头，到了山上，木头在地上磨得只剩下半截。他真的是在给我们忆苦思甜。不过，你想想，那些老兵真的更不容易。"

我想想真的也是，同是戍边人，我不由得对他们肃然起敬。

我在一段残墙上看见了子弹的弹痕。

"王小元！"我说。

王小元说："嗯。"

我说："这座老营房快被埋没了，过上若干年，谁知道他们呢。"

王小元说："是啊是啊。"

我说："再过若干年，谁知道我们呢？"

王小元仰头看看天，说："管他呢。"

我说："我肯定永远忘不了这座老营房。"

王小元说:"我也忘不了。"

我说:"其实,我们除了这几段墙、石头和兽骨,什么都没有看见。"

王小元说:"不过,这就是老营房啊。这条山沟里就这地方有一点人气。我每次来都要到这里停一下,看看他们,和他们说说话。在这里,他们有太多寂寞。"

我说:"王小元!"

他说:"嗯。"

我想说,你怎么也是一副柔肠呢?不过,我没有说。我说:"我们走吧!"

我们上马,我们不再催马,我们在马上抱着枪,让马自己走。

白狗在前面突然跑起来。白狗跑跑停停。前面的山沟突然开阔,罗布盖孜河在前面也变得宽阔了。河的上游,有一段石头垒起来的浅浅的拦水坝,河水从石头缝里往下游流。

"罗布盖孜快到了。"王小元说,"这是我们修的石坝,你看,前面就是罗布盖孜,美丽不美丽?我们在这里修水坝,就是要把河水聚起来,让它灌溉河滩的草场。连里每隔一年就要到这里来打一回马草,我们哨卡过冬的马草,一半都是在这里打的。"

果然,我在前面河滩边的高地上看见了三四座牧民的毡房。大片谷地被河水淹没了,这里的水草都长到三十多厘米高。蓝色的、白色的、红色的、黄色的花在草滩上开放,在风中摇曳。不过,在这片绿色草地的四周,全都是明晃晃的雪山。蓝蓝的天空下，那些飘浮的白云一时间和高耸的雪峰分辨不清。河的尽头，冰川之上，是一溜拔地而起直冲云霄耀人眼目的冰峰。它们像欧洲古城的哥特式建筑，高耸云端，不过，全部是用冰雪筑成。

"罗布盖孜到了！"王小元说，"指导员说，唐僧就是从这里翻过冰达坂去了天竺。"

"噢！"我叫了一声，踢了一脚马。老辕马和小黑马开始飞奔。

白狗在前面突然站住了。一只黑狗出现在前面。那是明铁盖哨卡的黑母藏獒，来罗布盖孜守卡的人习惯把它带在身边。

郑德出现在河边。河边有一头毛驴，那是从明铁盖哨卡带来的小毛驴，专门给罗布盖孜哨卡拉水。郑德在河边一手遮阳朝我们眺望，阳光照在雪山上有一点晃眼。远远地，从山坡下哨卡营房里跑过来付志生，他也是我的同乡，长得有点娘，不长胡子，却是个大个子。他是机枪手。

吴明德也从营房里跑出来了。他也是我的同乡，是炊事员。

"来了来了！他们来了！"郑德从河边跑过来，站在路中间迎接我们。

我跳下马来，和他们的手握在一起。我稍稍有点激动。一半是因为头一次到罗布盖孜前卡来，一半是因为见到了久别重逢的同乡。

罗布盖孜哨卡离罗布盖孜河三百米的样子，它在一座高台之上，由五间一溜土木结构的土坯房组成，它的旁边有两间房子是库房和马厩。西南边高地上，是战壕和碉堡组成的防御阵地，一座岗楼在阵地中央。整个哨卡在一片驼色的山坡下，冰峰在山坡后面。

吴明德立马把高压锅搬下来，架在厨房的灶台上。原来的高压锅就是他烧坏的。他很快揉好了面，切好放在高压锅里蒸馒头。

吴明德说："面早就发好了，就等锅。"

吴明德又老实又勤谨又木讷。他走队列走不好，打枪打不准，投手榴弹投不远，单纯作为一个战士来看，他简直没有一点用处。但是，吴明德当炊事员却干得很好。每天凌晨，当别人还在熟睡，最后一班夜哨刚刚上岗，吴明德就起床了。他摸黑去灶门口点火，做全连人的早饭。起床哨吹响时，高压锅里的馒头已经蒸好了，一锅滚烫的热面汤已经烧开，一盆酱萝卜丝已经泡好，就等着大家跑操回来，洗罢脸，排好队唱歌。吴明德把饭菜端到餐厅窗口等着，笑脸等着大家唱完歌，列队到餐厅吃饭。

这一次，抽调到罗布盖孜前卡来，他怎么就把高压锅烧穿了呢？

我说："吴明德，你小子！"

吴明德憨憨地笑。

我说："可不敢再烧穿了，这可是连队备用的最后一口高压锅。"

吴明德说："不会，再不会了。"

我说："再烧坏，你们就吃生饭去吧！"

吴明德咧嘴笑，露出很长的牙齿。

是呀，在这海拔四千七百米的高山上，没有高压锅，饭怎么煮得熟呢。

郑德说："看看我们的宿舍。"

三人同住一室，两张床在房门对过，一张地铺铺在门口。地铺旁边架着一挺班用轻机枪，子弹已经上膛，要开火只须动一动扳机。我摸摸地铺下的皮褥子，皮褥子下面还有两张干羊皮。我说："还行。"

我问："夜里有情况怎么办？"

志生说："夜里有情况，黑狗就先叫了。有一条狗太重要了。"

我说："遇到过什么情况？"

"一般没有什么情况，"郑德说，"倒是有巴基斯坦的牦牛跑过来，我们只好把它们赶过冰大坂，赶过边界。"

我说："巴基斯坦和我们友好。我们的防区，最担心的是苏联，阿富汗也不可大意。"

是的，明铁盖地处瓦罕走廊，中（国）苏（联）阿（富汗）巴（基斯坦）四国交界。罗布盖孜沟直对巴基斯坦，是我们最放心的山口。

我说："我想去边界看看。"

王小元看看天说："还成。"

三五下吃过午饭，我跨上小黑马，郑德骑上枣红色二十五号马。王小元说："快去快回。"我俩出了哨卡，一溜烟向西南而去。

我们端直去罗布盖孜河的河源。罗布盖孜河在罗布盖孜谷地散漫开,河边草滩绿色养眼,但是,往南近两公里,草滩消失,大片冰雪封锁了河道,河水收窄。我们在草滩和冰雪交接处下马。河流在这里收窄到一米多宽,河水开始在冰层中间流,最后收窄到三十多厘米。从来没有见过这么清澈的河水,我真想撩一掬,洗亮我的眼睛。我用指尖触了一下河水,冰冷的河水刺得手指尖像针扎一样疼。

河水最后消失在冰层下,从三十多厘米宽的出水口汩汩冒出。我知道,冰层下依然是河道,依然有河水在冰层下流淌。我和郑德重新上马,在覆盖着冰层的河道上驰骋,马蹄声像敲鼓一样发出咚咚的声响。待马蹄声变实,我知道下面不再有河道,罗布盖孜河到了尽头。

我的前面和两侧都是冰峰,明晃晃耀眼。我觉得进了一个冰的漏斗,再无路可走了。难道这就是当年玄奘走过的路?我不敢相信。郑德说:"往右边看。"我看见右边是一面雪坡。"这就是冰达坂。"郑德说。

我们在达坂前下马。郑德说:"今天不行了,时间不够。"

达坂上云雾缭绕,寒气从雪坡上滚下来,扑人面门。

郑德说:"从这里到边界,不过五百米罢了,只不过要爬一个多小时。"

我说:"有那么严重吗?"

郑德说:"一个多小时还算好的。从这里开始,每走一步雪都埋到大腿。这里是雪最浅的一条路了,其他地方根本没有办法走。"

我看见郑德的眼睛发红。郑德说:"其实,你的眼睛已经充血了,再往上走,你的眼睛和皮肤会发绿,那就是高度缺氧了。我们去边界不可能不带武器吧?你想想:枪、子弹、手榴弹,这一身装备至少有十几公斤吧。在海拔五千米的雪山上爬,一个多小时是保守的估计。"

我说:"今天真的不行了?"

郑德说:"真的不行。"

我说:"扫兴。"

郑德说:"不过,从边界返回时很快,把枪和手榴弹抱在怀里,往雪坡上一坐,脚抬起来,不过几分钟就溜到山下了。"

我心有不甘地说:"我一定要再来。"

果然,半年后我便争取到了一次巡逻。那次,我们一行六人黎明前出发。我们一律骑马,全部挎五六式冲锋枪,由副连长鲍仓带队。那次我爬上了冰达坂,看上去五百来米的冰达坂,真的竟然爬了一个多钟头。

一上冰达坂,雪就埋到大腿。我们挎着冲锋枪,背着手榴弹上山,在海拔五千米的高度,艰难地一寸寸挪步。这时的我们,血涌上脑门,嘴张圆了呼吸,干裂的嘴唇嗫着,像扔在岸上的活鱼;眼睛红了,脸色发紫,最后变绿。我想,这时如果我的血液流出来,一定也是绿色的。帽子被风刮到雪地上,只需退后一步就可以捡到手,但是,谁也不愿退后这一步,走这一步,要付出多大的努力!白狗这次也和我们同行,白狗也走得很艰难,它的四条腿深深地陷进雪里。它跳跃着,像在雪海里往前游。快到山顶时，云雾缭绕，我们被云雾包围着。一百米开外就是分水岭，那里有界碑。一百米时，我们需做战术动作，我们得猫了腰，子弹上膛，端着枪摆出冲锋的姿势。跟跟跄跄来到界碑下，站直了，不能趴下。白狗围着界碑转了一圈，瘫倒在界碑下边。

这是一座一人多高的界碑，靠我们这一面刻了大大的"中国"二字。沿着分水岭往两边走，五十米开外，还有两个小小的分界碑。整个山口不过几百米宽，在它的两侧，两座壁立的冰峰在云雾中看不见山巅。而在我们的对面，同样的雪坡下，一面冰峰像照壁一样挡住人的视线。冰峰边上，有一条通道通向旁边的一条山沟，这就是玄奘当年走过的路吗？那个叫冯其庸的学者，是不是也到这座冰达坂上来过呢？

我们察看了边界线，看有没有人来过的痕迹。我们站在界碑这边，真想一步跨到界碑那边去，这样，我们就出国了。在那个年代，出国是一件想也不能想的事。

这是后话。

而在这一天，我和郑德没有上冰达坂，我们原路返回。

我们返回时，吴明德已把老辕马喂饱了。王小元急急慌慌地从我手中牵过小黑马，带它到河边吃草喝水。

太阳西斜时，我骑着老辕马，王小元骑着小黑马，老毛驴拖着空板车，白狗跑在前面，我们一行四个，回明铁盖哨卡了。

2014年5月24日23时16分

在雪线

天刚亮,沟口雾蒙蒙的,大家往沟里走。这已进 7 月了,我们还穿着棉衣棉裤。沟里有一道溪水流出来,一抱粗的溪水,经过我们帐篷旁边就变得湍急了,呈扇面状散开,流向山下,汇入明铁盖河下游的卡拉其古河。

沟很深,沟口有几丛红柳。

我和卫生员王小国、通信员尤建德走在一起。我们都全副武装。我还背了一个牛皮文件包,王小国背了一个药箱。

沟里有一股寒气滚出来,溪水在旁边哗哗响。

王小国是 1975 年入伍的,是老兵,经验比我们丰富。

不过,他说:"我可从来没有爬过这么大的山。我们家乡是平原——冀中平原。老实说,我爬山不行。"

我说:"这昨天就看出来了,我看出来,你爬山不行。"

"尤建德爬山可以。别看他那么小的个子,但他长得瓷实,上山浑身都是劲。"王小国说。

尤建德说:"关键是腰,腰上要有劲。我小时候和我哥上山割过竹子。"

尤建德是我的同乡,我说:"你们那个地方,我去过。是浅山,山不高,长满了竹子和松林。"

尤建德说："我在家没有上过太大的山。"

我说："我上过，我上过米仓山，我用两天时间翻过米仓山，那是插队的时候，3月间，米仓山顶上还有雪，路过山顶时，树上挂着霜花。不过那也不过两千多米呀，现在海拔多少？"

王小国说："我们宿营的地方少说有三千八百米，何况，我们还在往山上走。"

尤建德说："我说嘛，难怪我有点气喘。"

我说："我们那边的山和这边的山太不一样了。我们那边的山，到冬天也是绿的。特别是米仓山，山有多高，水有多高，山顶还有池塘和水田呢。我在秋天也上过米仓山。从山下望，山是绿的。但是，到了山顶，从山顶往山下看，山是金黄的，那是因为山坡梯田里到处都是稻谷，山里的稻谷比平川成熟的迟一些。那是什么风景！"

我说："这是什么山，石头山。远看像朽木雕的，驼色的，铁锈色的，有的像烟熏火燎过，焦黑。近看铁骨嶙峋。你看，早晨起来那一片云竟在我们脚下山坡上飘，那一片片云像一群群羊似的在山坡上卧着呢。你看面前的山，石头山，望不到顶的高墙似的，杵着人的胸脯，见人也不躲一躲。"

王小国说："这里的山都是石头山，驼色的，焦黑色的，所以叫喀喇昆仑山嘛。喀喇昆仑，维吾尔语的意思就是褐色的山崖。"

我说："这山里静悄悄的，我走在这山里恍恍惚惚的，好像有幻觉。我老是听见有嗡嗡的声音，有唰唰的声音。你们听见了没有？"

尤建德说："有时候，我也能听见。"

王小国说："可能是黄羊的声音，可能是雪豹的声音。它们在我们看不见的地方跑，在我们看不见的地方呼吸。"

我说："你见过雪豹吗？"

王小国说："当然。"

我说："你见过雪豹？"

王小国说："当然。前年冬天腊月，在明铁盖哨卡对面，塔木泰克山上，两只雪豹堵在悬崖上，把一群黄羊往山下逼，有几只黄羊从山上摔下来摔死了。我们开了枪，雪豹才逃走。"

我说："塔木泰克山，近得很呀。那看得真真的。"

王小国说："我们开了枪，有一只雪豹跳起来，在空中打了一个旋子。雪豹的尾巴甩起来，尾巴好长啊。它吼了一声，像打了一个闷雷。"

我说："啊呀！打着了没有？"

王小国说："不知道。总之，它是跳起来打了一个旋子。"

尤建德说："是不是打伤了？要不，它怎么跳起来呢。"

王小国说："不知道。总之，它跳起来了，而且闷雷似的吼了一声。"

我说："这山上有雪豹吗？"

王小国说："说不定有。不过，黄羊肯定是有的。你看对面的山，那山上那些白白的，线一样细的路，那就是黄羊踩出来的路。你看，那路一直绕到山梁那边去了。"

这一段山沟比较开阔，溪水在右边崖根下淌。对面的山闪开去，往后退。一大片风化的山石从对面山上扑下来，一直扑到我们脚面前，把沟埋起。溪流不见了，溪水从石头缝里浸出来。

我们走在石堆上，踩着碎石头走。

我说："昨天有点可笑。"

王小国说："是有点可笑，昨天我们那么早就回去了。"

尤建德说："是有点可笑，昨天我都有点不好意思了。"

我说："昨天怪我，昨天是我建议往右边的山坡上走。"

我说："我心想进沟就看见红柳，右边的山坡平缓一些，翻过这座山，说不定能找见一片树林。有时候，我的感觉也不准。谁想到爬上这座山，上面还有更高的山，都是石头山。我们就一直是在攀缘嘛。不过，你们说怪不怪，我现在还觉得奇怪，那一根干柴是从哪里来的？那么大一截干柴，怎么会在那座悬崖顶上架着呢？"

尤建德说："就是，奇怪得很。"

我说："昨天我当时就看了，我攀的那座石崖，像立起来的一截大烟囱，立在那么陡、那么高的悬崖上，它的周围没有别的山。那根干柴，它又不是长在山上的一棵树，它又没有根，没有树梢，是怎么到这座石崖上面去的？莫非是从沟对面的山顶飘过来的？我把它拨下来时，它从我肩头边滚过，然后就往山崖下飘，一直飘向沟底。那一刻我真的害怕，我站在悬崖上，而且是站在建德的肩头上，小国，你虽然扶着我的腿，但下面是万丈绝壁，为了那么一截干柴，我想，我摔下去摔死了真不值。"

王小国说："这怪我，是我叫你们搭的人梯。我想，你只要站在建德的肩上，用手就能把那根柴够住。谁知道产生了错觉呢。"

我说："是嘛，在这山上人迷迷糊糊的，就是产生错觉嘛。我从下面看，觉得也没问题，站上去才发现不对劲，就差那么一点我够不住它。我立脚尖那会回头看了一眼，有点害怕。我在建德肩头上立脚尖，我觉得建德的肩头在发抖，那一刻我有点害怕。所以，我才叫你赶紧拿枪上的通条给我，我用通条把它从石崖边拨下去。"

建德说："那一刻，我是有一点抖，我害怕脚一滑把你摔下去。"

王小国说："我也后怕。那一截干柴摔下去粉身碎骨了，连一块浑全的都找不到了。昨天下山时，我的腿都软了，所以我才决定早早回去。老实说，我长在平原，没上过这么大的山。"

我说："我虽然上过大山，也攀过悬崖，可是，我从来没有这种在悬崖边站在人肩头上的经历。而且，建德你那会肩头抖得突突突的。那会，我是有些害怕。"我们依然走在石堆上。

一只雪鸡呱呱叫着，从对面山上飞下来，往远处滑翔。它的叫声孤零零的，传得很远。

我瞅着那只雪鸡，没有瞅见它到底落在了什么地方。

我说："雪鸡也是，只能从高处往低处飞。它们是怎么上到那么高的地方的?"

"往上爬呗。"王小国说。

我说:"雪鸡到夏天都换毛了,和家鸡差不多。冬天,雪鸡像雪一样白。"

王小国说:"所有的动物到冬天都换毛。它们换毛,是对自己的一种保护。"

我说:"记得那只雪鸡吗?"

王小国说:"不是詹河抓住它的嘛。雪鸡落到院子里就吓呆了,也不跑,也不叫,就等着人来活捉。詹河一把就按住它了。"

建德说:"那只雪鸡从后山雪峰上飞下来,一定是想飞到河对面山根去。它一定是把高度和距离估计错了,所以才落到哨卡的院子里。"

我说:"它肯定是把距离估错了。在这山上会产生错觉嘛。"

建德说:"那只雪鸡真肥。"

我说:"我才知道,雪鸡吃的全是草籽,还有草节。鸡嗉子里全是草籽和草节。鸡汤煮出来是绿的,鸡肉也是一股草腥气。"

建德说:"连长说,雪鸡是个宝,雪鸡肉营养价值高得很。草腥气是因为我们没有调料,没有调料把草腥气压住。"

建德说:"记得那个晚上吗?"

我说:"哪个?"

"就是那个晚上,侯排长他们回来,还有一班长,还有库热西。"

我说:"记得,那会连长在喝酒。连长就拿个搪瓷缸子喝,柴油灯在桌子上嗞嗞地响,连长的脸黑黑的,在想心事。"

建德说:"不就是想打柴的事嘛。"

我说:"说不准。"

建德说:"侯排长他们进来那个兴奋。他们说,找到了,那条沟里柴多得很。连长说,有水吗?排长说,有一条小溪,眼下水有碗口那么粗,帐篷可搭在沟口溪边坡上。连长说,有碗口那么粗吗?够了,溪水还要涨的。你看现在溪水都一抱粗了,不过现在这条溪到尽头了,我看这水也大不到哪里去。"

我说:"谁说到尽头了?你看,前面不是又有了嘛。这一堆石头把溪水埋了,前面又水汪汪的。"

拐过一道弯,果然前面又水汪汪的,溪水仍是清澈,比刚才流得平缓。

建德说:"昨天,我有点失望。"

我说:"昨天,我也有点失望。我看这就是一座石山,沟里光秃秃的。往前走就是雪山,再往前走就到边界了,我们不可能到苏联去打柴吧?怎么边防上这么难,取暖烧火都成问题!"

王小国说:"整个边防团都这样,后勤只供应煤和焦炭,炊事班引火,各宿舍引炉子的柴都靠自己解决。炊事班天天要起炊,那不是个小数。"

建德说:"昨天我有点失望。我们那么早就回了,没想到黄昏二班长他们回来也是空手,三班副他们也是空手,还搞得一身都是土。我想,这沟里根本就没有柴,不是侯排长他们搞错了吧?"

王小国说:"我开始还有点内疚,看大家回来都是空手,就想开了。"

建德说:"直到天黑时,我看见连长扛着一棵树从沟里出来,库热西也扛了一棵,后面远远的一班长郑芳也扛了一棵,我才相信,这沟里可能有一片树林。唉,连长进沟时雄赳赳的,那会叫一棵树压得像个煮熟的虾米。"

我说:"这沟这么深,都快到雪线了。往山上走,海拔少说四千米,四千五百米也说不定。这么高的山上扛一棵树走三四公里路,那还不压成煮熟的虾米!"

王小国说:"关键是郑芳。他和我一样是从平原来的,那么高的个子,蛇腰,那会被压成了个小猴,脸上都是土,尖下巴流汗,只有一双眼睛在扑闪。我实话实说,我比起郑芳来差得多。昨天晚上,我就给连长直说了,我说,我们这个组不行,连长说,那就把你们并到二班去吧,明天,你们跟着二班长易顺走。"

这会,二班长易顺正带着一帮人远远走在我们前面。他们全副武装,带着枪支弹药。有人扛着一把洋镐,有人扛着一把大斧头,有人提着一卷大绳,易顺扛着一把铁锹。

王小国说:"易顺是容城县的,他们那里也是平原,他爬山也不行。"

我说:"你看,你们看,那是谁?那里!"

建德说:"那是谁?"

我们都往对面的山上瞅。

王小国说:"那是巴郎子嘛,他们在干什么?"

我说:"是巴郎子。最前面是沙地克,第二个是库热西,后面是买买提,落在最后的是库尔班。他们怎么爬得那么高,那座山那么陡,他们就像是贴在上边。"

王小国说:"巴郎子爬山比我们行。"

我说:"看见了吧。他们找到一棵树了,在那里,在峭壁上,那里有一棵树。看见没有?"

沙地克在前面用铁锹探路,石头唰唰地从峭壁上滚下来,沙地克的腿分得很开,他扒住峭壁,一点点地向那棵树接近。那一面山上只有这一棵树,孤零零的,看上去那么小,那么单薄。

我说:"这么找柴,要找到猴年马月。"

王小国说:"比我们昨天强。"

我们的右边依然是绝壁,陡峭的石山像一面遮蔽了半边天空的巨大屏风。但是,在我们的正面也就是正北面和西北方向,一座石山向后退去,它向西北方向闪开,把一道深涧留在我们面前。这座石山风化了,崩塌了,山坡看上去平缓,满坡都是棱角锋利的碎石头。而在它的顶部,一座石峰摇摇欲裂。这座石山后面,是一座雄奇的正在消融的冰峰,冰峰后面皑皑雪山连绵不断。

"这是一座向阳的山哪。"王小国说。

"这一片太敞亮了。你看,太阳正照在雪山上,再看那座冰峰摇摇欲坠,这座冰峰不会也塌了吧?"我说。

二班长易顺、机枪手刘海平、副射手应大成和我的同乡郑德在等我们。

易顺说:"嗨!我们走得慢,你们比我们还慢!"

郑德大声说:"听见你们在后面说话,你们也不觉得累?"

王小国说:"慢一点好,慢一点脚下踩实,不会错。"

尤建德说:"正因为说着话,这才把累给忘了。"

我看溪水到这里断了,小溪到尽头了,山涧一片潮湿。左面的山坡有一道不太明显的狭槽,好像有大石头从这里滚过。连长和郑芳带着一帮人远远站在西北面高高的山梁上。山梁那里就是雪线,白雪斑驳。以我的经验,雪线一般都在海拔四千五百米的高度。这里阳光很充足,雪线可能还要再高一点。

我说:"翻过这座山,是不是就是苏联?我们要不要拉一道警戒线?"

刘海平说:"到边界要走派依克沟,这里没有山口。"刘海平是河北涉县人,麦子肤色,结实,身手矫捷。

我说:"那就是无路可走了。柴在哪里?"

刘海平说:"连长说,往山上走,就能找见。"

说着他就开始爬山。山上满是碎石头,差不多都有碗口那么大,棱角像刀一样锋利。

易顺说:"我虽然是三年兵了,还是第一次打柴。"

王小国说:"这种活不可能年年干,打一次柴烧三年嘛。"

我说:"海平,你爬山怎么那么麻利?"

刘海平说:"我们家乡也是石头山——太行山。我是山里人。"

我们都跟着刘海平往上爬。尤建德很快爬到我前面。

我们爬山,那些石头就往山下溜。

我们全副武装:枪、子弹、手榴弹、挎包、水壶,挎包里装着一公斤重的罐头,每人还带一件干活的家伙。带着这么多的东西,穿着棉袄棉裤在海拔四千五百米的高山上爬山,是有点考验人的意志。

快到山梁了。我说:"柴呢?"

王小国和易顺叉着腰在下面坡上喘气。

"咦,那是什么?"我看见石洼里有小草一样的绿叶。它们从石头底下的缝隙钻出来,在阳光下非常刺眼。这是我进沟后看到的第一眼绿色,我有点兴奋。

我们都围过去。

是针叶。仔细看,不是草叶,是树叶,是松树叶子!

"咦?"我们都说。

我们把石头刨开,就看见了松树的树枝。顺着树枝往下刨,就看见了树干,树干在地面下趴着。它从山上往山下长,顺着山坡的地势起伏。

我们顺着树干往山上掏,一直掏到树根。这棵松树有碗口那么粗,七八米长,正是连长昨天晚上从沟里面扛下来的那种。

易顺说:"这就是他们说的卧龙松吧?"

王小国说:"有的也叫它蟠龙松。"

我说:"它们怎么不长到地面上来呢?"

建德说:"你看看这些石头,它们从山上溜下来,把它压下去了。它们推它、挤它、压它,它们只好在石头下顺着山坡往山下溜。"

我说:"它们的枝叶都从石堆下往上长呢,硬探出头来,吸收阳光。这真新奇啊!我从来没有见过。"

应大成说:"它们是像龙啊,它们探头往山涧爬,是想到山涧饮水呢。"

王小国说:"没错,这就是蟠龙松。"

我说:"我倒觉得,叫它们爬地松更准确。它们被压在下面,忍辱负重。"

易顺说:"不说了,找到树了,干活吧!"

我们上到山梁,把枪支架起来,把子弹袋、手榴弹、罐头和水壶放下。我把牛皮文件包放在我的枪下面,让它不离开我的视野。那里面有一把信号枪,九发红白绿三色信号弹,还有千里边防线上每天一换的口令,几种不同的哨卡作战预案、地图和执行预案的密语。这些东西,我必须随身带。如果发生战斗,这些东西必须留到最后。

王小国把药箱放在我的文件包旁边。

我们抄起洋镐铁锹刨那树的树根。

这树真是命苦,长在这么荒凉的地方,埋得这么深,还是被人找到,连根刨出。

我说:"明铁盖怎么不长树呢?"

海平说:"那是阴山啊,山谷里没有多少太阳。"

我说:"塔木泰克呢?那是阳山啊。"

海平说:"塔木泰克那么陡,那就是一块大石头嘛。塔木泰克哪像这条山沟,有这么多的雪水滋润。"

我看看眼前这山,是有点特别:向阳,整面山坡向太阳敞着;又有后山冰峰雪岭上不断地流下来的雪水,日晒风吹水浸,石山崩塌。树虽然在石堆下长,没准被石头埋起来以前,就是一片树林。

我说:"是有点奇特呢。"

我们刨出来一棵树,用斧头把根须砍断。我们把它往山下拉,山上的石头跟着往下溜。人也跟着石头溜,站也站不住。

我说:"建德,拿绳子。"

我把绳子绑在树根上,远远地和建德拖着往山下走。

树带动石头,小石头带动大石头,整个山坡都在动了。山脊上一块岩石也动了,大大小小的石头蜂拥而下。建德在这些蜂拥而来的石头中间跳来跑去地闪躲,我闪身到一面石崖下面。

一块房子大小的岩石滚下来了。它开始慢慢滚动,最后越滚越快,在山坡上跳起来。它跳得那么高,从建德的头顶轰然而过。它最后一跃,冲撞到山涧对面的石山上,轰隆一声裂开了,又弹回来,再弹回去,粉碎了,在山坡和沟涧里变成石雨。轰隆隆的声音在山谷回响。我这才知道,那些漫山遍坡的碎石头是怎么来的了。

石头滚过时,我看见建德一下子扑倒在地。

我喊:"尤建德!尤建德!"

半天没有声音。我跑过去,他却从一道石坎下爬起来了,一脸的石屑和灰。咧嘴说:"妈呀,吓死我了!"

易顺在山上喊我的名字。

易顺喊:"你们没有事吧?"

我喊:"没事!"

建德说:"我光听见头上轰隆隆的声音。"

易顺喊:"那树就扔在那里,下山时再拖!"

易顺喊:"你们上来!"

郑德喊:"班长叫你们上来!"

上到山上,王小国说:"吓死我了,真要命!"

建德说:"我光听见头上轰隆隆的声音。我的腿都软了。"

易顺说:"来,休整休整。"

王小国说:"看太阳都到哪里了?"

应大成说:"该吃饭了吧?"

我说:"是有点饿了。"

易顺说:"饿了就开伙。开伙。"

郑德说:"开伙开伙。"

易顺说:"郑德,你和应大成拿罐头去。"

他们两个人抱着几听罐头从山梁上下来,郑德还提着一支半自动步枪。

铁皮罐头,一公斤一听。郑德把枪上的刺刀打开,把罐头摆正了,双手倒举起步枪,一枪刺扎下去。枪刺的弹簧顶了一下,罐头噗的一声,冒出来一股清水。郑德把枪刺一挑,挑开一道缝。郑德换个角度又是一刺刀,在罐头上开了一个"十"字。

"是菠萝罐头啊。"应大成说。

易顺掏出一把小刀,用松树枝削筷子。

易顺说:"再开一听牛肉的。"

吃着罐头,应大成把一支莫合烟卷好了,说:"班长,你抽一支。"

应大成把两根火柴并在一起,划了一下,没有划着。应大成说:"缺氧。"

易顺自己拿过去划着,一股莫合烟味便在周围散开。易顺说:"够味。"应大成说:"巴郎子给的。"

应大成是新疆兵,兵团来的,会维吾尔语,和巴郎子混得火热。

我们都从应大成的烟袋里捏莫合烟,用纸片卷烟抽。

我说:"应大成,你们兵团怎样,什么建制?"

应大成说:"什么什么建制?"

我说:"比如说,一个排,有多少人。"

应大成说:"一个排嘛,应该有三四百人啦。"

我说:"怎么那么多?"

应大成说:"我们是按家庭算的。几十个家庭算一个排。"

我想了一想,说:"哦,那就和生产队差不多。"

刘海平说:"一样嘛,我们生产队的民兵,也是连排的建制。一个生产小队设一个排,我就当过民兵排长。"

我想了想,说:"那是。"

我说:"刘海平,你们那里的石头山,是不是也是这个样子?"

刘海平说:"哪里像这里这么荒。虽然山大,山里都有住户。也没有这么高,动一动就气喘。我们出门就爬山,上山下山好不自在,如走平地。我在山里走路,从来没有过闪失。"

我说:"刘海平,你去过派依克沟的边界吗?"

刘海平说:"我巡逻过两次。和侯排长去的。"

我说:"那里和罗布盖孜有啥不同?"

"那里是临时边界。那边原来是我们的,没有界定,所以是临时边界。"

"有什么不同?"

"临时边界界碑是临时的。"

"什么样子?"

"就是一大堆大石头,用八号铁丝网在一起。"

"那起什么作用呢?"

"就是在分水岭上做个标记。"

"有什么作用呢?"

"我们每次巡逻时去看看,看看这个标记有没有人移动。"

"有移动吗?"

"没有。"

"看见过苏联人吗?"

"看见过他们的汽车,他们坐在汽车上巡逻。我们走路,骑马。"

"他们那边是什么样子?"

"他们在山下。他们的帐篷扎得很远。"

"像我们牧民的帐篷一样吗?"

"不，他们的帐篷是白色的。"

易顺说："好了好了，都起来干活!"

大家都爬起来，去拿工具。

建德把一个空罐头盒一脚踢开，说："干活了!"

郑德也一脚把一个罐头盒踢开，说："干活喽!"

一堆石头被刨开。一棵树被我们一直刨到树根。大家气喘吁吁。

我的眼睛突然一亮。

这棵树从三块大石头中间长起来，三块石头呈三角形交错。也许，这三块石头本来是一块，这棵树从它的缝隙里长出来，硬把它撑破。总之，坚硬的石头挤压树身，硬把这棵树干挤成了三角形状。但是，在这一段以上，它又长回了原来的模样。我们把石头撬开，把这棵树连根刨起。我用手摸了一下树身的棱角，居然像铁一样坚硬。

有好半天，我看着它出神。

易顺说："你怎么了?"

我说："这棵树……"

易顺说："怎么了?"

我说："真不该挖它。"

易顺说："为什么?"

我说："你看看这里，它能长起来，太不容易了。"

易顺说："唉，这里的树都不容易。"

"是啊。"我说。

我远望连长和一班长他们那边，还有侯排长和三班那边，挖出来的树已经不少了。它们躺在山坡的石堆上，像战死者的尸体。

我深深地叹一口气。

太阳开始西斜。那边山梁上，连长带着一帮人扛着树往山下走。我们还是老办法，拖着树下山。不过我们增加了警戒，专门盯防那些滚落的石头，随时警示。太阳完全西斜时，所有挖出来的树都被运到沟底。我们在沟底把它们砍了，把树枝和树根截下来，分开往山下运。

我用绳子捆住一捆树梢，背在肩头。我看见三班长邱明和刘海平一样都扛着一段树身。他们都是涉县人，他们负重行走时沉闷而坚毅。

大家三三两两地负重而行，没有来的时候话那么多了。有人把棉衣脱下来，垫在肩头。

人在艰难时差不多都是这样，自己和自己铆足了劲。负重而行，没有言语，甚至没有目光的交流，即使互相看着，也是木然的，生怕打扰了内心那一把力气。一步步地往前走，或者站住，直着脖子喘息。不少人又压弓了背，像一只煮熟的虾米。其实，我们的肩头并没有重到不可忍受的重量，关键是缺氧，关键是高海拔低气压，稍一活动就加速心跳。还有干燥的空气极易使人失水。干裂的嘴唇像要被撕开似的。

我回头一看，连长一贯威严的目光这个时候也变柔和了。连长扛着大半棵树，浑身湿漉漉的，目光平和。这个时候的连长分外容易接近。连长又被压成虾米形状，用手抹汗时，把自己抹成了花脸。他的目光也是木然的，他用喘息的工夫安抚自己。

太阳最后的光线在山沟里消失了。我们出了沟口，把扛回来的柴扔在帐篷旁边的空地上。我们又感到生命的活力在恢复，又看见了那在山下奔涌的雪水河。

炊事员吴明德正在灶门口忙碌。馒头蒸好了，现在在烧汤，潮湿的松枝一时燃烧不起来，他用铁勺舀了一勺柴油浇进灶门，轰的一声，火头喷了出来……

整个7月和8月，我们天天这样。不同的是，我们不再像刚来时那样矫健。人瘦了，有的瘦了一圈，甚至脱相。眼睛却变大了，人看人时，满眼都是善意。这光秃秃的群山在消磨和打造人的意志。这一段经历，使人的心一点点沉下来，以后看见什么都不会惊慌失措。

从7月开始，每天午后，雪水河就波浪翻滚。我们至少要坚持到9月，9月以后河水会陡然收窄，那时候，这些柴才能够运到河对岸。然后在对岸装车，运回哨卡去。

那时候，这个沟口活动着的是疲惫不堪的一群边防兵。帐篷外的柴堆得像一座小山，而人却一个比一个狼狈。雪山小溪的溪水刺骨地冷，他们很少用它刷牙，也很少用它洗脸。他们一个个灰头土脸，人更瘦削了，肮脏的棉衣棉裤上到处是石头划破的口子。如果没有帽子上的红星和领口的红领章衬着，他们那个脏兮兮的样子，简直就像一群囚徒。而在每个夜晚，在那冰冷的不平整的地铺上，他们都睡得贼死。山风在帐篷外呼呼地吹着，没有梦，也没有梦想，他们为这一堆柴而活着。

三十五年后的一个夜晚,我做了这样一个梦:我只身骑马回到瓦罕走廊。那些铁锈色的高山,那些凝脂般的雪峰因为气候变暖,山坡上长起了一棵棵年轻的树。它们不是那么茂密,在山岭上稀稀拉拉的,但是,都长得很高大,有针叶树,也有阔叶树。而在明铁盖哨卡明铁盖河上游拐弯的地方,建起了一道水闸。那里有一座小村庄,村庄里林木茂盛。村里住着四五户人家,有汉族的,有塔吉克族的,也有维吾尔族的。我走进哨卡房门,哨卡里是新一代守卡人。我在他们中间居然看见了几位老战友,他们还像当年那个样子,像当年一样年轻。我哽咽着哭醒来,身边的妻子也醒来了,她拉开灯,吃惊地说:"你怎么了,怎么,你满脸都是泪水?"

　　我说:"我梦到明铁盖了。"

　　我想说:"我心里难过。"我又想说:"我好幸福!"

2016 年 6 月 16 日晚 8 点 36 分于浦东

第一次下山

一

我把棉裤、棉袄脱了,换上绒衣、绒裤。我换上了干净的涤卡罩衣和一双半新的胶鞋。我把换下来的脏衣服和我的背包捆在一起,放在帐篷的角落里。

我抹一把脸,摸摸自己这一个月来又有点突出的颧骨。

我把帽子摘下来拍了拍,擦了擦红星上面的灰尘,重新戴在头上,扶正。

我去拿枪,这是我最爱的一支五六式冲锋枪,是我从十多支冲锋枪里给自己挑出来的。这支枪的枪托九成新,枪管枪身擦得铮亮。关键是经过校正后,根据我摸索的规律,我用它射击,可以说是百发百中。特别是在晴天,我在山地射击时,击发之后,透过透明干净的空气,我能看见人头靶上一眨眼射出的弹孔。这时候我就有一点兴奋。我喜欢我的枪,喜欢我的视力,喜欢我射击的水平。我在射击时托枪稳,屏息时间长,扣动扳机时果断沉稳。

这说得有点多了。

我把子弹袋在胸前挂好。三个弹夹子弹都装得满满的，枪上的弹夹也装满了，还带了备用弹。这是整整三百发子弹，刚好是一个基数。

我把手榴弹袋斜挎在右胯后边，水壶斜挎在左胯上，帆布挎包斜挎在水壶旁边，挎包里装着碗筷、搪瓷缸子、牙膏牙刷、一包雪莲牌香烟和火柴、一把不锈钢小刀、一听蚕豆冰蛋罐头。我用腰带扎紧了这些东西，拍了拍，试了试，让它们不要响动，然后弯腰紧了紧脚上的鞋带。

"你把文件包留下。"连长说。

连长一直在看我。他一边看我，一边用一小片报纸卷莫合烟。他把烟卷好，点着，抽了一口，吐出一口浓烟，烟雾在他头顶久久不散。

"你把文件包留下，我自己带它。"连长说。连长好像一直在关心这一件事。

连长好几天没有刮胡子了，络腮胡子从鬓角到下巴黑乎乎的。连长的胡子不是太粗，不是太长，也不是毛茸茸的那种，是黑乎乎的胡楂子，上边沾了一些灰土。

连长没有洗脸。他的黑脸膛上有几颗白麻子，实际上，白麻子是浅黑色的。他鼻梁高挺，右边鼻翼上也有一颗白麻子。

我们都没有洗脸，也没有刷牙。好多天了，帐篷边雪山上流下来的小溪溪水过于冰冷。第一次用它刷牙，把牙床都冰疼了，半张脸变得麻木。我们已经习惯不洗脸、不刷牙了，反正在大山深沟里，又不上街，又不去见女人。有时候，眼角任它挂着眼屎。

连长又抽了一口烟。他呛了一口，用手挥了一下，烟雾钻进他的胡楂子和头发里。

他笔挺地站着，腰带也扎好了，右边腰际挂着一把五四式手枪和两个带套的手枪弹夹。衣服上沾满灰土。他的帽子随便扣在头上，领口的风纪扣解开，不是那么正规。

我从我睡觉的地铺那边，把那个酱黄色牛皮文件拎包拎过来，交给他。他打开牛皮翻盖，看了一下。里面有一把信号枪，九发红白绿三色信号弹，一张作战地图，一份作战预案，一份选择执行预案的电文密语，一架八倍军用望远镜，两支红蓝铅笔，一柄放大镜，还有一份千里边防线上每天一换的口令。

他把这些都检查了一遍，然后把皮包的翻盖扣好，拧了一下翻盖上的不锈钢锁扣。

"我自己带。"他说。

我不放心地往帐篷角落里瞅了一眼。

他说："你放心走就是，你的背包和衣服，到时候我让通信员给你带回哨卡。你放心走就是。"

我把冲锋枪斜背在背上。

"你下山顺河走，一直走，不要离开河。你大概到下午后半晌就能走到卡拉其古。你不要离开河。往北走，你可能就进入了苏联国境，所以你不要离开河。你一直走，在下游河上，快到卡拉其古的地方，有一座桥，过桥后，你还是顺河走。"

我仔细听他说的每一句话。

他看了我一眼："你千万别往北走。"

我说："是！"

我当然知道，我这是单独执行任务。在这边防禁区，人烟罕见的地方，我肩负着一份信任。

"你今天就在卡拉其古营部过夜。红其拉甫每天都有汽车过来到卡拉其古绕一下，你明天就可以搭便车到团部去。你直接去军务股，梁股长会告诉你，他要什么数字。你汇报完就可以直接回明铁盖了，不用再到这里来。"

"是！"我说。

连长吩咐这些时有条不紊。他的眼睛有点干涩发红，看上去有些疲惫。我也有些疲惫。但是，我马上就要下山了，所以我打起精神，像打了兴奋剂。

他把我留下的皮包挂在肩上，和我一起走出帐篷。

这正是早晨。新疆时间八点钟，北京时间应该是十点多了。山坡上静悄悄，可以听见远处山下河水的喧嚣。太阳还没有从河的下方升起来。一片云彩停在右边山坡上，慵懒而怠倦，好像刚刚睡醒。

我们的帐篷扎在一条山沟沟口的坡地上。大清早，雾气从沟里吐出来，带着丝丝寒意。帐篷旁边，一块空地上堆着小山一样高的一大堆树干和树根。这是一个多月来，我们在这条山沟里打柴的收获。明铁盖雪山没有这样的植被，而在卡拉其古一带，在向阳的山沟里，山沟深处半坡上有一种叫爬地松的松树，埋藏在风化的乱石堆里。我们把它们找到，挖出来，拖下山坡，从沟底扛到沟口，准备到9月以后，等雪水河收窄变浅的时候，把它们运到河对岸，再用汽车运回哨卡去。

雪山哨卡全凭它们引火做饭。

这会，战友们像往日一样背着干粮带上工具上山走了，可以看见他们往沟里走的背影。

前几天，侯排长在山上四枪打了四只黄羊。黄羊肉浸泡在帐篷边冰冷的溪水里。虽然是在雪山，毕竟是7月间了，中午那一阵还是有一点温度。羊肉冰镇在溪水里，十天半月都不会有异味。

炊事员阎依良用一柄大斧头在空地上劈柴，吴明德一边吸溜着牙齿，一边用冰得通红的手在小溪里洗一条黄羊腿。

"你顺着河走，你可能一路都碰不见人。"连长说。

我说："我知道。"

"吴明德，你给他装两个馒头带上。"连长说。

吴明德跳起来说："得令！"

我把馒头装好。连长说："出发吧！"我说"是！"

他又叮咛一句："你不要往北走哇！"

我说："放心吧！"我把冲锋枪枪管扶了一下，走出几步，回头向他挥挥手。

我很高兴。这是我第一次下山。虽然，相对于喀什噶尔一带，我们整个边防团都驻扎在昆仑山上，但是，相对于雪山哨卡，塔什库尔干这个帕米尔高原上的边陲小镇，那简直就是一座了不得的城市。何况我是单独行动！我素来喜欢独来独往，最不喜欢约束。我自由散漫惯了，以我的性格，能够适应部队的纪律约束，那简直是奇迹！

我大步往山下走，穿过沟口山坡下扇形冲击地段的乱石滩，一口气走到河边。

二

这里是明铁盖河的下游。

一个多月前，河水还不是那么湍急，我们曾在这里渡河。人背肩扛，把那些粮食呀，罐头呀，工具呀，武器装备呀运过河；大件像帐篷呀，帐篷的钢柱、钢梁呀什么的，用牦牛和骆驼驮过河。但是，到了6月中旬，雪山上的融雪水都下来了，河水开始暴涨。每天黄昏开始，黑色的浪涛就从上游扑下来，巨大的喧嚣声震响山谷，这个过程一直要持续到后半夜。而当天快要亮的时候，咆哮的河流渐渐收敛。尽管这样，河面上还是波浪汹涌，黑色的波浪里滚动着漩涡，涉水和泅渡过河都没有可能。

这真是一条神奇的河！三个月前，这里的冰雪还没有融化，从卡拉其古过来，到这里就进入冰谷。冰河尚未开河，而山上已有融雪水在黄昏时流下来，雪水在山谷里淌得到处都是。夜里又上冻了，整个山谷被坚冰覆盖，抬眼望去明晃晃一片。我们的汽车开到这里就没办法往前开了。汽车在河冰上溜来溜去，我们跳下来推汽车，汽车却在河冰上飘移。我们只好把皮大衣脱下来，在冰面上给汽车铺一条路。

转眼间就成了一条不羁的河了。黑色的浪涛翻滚，河中间像奔跑着万千黑色的野兽。

现在是早晨，河水稍稍平静一些。我望望河对岸的简易公路，公路旁孤零零站着电话线杆。一条电话线从河对面扯过来，一直扯到山上沟口我们宿营的帐篷里。黑色的河流中巨大的漩涡滚动。是的，涉水和泅渡过河都是没有可能的，何况这还是冰冷的河水，还不把泅渡的人冻个半死。我只有顺着河岸走了。连长说的没错。

河边石滩有一条依稀可辨的小路，可能是转场的牧民往昔赶着羊群踩出来的。我顺着小路一路向东，想早一点赶到卡拉其古。

这是没有什么悬念的，我只要一路向东，就一定能找到连长说的那座桥。我最担心的是这么大的河水，会不会把连长说的那座桥冲走。如果那样就惨了，虽然是在7月，我可没办法在雪山上孤单地过夜。在沟口的夜晚，我们在帐篷里清楚地听见过狼叫。我想尽量早一点找到连长说的那座桥，我得赶路，给自己留一点余地。

我大步向东，绷紧了小腿，小心脚下的每一块石头。我可不想刚上路就扭伤脚踝。我既要赶路，又要小心保护自己。

铁锈色的山峰在我的左边延绵不断，山和河之间，始终保持着一百米左右的距离。我又经过了两条山沟的沟口。溪水从沟口流下来，在山坡上呈扇面散开。在溪水与河水交汇的地方，浅水滩里，阳光闪烁，太阳已升起了。太阳一升起来就耀眼，高悬在冰峰雪岭之上，巨大的反光和阳光交相辉映，天光炫目。

我在跨过一条溪水的刹那间站住了。我在浅水里看见了几条麻黄色的土鲇鱼，土鲇鱼类似家乡的鲇鱼，但比家乡的鲇鱼丑陋。它们呆子一般静静地卧在浅水里，伸手抓它，它也不动。

"咦?"我蹲下去,用手指头捅捅它。它滑溜溜的,有筷子那么长,一动不动,像一截滑溜溜的木头。

我觉得,这里的溪水不是那么冰。河面在这里宽展多了,对岸的山势也没有这边的险峻。山峦铺展开,有一点平缓,向远处望不到尽头的冰峰雪岭过渡。

但是,山谷在前面突然收窄了,一座高大的狰狞的山峰突兀在我面前,河水从山崖下弯过去。

我顺着河边走,路弯到山崖下。我看见河水汹涌而来,小路在山崖下被河水淹没了。河流直接冲击山崖,在崖壁下卷起浪花,溅起飞沫。望着浑浊的河水,和一团团相拥着滚动而去的漩涡,我愣住了。

能不能涉水走过去?

我抱起一块石头扔出去,想试试水的深浅。只听见沉闷的一声,那块石头被浑浊的泡沫吞没了,半天才沉入河底。我知道断崖下水很深,说不定是个深潭。打眼望过去全是水,望不到尽头。

我有时候胆大得有点离谱,有时又十分小心。我想:从这里涉水走过去,肯定是不行了。

我退回去,坐在一块大石头上,琢磨面前的这一座高山。

三

这也是一座铁锈色的高山,有的地方山岩透出焦黑,壁立千仞。突兀的山崖和北面的山峰连成一体。

我摸出一支香烟点着，抽着烟，琢磨下一步该怎么走。

陡峭的山崖不可能爬上去，即使我会攀岩也没有可能。我必须往北走，顺着山间的一条小沟爬上去，找一条能够上山顶的道路。

我记起连长的话："你可不要往北走啊，往北走可能进入苏联。"

我往北边望，看那条山沟有多远。

我可以往北走。我们打柴不是也往北走嘛。我从这里往山上走一段，只要不接近雪线，应该没有问题。

我又瞅瞅面前的这座山，那简直就是一块直逼云天的大石头，没有办法攀上去。

是的，我只能往北走，边走边看，找一条翻山的路。

我扔掉烟屁股，拧开水壶盖喝了一口水。我重新扎紧了腰带，系紧了鞋带，把冲锋枪摘下来，往枪膛里推了一粒子弹，然后把保险机锁住，避免走火。我把枪还是斜背在背上，这样有利于爬山。

我只能往北走了。

看看太阳，快到头顶了。不要紧，来得及。只要天黑前找到那座桥，只要到了河对岸，就上简易公路了，那就安全了。

这是一条干沟。看看远处的雪峰，真的很遥远。我在一个安全的位置。

其实，我没走太远就找到路了。那是一段相对平缓的石坡。我顺着石坡往上爬，碰到断崖，就沿着边缘走。前面又是石坡，这段坡陡一些，爬上去有点费事。足足用了半个小时，我爬上了一面高坡。前面有一块巨大的龟背状的大石头，就是这座山的崖顶。我爬上去，坐在那里喘了好一阵。我爬山还是可以的，但是太累了，毕竟爬到海拔四千米的高度。我走到龟背石的那一端，以目力所及，找寻下山的道路。没有问题，那边的山势相对平缓，我不用再往北走了。而且太阳这会越过头顶，才刚刚偏西。我长出一口气，索性又在山顶上坐下来。饿了，渴了。我摘下水壶，掏出馒头和蚕豆冰蛋罐头。

我用小刀把罐头撬开。我要享受一下了。盘腿而坐，点燃一支香烟。

现在，这山顶上只有我一个人，习惯于独来独往的我当然惬意。我抽一口烟，把烟雾吐向天空。湛蓝的天空像平静的透明的大海，我用手在中间画了一下，感觉它似乎起了波纹。

"嗨——！"我觉得，我喊了一声，其实，我没有喊出声音。我很高兴，觉得有必要这么喊一下，但是我没有喊出声音。

"哎——！"我还是没有喊出声音。我只不过是高兴罢了。

我在山顶上坐着。我太高兴了，现在真的是前不见古人，后不见来者，在这喀喇昆仑山上，山顶上只有我。

我居高临下，眺望河对岸的远山。我看见那些无边无际的雪峰像波浪一样朝远方铺展。红其拉甫就在那边。太阳把那些雪山照得明晃晃的，那些雪山看上去特别柔软，像奶酪一样快要融化了。它们就像一盘盘摊向远方的奶酪，我把手中的小刀探出去，我想划一刀，探头吃一口。我就是想吃上一口，我觉得，那味道一定很美。

我站起来。

"嗨——！"我这次真的大叫了一声。我觉得，声音传播得很远。我觉得，后面的雪山轰轰地响了，好像有雪崩，好像有雪花飘下……

四

下山还是不容易。一边下山，一边找路。有时候就是那一道断崖，一条深沟，又让你原路返回。

我还是在一个山坳里被一只野兽吓了一跳。我至今不知道那是一个什么动物，它既不像岩羊，又不像驴。它比普通的新疆小毛驴大一些，青灰色的毛，像岩羊，但又没有岩羊水牛般的弯弯的盘角，也许是一只母岩羊吧。我见过岩羊，但它又比真正的岩羊个头大。它突然出现在山坳里，睁着一双野性的眼睛警惕地看我。

我刚从山上下来，绕过一道坎，一抬头迎面就撞见了它。它并不怕我，不给我让路。

我把枪顺到前面来，端着枪绕着它走。它肯定不会伤害我，我也没有开枪的意思。此时，太阳已经完全偏西。

过了这个山坳，山谷就开阔了。我又可以往河边走了，我在河边又找到了依稀可辨的小路。太阳落山了，黄昏来临，我加快了脚步。

这一段河道深深地落下去，切割严重。河床变得窄了，河水因此变得狂暴。浪涛猛扑河岸,浪花飞溅,喧嚣不止。

我必须尽快找到那座桥,我真担心那座桥会被汹涌的河水卷走。

暮色降临,我看见,河道在一片开阔的山谷里收得更窄,对面的河岸也显得更高了。浪涛在脚下更加狂躁,像野兽一样在河道里来回冲撞,激浪拍岸,太凶险了。

我终于在两个石砌的桥头间看见了那座桥。那是三根用爪钉固定在一起的木头电线杆子,上面简单地铺了一下。河道在这里已经收窄到极限了。桥下波涛汹涌,桥身震颤。

我踏上桥,疾步走过去,到对岸后回头望,深深地吸了一口气。

面前是开阔的山谷,简易公路顺着河岸蜿蜒向东,我大步流星地赶路。

公路旁边,居然有几束红柳,还有几株小小的白杨树。久违了,白杨树,看见你们,我有一点激动。我居然还看见了几块不太大的耕地,地里种着土豆。高原的土豆成熟得迟一些,不过,也到收获的季节了。

黄昏的微光里,几个塔吉克族男人在收获。他们在刨土豆,看见我一个人从河对岸过来,老远就向我张望,我也顾不上搭理他们。暮色越来越浓,我越走越快。

公路旁边,小路那边有几间小小的土屋,那是塔吉克族人的家,总共十来间土屋,看起来像一个小小的村落。卡拉其古真是个不错的地方啊,居然有村落!又有树,又有庄稼,又有村落,相对于明铁盖哨卡来说,卡拉其古人真的幸运。

天要黑下来了，前面的景物有点模糊。不过，就在这个时候我看见卡拉其古哨卡了。我先看见了哨卡营房后面一个小高地上面的岗楼，然后看见了离公路不远的营区院子。

我离开公路，顺着一条小路直奔营区的大门。

暮色中，站哨的是我的一个同乡，在新兵连集训时互相认识。他把枪摘下来又重新背在肩上，也没有向我喊口令。等我走近一点，他说："怎么是你？"

我说："是我。"

我又渴又饿又累。

已经有人从院子里朝我跑过来了，他们是营部通信员韩根和文军，两个人都是我的同乡。

卡拉其古，我来了！我把枪从肩上摘下来，又渴又饿又累。但是，我好兴奋。

2017 年 1 月 13 日

疏勒忆旧

疏勒县城就是一座大军营。新疆南疆军区司政后机关、军人俱乐部、汽车队、陆军第十二医院、通信营、侦察营、军需仓库、军区招待所、军区门诊部……都在这里。附近还有一个汽车团和一个炮兵团。一到星期天，县城大十字一带到处都是军人。军区招待所就在大十字。出了招待所大门往前走，不过一百码就是大十字街口。大十字是疏勒县繁华的所在。不过，说繁华是有一点过了。这里除有一家军人照相馆外，再就是军区门诊部，门诊部斜对过有一家百货商店；大十字朝南走有一家维吾尔族风味的餐馆，卖羊肉饺子和白皮面；再过去是一家维吾尔族旅馆，对面是县广播站，继续往南就出县城了。公路那边是一个不大的鱼塘，鱼塘边有一个厕所，厕所的粪便直接排进鱼塘里。那年月粮食紧张，不可能用粮食喂鱼。你在厕所里拉屎，一群红鲤鱼跳起来吃你的大便。红鲤鱼像饿狗那样抢屎吃，居然吃得又大又肥。第一次去那里大便，大红鲤鱼直奔肛门而来，把我吓得不轻。

军区招待所这边实际上是断头路。对面那条路，路左边是司政后机关，路右边是汽车队。车队那边是一个封闭的大广场，军人们排队去那里看露天电影。总政歌舞团的小分队在那里搞过一场演出，当时唱《周总理纺线线》。

　　说大十字是繁华的所在，也不为过。这正是8月间，大十字周围到处都是卖瓜果的。葡萄啊，西瓜啊，哈密瓜啊，那些维吾尔族人都"来来来"地喊。歌词中"来来来来来，来来来来来"可能就是这么来的。瓜果飘香，军人们买瓜果又相对出手大方。

　　维吾尔族人喊叫"来来来"时特别生动。手指在向你招着，胡子尖颤抖，嗓门又响亮，黑白相间的大眼睛盯着你输送笑意。

　　我对疏勒不算陌生，说起来，这是第二次到疏勒了。头一次是因为脸上掉皮，一边的脸颊都焦黑了，在山上找不出原因。现在想来，是因为高原上阳光太强，抑或缺乏维生素。这一次是因为长时间腹泻，差不多休克了。在边防团抢救过来，一时半会恢复不过来，走路腿软。卫生队队长主动说："你去山下待几天吧，到十二医院再查查原因。"

　　其实，我一下山就感觉好多了。看见阔叶树，我感觉呼吸舒畅多了，有了活力。

　　我就住在军区招待所，天天吃馒头和烧茄子。这很好啊。茄子是新鲜蔬菜，比在雪山上天天吃罐头好多啦！

　　我在疏勒县就是一个闲人。

　　去疏勒时有一个任务，是替一个同乡的知青战友捎一封信。这信是捎给军区招待所一个女服务员的。据说，他们之间有那么一点意思。随信捎去的还有专门为边防部队特制的一公斤一罐的铁皮罐头，这都是那个战友搜集来的。六个罐头，六公斤重，脚腿绵软的我把它背下高原。我第一次干这样的事。在军区招待所登记时，办登记的正好就是那个女子。我把信和罐头交给她，她收了，显得很平静。转过身我想："我这个老兄是不是搞错了呀？"

我再就是到各军营串串门。这里部队多，同乡入伍的旧相识听说我来了，邀我去做客。我常去的是汽车队，那里有我一个同学。

但陪我最多的却是我的另外一个同乡，入伍前也是知青，他善交际，喜欢给我讲他的所谓艳事。他很陶醉地眯着眼躺在床上痴迷地讲。

其实，我的要求不高，能听见乡音，那就很开心啦。

那时候，电影解禁了。我在军区的露天电影广场看了两部电影。一部港片《巴士奇遇结良缘》，感觉一般般。一部苏联影片《牛虻》却给了我震动。其实，《牛虻》这本小说我早就看过，但电影却拍得那么好，上官云珠和卫禹平的配音又那么好，以至于看得我热泪滚滚。其实《牛虻》这个影片我在幼年时也看过一次，不过，那时候太小，六七岁吧，只记得牛虻摔碎十字架和就义时的镜头。特别是牛虻摔碎十字架后狂笑的镜头，让幼小的我感到恐怖。现在看，却看到了亚瑟和琼玛的爱情，琼玛那一巴掌让我泪流满面。而牛虻就义后，他以亚瑟的名义送到琼玛手中的那封信更是让我热泪滚滚。这部电影在军区露天广场连放了两场，之后又轮流到炮兵团、汽车团和陆军十二医院放映。那几天，我像孩子一样天天跟着放映队跑，哪里放映，我就赶到哪里。

韩明是我的一位同乡，也是知青兵。他刚探家归来，在疏勒和我邂逅。韩明穿着一双锃亮的皮鞋，天天用擦鞋布擦鞋。我说："怎么穿皮鞋了？"韩明说："哎呀，现在都穿皮鞋了！"韩明见到我时，说我胖了，可见我到疏勒后恢复得不错。韩明邀我一起去喀什逛大巴扎，看到一双女式浅勒黑皮靴，说："真好，你买下吧。"我说："不买。"韩明说："你呀你，现在都什么年代了！"我说："不买。"韩明说："真的没人送？"我说："真的。"韩明说："嗨，和我去看M的女朋友吧。"我说："M的女朋友在哪里？""这个你都不知道？在十二医院呀，十二医院的女兵。"我说："别人的女朋友，我们看什么？"韩明说："不懂了吧？女孩子，又是老乡，又是M的战友，看一看她高兴呀！"我说："不去。"韩明说："走吧走吧。"我说："不去。"韩明说："走吧走吧。晚上还可以在那里看一场电影。今天星期六，十二医院有电影呢。"我想："炮兵团和汽车团都看过了，十二医院没看，是不是《牛虻》呢？"刚一迟疑，韩明就说："走吧走吧，现在就去。"

M的女朋友是一个既聪明又漂亮的女兵。我真佩服这些女生。看见我们来了，那么大方，那么机灵，那么果断。她果断地带我们到一个阿姨家。这个阿姨显然是军人的妻子，上点年纪了，一副过来人的表情。她和气地、意味深长地对我们笑笑，把她家的房门打开，把钥匙交给M的女朋友，说："这是米，这是面，这是鸡蛋。"又朝我们点点头说："你们玩吧。"

M的女朋友麻利地给我们做了一餐拉面。M的女朋友说："我吃过了，你们吃吧。吃完晚上看电影。"韩明和她聊探亲的事。M的女朋友说:"我出去一趟。"一会找来两个马扎。"看电影你们得自己去,我刚才去请假,领导不同意脱队。"

这天放映的不是《牛虻》,电影刚开始,我就说:"走吧。"

韩明这天显得不太尽兴。

韩明探家的归期已到了,他不敢多停留。

我只有到车队去听那个同乡知青兵讲他的艳事,或者到大十字街头走走。

这是一个中午。饭后,我从军区招待所出来,往大十字走。路边有一排平房,也是招待所的客房,是一个个的小单间。我从一个开着的房门口走过,突然有人喊我,定睛一看,是哨卡的杨金玉医生。他招呼我进屋里,屋里除了他,还有两名二十多岁的大龄女子。那时候,女孩二十多岁绝对是大龄了。那两个女子很健康,新疆的汉族女孩,吃羊肉喝牛奶,又在草原大漠旷野长大,看起来比内地女孩开朗、活泼、有活力。那两个大龄女青年身量高,一边吃西瓜,一边爽朗地笑着。杨医生说:"指导员让我来看看你。你恢复得如何?"我说:"你看。"杨医生说:"看起来不错。"他边招呼我吃西瓜,边对两名女子说:"这是我们一个连的,人很不错。"我听着怎么那么别扭,好像是在给我介绍女朋友。

一会,两名女子走了,杨医生赶紧说:"你觉得咋样?"我说:"什么咋样?"他说:"那是他们给我介绍的对象。"我这才记起这茬事。赶紧回忆,怎么没太注意她俩的相貌,而且也不知道给他介绍的是两名女子中的哪一个。"靠门里面坐着的那一个。"杨医生笑着说。看着我使劲想,杨医生说:"算了,叫你来给我参谋呢,简直没用!"

在哨卡,我和杨医生算是莫逆之交,无话不谈。我知道,早年他在疏勒交过一个女朋友,非常可心。两个人情投意合,差不多快到谈婚论嫁了,结果这女孩在政审时没有通过。边防团的干部,那时候娶妻是要经过政审的。据说,那女孩的舅舅在香港。在当时,那可是一桩了不得的海外关系。这门婚事也就此罢了。从此杨医生一蹶不振,年年谈对象,年年不成。一年年拖下来,年龄不小了,这才引起政治处的关注。如今部队每年都要给他十天半月的假期,让他下山解决个人问题。

这一次也是吧,顺带看看我的病情。

"指导员叫我来看看你,如果不要紧,就回去吧。"

我说:"好呀。"

他想了想,说:"走,和我一起去看看指导员的家属。他托我到他家里看看。"

我说:"好啊。"

说起这个指导员,他和我相处不是太长,半年前才调到我们哨卡的。他在调来之前和我见过一面,那就是带着他们连队的一个班到我们哨卡参加全营的比武。他中等偏低的身材,瘦,面相瘦削黑黄,看起来病恹恹的。但是,他待人和善,有一双诚恳的容易沟通的愿意和人交心的眼睛,这就够了。在哨卡,在雪山艰苦的环境下,他和我同住连部,诚恳交往,像是我的一位兄长或者别的什么亲人。这是艰苦条件下最难能可贵的。老实说,他体谅战士,了解高原边防战士的心。

我敬重他！

这一次，我在雪山上病重接近休克，首先想到的就是他。也是他和杨医生始终守着我，直到看着我被扶上山下开上来接我的吉普车。

杨医生说去他家里看看。那么走吧。

我们买了一个西瓜，杨医生自己抱着。出了招待所到了大十字往左拐，顺街道下去，几百米开外，左边有一条回、汉、维吾尔多民族杂居的小街。正面有一个大院，那里驻扎着军区的侦察营。小伙子们整天上高下低地在营区里磨炼摔打。我们朝右拐，再顺营区外的一条小路出县城。前面是一片绿油油的菜地。菜地中间，一条小路通向一个像军营一样的大院落。乍一看，院落是那般寂寥，静悄悄的。院子中有几棵树。

"这就是边防团的家属院。"杨医生说。

"我们团的？"

"是呀，全都住的是我们团的家属。"

这就是说，这个家属院所有家庭的男人都在山上，离他们的家庭千里之遥。这个地方实际上是女人和孩子们在留守。

还没有靠近院落，就感受到飕飕的阴气，我不由得身子一冷。

走进院落，横着几排房。右边有一条路，一直通向院子深处。我们顺路往深处走。路边右首有一排房子，门里面都空洞洞的。路旁左首，隔十来米就有一个公用水龙头。几个女人在水龙头旁边洗衣服。还有几个往路边的绳子上晾干菜。我们一进院子，那些女人们的眼睛就齐刷刷转过来，然后就死死地勾住你。她们当然知道，我们是从山上来的。她们的男人一年只能从山上下来一回。她们死死地盯住我们，目光再也不松开。那种眼神里有探寻，但更多的是期待。也许我们就是他们男人那一个分队的，能给她们带来一点他们男人的消息。她们就一直用眼睛勾住我们，看着我们往院子深处走。

在这样的注目下走路，不由得让人抽一口凉气。

指导员的家在右首路边那排房子中间。杨医生熟门熟路。

"我来过一次。"杨医生说，"他家隔壁是卫生队王医生家。王医生是我老乡。"

果然，路过王医生家门口，看见正在休年假的王医生坐在门里面训斥他的两个小孩子。王医生朝我们点点头。

听见我们来了，指导员的家属赶紧从里面屋子出来。

半间屋的客厅，放着两只独凳。我和杨医生在凳子上落座。一张小木桌摆在我们旁边。指导员的家属看上去干瘦，是大骨架子。指导员是河南商丘人，年龄并不很大，但是看起来比实际年龄要老；而他的妻子也是河南人，更显老相，好像比他的年龄还大。她黑黄的面孔，微微显方形的脸，端正的鼻子，脸上没有什么光泽；齐肩头发，梳得很整齐，不过已经有了白发。但是眼睛和指导员的一样善良，透出一种可以信赖的诚实。她赶紧叫孩子出来，一个三四岁的孩子就过来远远地站在那里看我们。我这才想起我们太没经验了，怎么没想着给孩子买点水果糖呢。

女人说："叫叔叔。"

女人说话时不看我们，她出出进进的，拿茶杯，倒开水，看起来有点慌乱,不知道脚手往哪里搁。

"指导员叫我来看看你们。"杨医生说着,把西瓜放在木桌上。

女人立马要去把西瓜切开。

杨医生说:"不用了。"

但已经切开了,并马上端了出来。

女人依然是慌乱,好像不那么平静。

隔壁王医生正在大声吼叫,训斥他的孩子。

杨医生说:"王医生总是这样。"

王医生我认识。所有认识他的人都说,他对人非常和气。他见人说话就笑笑的,从不和人说一句过头话,但唯独在家里,他总是大声吼叫,大发脾气。

杨医生说:"王医生总是这样,老训斥孩子。"他们是老乡,他说:"我去看看。"

我随他到隔壁。

两个三四岁大的孩子诚惶诚恐、规规矩矩坐在小板凳上,两只手端端正正地放在膝盖上,惊恐地看着他们的爸爸。

杨医生说:"算了,王医生,回来就这么几天。"

王医生这次一点也不给我们面子,仍然对着孩子大吼,不理我们。

我们又退回到指导员家里。

指导员的女人依然不平静,好像不知道该如何招呼我们。

杨医生说:"看过你们了,我们走呀。"

女人慌忙站起来,一副想挽留的意思。但是,她什么也没有说。

我们要出门了。她的嘴巴动了几次,终于说了一句:"他——好吧?"

哦!这句话一直憋在她的肚子里吧?

"好好,指导员挺好的。"杨医生赶紧说。

我立刻想起了指导员那张黑瘦的脸。他胃不好,每天吃饭的时候,他都用双手捂住肚子。

我说:"指导员好着呢。"

女人跟出来,怯怯地、愧疚地说:"没啥给他捎。"

杨医生说:"没事,不缺什么。"

我这才想起来,这次杨医生来看他们母子,指导员也没有给捎什么。不过,话说回来,雪山上能有什么呢。

我们往前走,女人站在门口说:"给他说,孩子好着呢!"

杨医生说:"一定一定,放心吧。"

跟着的是王医生吼自己孩子的声音。

杨医生一边走,一边说:"王医生就是这样,对谁都好,就是不放过自己的孩子。"

往前走了几步,他又说:"我以后有了孩子,绝不这样!"

路边那些洗衣服和晾干菜的女人们又用眼睛死死地盯着我们,勾住我们。

杨医生说:"赶快走,这地方阴气重,你有没有感觉?"

我说:"怎么没有?"

许多年以后,我住在一家修道院改建的宾馆时,也感受到这种阴气。我说:"咦?真奇怪,这个修道院已改建成旅馆了,重新装修过了,怎么还有那么重的阴气?走在院子里,冷飕飕的,针落在地上都能听见。"

说这话时,我就想起疏勒县城外边防团的那个家属院。

这天回到军区招待所,杨医生说:"你要觉得恢复得可以了,就先回哨卡吧。"

我说:"好啊。"

"你见了指导员,就说他的家属和孩子好着呢。"

我说:"当然。"

"我们这些当兵的……给我们当家属也挺不容易。"

我说:"是啊,你的事也赶快解决了吧。"

他呵呵笑着说:"哪有那么容易啊。"

去家属院走了这么一回,我再也忘不了那些军人家属的眼神。过去,我对哨卡首长的要求是不对等的,我觉得,干部们都有一个家,而他们应该更多地关心战士。这一次,我却有了切身体会。我知道哨卡的干部们比我们更多些担待,多些牵挂。

而那些军人妻子的心中又有多少牵挂呢?她们对丈夫的思念又有多么的绵长呢?

这一次回哨卡,我肯定会这样:我会努力干好我的本分,并且对指导员更加敬重。

我要离开了,到军区招待所退还借来的脸盆和拖鞋。

还是那个我给她捎信的女服务员接待我。这一次,她还是不动声色。她连一句回话也没有让我给我的同乡知青战友捎,好像什么事都没有发生过似的。

回到团部，我对那个战友说："这次去疏勒没有完成好你交给的任务。"

这老兄说："哈哈！完成得不错呀！你往这——里看！"他从裤袋里掏出厚厚的一沓信，"她的回信早就写来了。信写得好长啊！"这封信有四五十页，都是海誓山盟什么的。这女子在信的末尾说："这么重要的信，怎么能让人捎来呢？下次再别这样，切记切记。"

回到哨卡，指导员说："见到我家属了？"

我说："见到啦。"

"他们咋样？"

"挺好。他们好着呢。"

2017 年 10 月 25 日

散文 / 冰山笔记

沿着明铁盖河

那些日子，我消磨时光的办法，就是沿着明铁盖河，独自向东方走。这正是 6 月，河面上刚刚解冻，河水日复一日地高涨，而我的心却日复一日的沉重。在静寂的山谷里，我一口气走出十几公里，然后在一片河滩或一块残冰上坐下，享受我酷爱的宁静。高原的天空是淡蓝的，云薄而轻，像匆匆赶路的一匹匹白马，走得很急。远离了人群，在一只小动物，一株树，一束荒草也看不见的地方，看看流水、行云，就是我的幸福！我就这么一秒秒地挨过时光。有时，甚至想将生命交给流水带去；或者就这么一动不动，变成一块化石。

我期盼什么呢？人是一种非常娇贵的东西，情感是一种非常脆弱的东西，而化石是永恒的。瞧那荒原上狼藉的野驴和石羊的白骨，我很羡慕。明铁盖是一块净土啊。造物主偏爱它，使它裸露而坦然，没有一丝尘垢。这不是我梦中也曾寻觅的地方吗？多少次，我匍匐在这土地上，感动得双目盈泪。

故乡的日月是娇美的，人们争相攫取她们的光芒，她们的柔情。但是，寒冷却使争相繁衍的蚊蝇不能在明铁盖存活。这贫瘠的，呈荒漠状的，曾被人划定为无人区的冻土地带，对孤独的灵魂，有一种莫大的诱惑。

有几次，我像孩子一样，在幽暗的深谷，一面宽大的石岩下，用石块给自己垒一座坟墓。我把它垒到一人多高，再将残雪覆盖在它的上面，立一块碑，然后将它推倒。我又开始垒一座坟墓，我想一次比一次垒得好，一次比一次垒得完美，那是我的坟呀。我想连同我的青春和一片残存的童心一起埋进这坟墓。

这种浪漫情调，对一个军旅中人来说，很不合适，但其时是非常虔诚的，毫无矫揉造作、故作多情的意思。明铁盖，它的寂寥和宁静，胜过繁华世界。我永远渴求这大宁静和大寂寥！

我终于不能满足，用长啸打破深谷的寂静，使这寂静在回声消失之后显得更重、更深。我飞跑且大叫，末了像一匹孤狼，喘息在雪山的一隅。

有那么几个夜晚，当星斗满天，皓月升空时，我仍迎风立于河畔，迟迟不归。而值班的哨兵，远远地用枪口瞄准了我。当我看清这瞄准之后，我感到兴奋。我多么愿意听到那一声枪响呀，同时让一团火球，将我的胸口撕裂。那是大淋漓和大酣畅。它将使我热血沸腾，使寂静的雪谷开放出艳丽的花朵，而我会在那霞光一样的灿烂里，陶醉并且睡去。

我终于没有听见那枪声。我听见的是哨兵扑踏扑踏一路踏着残雪朝我走来的脚步声。

"我琢磨着就是你哩。"那是我的同乡，一个矮个子汉川人说，"荒野里这么冷呢。"他瞧着我刚刚醒过神的眼睛，眼里有一丝恐惧。

"我喜欢宁静。"我说。

"弟兄们都已经睡了,营区里静得很呢。"

我愤怒地瞅他一眼。我所酷爱的宁静是他打破的。

我回到宿舍。这一夜月光是那么亮,出奇地没有了风。我整夜就那么躺着,看那月色。一串串灼热的泪打湿了我的枕。

又是那驱之不散的雾,又是那谜一样的眼,我拂之还来。直到屋后有了一声马嘶,东方有了玫瑰般的曙色。

1994 年 1 月

冰山记兽

　　这一带比较常见的是旱獭。5月一到,旱獭钻出洞穴。在山坡和沟壑旁边,到处可见旱獭金黄的、肉球一般滚动的身影。这些在冻土层下熬过了一个严冬的畜生,迫不及待地要到5月的阳光下去,展示一下它缎子一般光滑的金灿灿的皮毛,吸收一些艳阳的热力。旱獭的洞穴多选择在山涧的溪水旁边,离溪水咫尺之远。当积雪融化,雪水溢满山溪,成群的旱獭就去溪边畅饮。数百只旱獭将溪岸镶出金色的边沿,饱饮之后,懒散地睡成一片,在溪岸上铺成一方金色的毡毯。

　　旱獭的叫声是悦耳的,如鹰啼,但是声音短促,且不比鹰啼凄厉。那啼叫的神态更有几分动人之处,胖胖的身体,被肥健的后腿撑立起来,尖尖的嘴巴指向天空,前爪抱胸、目色微醉,正如养尊处优的公子哥,在酒足饭饱之后打躬告辞。

　　鼠在雪山有不可同日而语的命运。两种鼠:一种是雪鼠,一种是寻常的老鼠。

　　雪鼠是大山的精灵,在冰谷和岩头奔走如飞。雪鼠身材小巧,一身素净,灿灿如银。当你在雪谷之中纵马驰骋时,常可见雪鼠在马蹄下飞窜。小小的生灵,在马足下缠绕着神灵之气,使你如行云端,如临仙境。寻常人永远见不到雪鼠那难忘的一瞬，纤细的小足立于崖头，黑色的小眼睛柔柔地向你顾盼。哨卡人顿时柔情盈胸。悠悠人生，茫茫宇宙，秋水波光，无不带些凡尘污垢，或矫揉造作或邪念萌生啊！

寻常老鼠的命运是悲惨的。平地的产儿，生活在雪山本身就是一个错误。仍是通常所见的装束，但因为缺乏营养，皮毛已脱落到稀疏，尾部血流不畅，长长的尾巴，往往被冻断。灰黄的身影，蹒跚的步履，穷愁潦倒的神情。它们倒也不躲开人类，是听天由命，还是眷恋这同食一类谷物的生命？捕捉这种鼠无须花费心机，只见它颤巍巍地在地上爬，如取一件不起眼的东西，信手捏了就是。它也不逃走，也不悲鸣。连犬们也不忍看那可悲、可厌的形状，常常以拍击使之毙命，但从未见一只犬去食这无聊的动物。

兔的生涯是壮烈的，这看去娇弱，实则有强烈求生欲的小兽，无处不蓬蓬勃勃地抗争着，躲避狐的追赶，鹰的袭击，犬们的围攻……阵地的斜坡上，河边的乱石丛，常可见利爪和白牙留下的兔的皮毛和斑斑血迹。但兔仍一代一代地繁衍生息。月光之下，看见一团灰色的身影，且走且停，那便是兔了。兔们白昼过得凄凄惨惨的，夜晚出来觅食，呼朋唤友，扶老携幼，倒也悲悲壮壮，轰轰烈烈。

兔的克星仍然是人。猎杀兔不比猎杀熊豹，不需要许多威武。哨卡中人，稍微有点胆的，常以猎杀兔为快事。他们潜伏在溪边，单等兔去饮水，瞄准了便是一枪。弱小的身躯立刻血肉横飞，身骨迸裂。恻隐之心，便在这狩猎的大酣畅中丧失殆尽。冷酷的心，就这样铸成。

狐是雪山的明星。狐善于卖弄。黎明时分，常可见狐飘忽在雪谷里时隐时现地奔走。最灿烂的是那种银狐，在河边走出细小的碎步，娇媚之态，叹为观止，连犬们也为之发呆，报以喝彩似的吠声。狐对犬的捉弄是举世无双的。在犬的追击下，狐自然不慌不忙。狐飘忽地转体再转体，使犬们一再扑空，偶尔从身后撩犬一把，令犬勃然大怒；又敏捷地跳上石岩，回首向犬们微笑，色眯眯的，还伸出一爪，招犬们近前去。其可望而不可即，垂涎而不可得，气煞所有军中之犬也。

哨卡人猎狐另有一种技艺：取雷管二枚，裹一片薄薄的臊肉，将拉火管与雷管接了，置拉火绳于地上，泼一瓢冷水，使拉火绳与地面结冻。那臊肉永远地诱惑着狐，使狐在一公里之外便嗅得着。狐不像熊豹那样鲁莽，它用利齿轻轻地撕而食之，但顷刻间雷管爆炸，将玉面炸个粉碎。哨卡人闻声而起，用铁丝拴了狐的头颅，挂在木桩上，趁体热剥下灿灿的毛皮，一具躯体便抛置荒野了。真可叹天生尤物，娇姿媚态，只落个丧身薄命，冰消玉碎。所谓追之不得，诱之有获呀！

1994 年 5 月

胡语哉老师

那个已在九泉之下的、名叫胡语哉的老师，我该如何祭奠他呢？

被我尊为师长，并且永远受我敬爱的老师，恐怕莫过于他了吧？

他并未教过我一堂课！

我是因为阅读陆蠡翻译的《罗亭》，为两个生僻的异体字请教他而结识他的。他是老北大学生，青年时代听过鲁迅、周作人、丁西林、范文澜和许寿裳的课。抗日战争时期随北平大学流亡到我的故乡。他是河北人，中年丧妻。在我认识他的时候，他就孤身一人生活。

他瘦，无须，一张老太婆似的瘪嘴，患白内障，但不严重，说话吞吞吐吐。听过他课的人说，他连一句完整的话也说不太清楚。但在那个年代，在我接触的教师里，唯有他对学生没有戒心。我的一星半点知识，有许多是他教授的。有很长一段时间，我甚至不听别的老师的课，而听他在宿舍里讲给我一点古文和20世纪30年代的文学。有许多个夜晚，我便是在他那里消磨掉的。

他有很多藏书，但太吝于借人。我几乎难以从他那里借走一本书，能够借走的，也无非是当时市面上颇为"走红"的"革命现实主义"之类。我非常羡慕他那商务印书馆出版的、纸色已经发黄的厚厚的《辞源》和中华书局出版的厚厚的《辞海》，但也只能是在他的宿舍里翻看。

孤身生活，使他学会了照料自己。他经常在煤油炉子上热一点学校食堂买来的熟食。倘若改善生活，就开一听肉食罐头。每逢我拜访他而他恰好想改善一下生活时，就说："麻烦你帮我开一个罐头。"然而诸如提水、提煤之类比较下力的事情，他从来不求助于人。

就是这么一个老头，当我在哨卡写信给他，诉说文化的缺乏之后，竟收到他寄给我的一小捆书。在此之前，我收到过和我同年入伍、补充到千里之遥的吐鲁番的一位朋友寄来的《艰难时世》和《雅典的泰门》。朋友之谊，当在分内。胡语哉老师寄来的却是时兴的《艳阳天》和《金光大道》之类。这正符合他的秉性。尽管如此，仍然使我特别感动。他的信不外乎是鼓励我"锻炼成长"之类。在孤寂的雪谷，这位孤独的老人竟然体会到我的寂寞，其心之拳拳，其意之殷殷，是我在任何一位老师那里没有感受过的。当我陶醉、厌烦、诅咒和依恋哨卡孤寂的生活时，那几本厚如砖石的书，一直是藏于我枕下的珍品。

1994年5月

寂寞家书

每年 10 月到第二年 3 月，书信基本中断。家人的一封信，大约半年以后才能到我们的手中。那时节，哨卡人天天站在岗楼上，用高倍望远镜往东方眺望。偶尔有那么一日，天空放晴，有谁斗胆骑了马或牦牛冒严寒到明铁盖来，哨卡人在十几里外就用目光将他们迎接。当小黑点第一次出现在雪冈上，慢慢蠕动，半小时以后又消失在雪谷里的时候，哨卡人的目光再也离不开那一条被积雪掩埋了的道路。人们祈盼他带来山下的一点消息，最好是带来一两封自己的家信。

通常，来客到达明铁盖时已经被冻得半僵。当你迎上前去替他牵马时，他那被寒霜冻住的眉眼甚至不能够颤动一下，只是用目光在结满冰粒的睫毛后面，由衷地感谢你的帮助。

来者是贵客，立刻被请到连部。但他在下马前先宽慰地扔下来一个囊裹，里面有公文、报纸，抑或有几十封书信。此时，哨卡人全部欢呼了，但是一两分钟后，也有人无言地、颓然地离开操场，去营房的角落，或阵地的斜坡。这种冒着生命危险，在严寒里进山的人很少。有许多时间，我们都为等待这样的客人而苦苦地煎熬着。

富川是我忠实的朋友，我的家信大都是他在团部的收发室里寻找到,然后通过电话一字一句念给我的。回信也是如此,我在电话里说个大概,然后由他代笔。

夏天是最动人的季节。哨卡没有春和秋,夏天实际上也就是春天和秋天,一些小草在洼地里飞快地长着,刚刚开花,马上就开始枯萎。这正像我们这一代人的青春一样,永远也开不出绚丽的花朵。

初夏的早晨和正午,冰河大抵是干涸的,在河心的巨石上,我们可以坐下来晒晒太阳,或者卷一支莫合烟,静静地享用。但下午两点以后,冰山的融雪便会从山涧奔涌而下,汇入明铁盖河,明铁盖河顿时咆哮起来。那气势果然像歌中唱的"奔腾的野马"一般。巨大的浪头,连磐石也能冲走。

县城的邮车在夏天偶尔也会开到哨卡,都是在黎明前起程,正午就匆匆赶回。倘若汽车抛锚,或司机怠慢,或邮差心情不好,邮车就只能开到派依克山沟。那时,派依克山涧的雪水正好汇入明铁盖河,道路会被激流切断。邮差往往将信件捆绑在可以抛掷的石块上,抛到涧水的这边来。下午时分,连队总会派一两个士兵,骑马到派依克沟去。他们沿着河岸,细心寻找这些抛掷物。其细心的程度,不亚于扫雷的工兵。我有几封家信,就是这样"邮"来的。

电话大致能够保持通畅,而电台仅限于接收团部的指示、命令和每周一次传送的千里边防线上每天一换的口令。但是,设在卡拉其古沟口的营部电话总机和设在塔什库尔干的团部总机控制打电话,不许你没完没了地和团部的同乡诉说思乡的情绪。营部总机和团部总机如果没有你的同乡或熟人的话,往往刚刚叫通，就会被立即掐断。即使是连队干部，也不能过多地在电话上交谈，何况团部的军人并不十分愿意进行这种单调的、几乎是千篇一律的交谈。那种近于祈求的"有我的信没有?""有人上卡子来吗?""我的回信寄走了没有?"等。这些哨卡人迫切想知道的事情，并不总是得到满意的回答。

哨卡人只有仰天长叹!

而当黑夜降临，无人不希望打破时空界限，做一个与亲人相聚的美梦。倘若不能入眠，就有熟悉的面孔在黑暗中来到你的面前，情之亲，意之切，使你感慨万千。这聊以慰藉的景象也不总有。如我在不眠之夜，萦绕在脑际的，总是绵绵愁绪，呼之也罢，唤之也罢，多无笑容，谜一般的目光令人心碎!他乡故人，唯有黯然神伤!

1994年6月

慕士塔格

那些山脉：天山、昆仑山、喀喇昆仑山、兴都库什山、喜马拉雅山，游龙般从远方逶迤而来。它们庞大的绵延万里的身躯，从不同方向往帕米尔汇集。林立的冰峰因它们载负，麇聚这世界屋脊：帕米尔高原，即被砌造成水晶的王宫。

慕士塔格——冰山之父，在高原明净的天空下，突兀成雄奇和瑰丽。昆仑山的主峰——公格尔山矗立在它的旁侧，那瘦削的苍白的身影，成为慕士塔格的陪衬。而珠穆朗玛峰，则是慕士塔格没有调教的儿子，它流浪他乡，刚刚长过自己的父亲。

在高原荒旷的谷地，汪汪的水泽边，那些铁锈色的，看去铁骨嶙峋的山峰不再惹眼。冰山是天之骄子，它的身魄是凝固的苍云，它的灵魂则是凄清的冷月。

如此突兀，峰顶平阔如原，四周如刀劈斧剁，盘亘千里使朗空显得狭窄，日月不敢逾越的冰山，这世界上只有慕士塔格。它又恰似身披银色战袍，立身天际的巨人。冰封的塔什库尔干河是它斜挎腰际的利刃，涌动如潮的雪峦，在它的脚下铺展出遥远。神奇、庄严、雄劲、诱人的远空，给它一种走下高原徜徉于大陆的冲动，而烈阳的照耀，使千里云气从它的头顶蒸腾而起，又绵延着飘去了，给南亚的海洋带去大雨。那是挟带了它和它的子孙们气魄的风暴，在孟加拉海湾，制造出无边的大泽。

天边有啸声，是慕士塔格山体的一处雪崩。弹丸一般的雪球滚动成力敌万钧的气势，如潮汐，乜斜着渺小的人类。几千年几万年过去了，它平静地看着那黄色的、白色的、黑色的人种，不知疲倦地在这个星球上迁徙。他们融合后的子孙，一代比一代优秀。蘑菇状的毡房，散落在砾石中，那是塔吉克族人可以移动的家。手持陶罐的少女在泉边汲水，红色的裙裾在晨风中燃烧成火焰。我们的祖先就住过这样的部落，他们掷击野兽的动作，并不比塔吉克族牧羊人更优美。但他们乐意让目光穿过时空，如鸥鸟在海浪上飞翔，让他们的思维，派生出灿烂的幻想。

慕士塔格的心脏当然是铁石，那亘古不消的冰雪，又给它披上严厉。但在地表深处，在慕士塔格的心底，依然是岩浆的炽热，而它的目光仍是温柔的，在晴空下送出很远的距离。

曾经，我凭着少年的余勇，持枪跃马在它的肩头。当我信马卡拉苏雪冈，放眼四方，我看见中亚大漠和西亚平原上，所有的生物都向我回首。我的眼界从此开阔，即使蛰居斗室，胸中也涌动着大海的波涛。而在蒙蒙雨季，我看见天空突然开朗，美丽的彩虹闪现河畔，河水一律变得清澈，一如在雪山之源。

1994 年 7 月底

大漠胡杨

车过轮台，记起诗人岑参的诗："轮台九月风夜吼，一川碎石大如斗，随风满地石乱走。"好大的轮台的风啊！我在轮台，却没有看见这样的景观。但是，另外的景致，使我相信岑参诗句的真。

我过轮台往返相隔三年，时间都在冬月，都是冒了严寒，坐在带篷的卡车里面，从轮台城外匆匆而过。老实说，我对轮台的大漠并不惊异。

初次到轮台，我已乘火车、汽车在漠地走了近一个星期，没有了刚刚看见大漠时的激动。

再次到轮台，我已在风雪帕米尔服兵役三年，我以平静的心情看待大漠景观。但是，轮台仍然给我留下了深刻的印象。最不可忘怀的，就是轮台的胡杨。

轮台在塔克拉玛干大沙漠的边缘，这没有什么稀奇。我们在新疆行车，大部分时间都是绕着这大沙漠走的。戈壁、延绵不断的沙丘，昂首阔视的野骆驼、奔走如飞的野驴。胡杨却是一种非凡的树，它以它自己的存在，曾经强烈地震撼过我的心。

它脚下的沙漠也许曾经是桑田，我所能见的纵深依然有胡杨存在，便是证明。轮台的风必定暴虐，否则，沙漠里不会只留下胡杨。当别的树都被沙漠吞食的时候，胡杨仍顽强地活着。那些胡杨，少说也经历了百十个年轮。风摧折了树梢，沙埋起了树根，没有了树冠，只有粗壮的树身，像一截截戳在沙地里的木头，被风沙打得焦黑。皮破裂了，残枝的茬骨口裸露着，像断臂直指苍穹。有的树从枝干到树身被沙暴野蛮地撕开了，像壮士被车裂的躯体，惨不忍睹。我在汽车上，沿途几百里都看见这样成片的胡杨。它们或高或矮，或直或斜，从公路边一直向大漠的深处排列而去。大风起来，黄沙滚滚，苍茫的天底下，依稀可辨它们倔强的身影。这些斜的"树桩"昂首长天，像骁勇之师列阵面对死亡，悲壮的气氛弥漫了左右。有人说："这些胡杨树是不会死的，春天来时，树桩上又会绽出新绿。"我认为这是一种自慰。其实，胡杨傲视灭亡，虽然它知道这灭亡是未来的必定。它曾经守护的水土被风沙吞没了，平生的努力化为乌有，但是，它仍然活着，并不懊悔！

世俗的风沙也不过如此吧？在胡杨面前，我看出它的怯弱！

许多年后，后人会开进沙漠，那时，沙漠里能开采出可以燃烧的乌金——这东西见火就亮，可以像太阳一样照亮天空。那是胡杨没有死灭的精魂，那是宇宙天地之间不可磨灭的正气！

1994 年 8 月 31 日

吐鲁番葡萄

朋友写信说：富川路过吐鲁番时，托富川给我捎来一箱葡萄。此时，我该在一千五百公里之外。一千五百公里——在朋友看来只是咫尺。富川需坐汽车从吐鲁番出发，经库米什、库尔勒、库车、阿克苏、三岔口，一天一站，然后到喀什。在喀什等部队的便车上帕米尔高原，然后在高原等待，瞅机会托人把葡萄送上冰山。这要费多大的周折？可惜葡萄不是核桃，不是坚固之物，否则，会被送上冰山无疑。

其实，我已在7月份走下冰山，在喀什噶尔的疏勒县治病。疏勒县是部队麇集的所在，这里有许多老朋友，都是家乡的朋友，见面倍感亲切。我自然吃到了很好的葡萄，紫色鸡心葡萄、绿色马奶子葡萄，味道都不错。要紧的是一种亲情：和朋友坐在果园的地垄上，提一串葡萄，看着熟悉的故乡人的脸，听听乡音，葡萄就别有滋味。但我终究和富川在疏勒邂逅，那么吐鲁番葡萄必然亲切，那滋味终生便不能忘记。

富川是我的同学、朋友，如今又是战友。他乡相遇，全部的问候在无言之中。但是，他突然记起葡萄，高兴地说：朋友托我带给你一箱葡萄。待我的眼睛一亮，他却又有点惭愧、有点惶惑。是一个纸箱，一个普通的黄板纸箱，能装近二十公斤葡萄吧。富川郑重地打开，却见纸箱中空空如也，只有一小枝，上边还有七八颗果实。富川又是遗憾，又是难为情地说："一路上翻拣，还总是烂，都让我吃了。"但我已是兴高采烈。我瞅着那几乎空的纸箱，想：朋友和富川，已把最珍贵的盛进去了。如果吃尽葡萄仍不得到达冰山，富川会把这一只空纸箱捎给我吧？以富川的厚道和诚实，以朋友和富川对我的友谊的诚挚，我相信富川会这么做。一只空箱，将带给我无量的慰藉。

我现在品尝剩下的葡萄。那七八粒明亮如绿色玛瑙珠子的东西：小小的，圆圆的，比青豆略大一轮；无籽，比普通葡萄瓷实，但肉汁却蜜一般腻甜。我久久回味，这是我平生吃到的最好的葡萄了。它在全国海拔最低、气温最高的盆地里生长，经了朋友的包装，富川的千里载负，送到全国海拔最高、最寒冷的高原。只有朋友和富川会生发出这样的奇想；只有最珍贵的朋友，才会选择将大自然最好的赐予，这样辛苦地重新酿造吧？

富川还带来了家乡的烟和名酒：新制的"黄宝成"和"西凤"。两瓶"西凤"，我和喀什的十几位朋友共同品尝。酒不多，但人人都喝到微醉。富川还是说，没让我吃上吐鲁番葡萄。翌日，邀我同到卖瓜果的市场寻去。在疏勒县大十字，有一个年轻貌美的妇人把富川叫住。妇人二十三四，牵一个三四岁的孩子。妇人手上提着一串马奶子葡萄，再三再四地塞给富川，临要走了，还不住地回头，道不尽对富川的感谢。富川有一点尴尬，解释："路上碰见的，她的男人在喀什当兵，听说我去喀什，她求我一路上帮助。"其时，富川是个英俊的小伙子，以他的善良和诚实，一定会使这妇人放心。富川的细心、周到、勤快，又是我深知的，在遥远的新疆漫长的旅行，能得到他的帮助，也实在是有幸。

那么，她和她那孩子没少吃朋友送给我的吐鲁番葡萄吧？我看着那孩子黑葡萄一样乌亮的眼睛，在心里窃窃地想。

我想，这真是一箱热情的葡萄，在人生的旅途上，它永远给予我温暖。

我在喀什再没有吃到那么甜蜜的葡萄，以后路过吐鲁番时吃到的葡萄也没有那么甜蜜。但是，每当我记起吐鲁番葡萄，就记起富川的纯朴和诚实，还记起曾经远在吐鲁番的那位朋友和我长久的友谊。

1994年9月1日

怀念

冰山。寂静的雪谷。高原的天空明净,看得很远。

高原风,冷风,冷硬的风。这风好,不像南风,南风软,没有脊骨。

伤痛。伤口上冻结着血珠,璀璨如红宝石。暖和的日子,我俯身河岸,把灵魂搁冰河漂洗。多好的灵魂,又美丽又新鲜,于是听见远方,有一声赤子的哭泣。

1+1=2;2+3=5;即使用电脑核算,这数字也绝对准确。

怀念玩枪杆和刺刀的日子。枪杆和刺刀都好,好玩意,是比玩麻将有气势。

一只老狗,忠诚地和我相守。哨卡的狗,可以信赖,不用担心它说什么谎言。

怀念兀鹰在崖头一跃,雪豹在深涧的一个箭扑,银狐在裸原一路旋转,一路飘忽,一路顾盼。这一切难道不比舞池里更优美?舞池太小,那乐器又有点嘈杂。

的确,当喧嚣在身边搅扰得太久,这一切非常令人怀念。

冰山客跃上一匹乌马,在雪野里跑出一定速度。刀鞘在鞍桥上锵锵碰响,他忽然勒马注视远方。

一个冻僵的笑容,这笑容发自骨头。从此我看轻皮肉之笑。皮肉之笑过于生动。

　　怀念高原的星、高原的月。晓得了伊斯兰人，为何拿它们作为标志。它是婴孩的无邪的眼，它是处子的一抹泪痕。

　　许多年以后我掬起一捧泉水，我想起雪山的融雪。这正是我梦中的那一掬水，和雪山上的一样清澈。

　　一头驴子，在冰河上拉动水车的姿势。它在冰河上滑倒了，双膝渗出鲜血，但它又挣扎着爬起来，把力气投向前面的道路。我喜欢这头沉默的驴子，从此我喜欢沉默。

　　怀念，当喧嚣在身边搅扰得太久的时候。

　　当然，也有晴朗的日子，那时候，我就让思绪去追逐白云。在这样的日子放灵魂翱翔，惬意、美好。

1994 年 9 月中旬

雪山爬地松

卡拉其古一带，雪水河那边，向阳的山沟里，有一种奇特的松树。

沟是石沟。走进去两公里，渐渐开阔起来。大片风化的碎山石从山上溜下，把沟埋起。一座石山朝后退去，在它上面，是雪峰。日晒、风吹、水激，使石山崩裂，山塌成坡。嶙峋的山崖在高处矗立。坡上，望不到头的碎石，不易察觉地往山下移。

就是这种既向阳又有融雪滋润的石山，生长着一种松树。

从山下望，竟然看不见。踩着哗哗的流石上山，在碎石堆缝里，有小草一样的绿叶。真正的松树叶子！下面，是树枝。刨开石头，是树干。树干斜卧在坡上，和别的松树没有太大区别，只是受了溜石的推压，只好顺山坡往下爬着长。溜石推它、挤它、埋它、压它……但是，它一天天、一年年长着，竟长得很粗大。有许多松树，顺着凹凸不平的地势，在石堆下起伏。它们的身子被石头磨得很坚硬了，枝叶挣扎着从石堆下挤出来，硬在缝隙里探头，吸收阳光。就这样，长成一条条探向山下，探向深涧小溪的苍龙。老兵叫它们蟠龙松、卧龙松，都算对吧。不过，我倒觉得，叫它们爬地松更准确些。

有一次，我发现一棵松树从三块巨石的夹缝中生长起来。这三块巨石呈三角形交错，只在中间留下了一点点空地。这株松树竟在这块客啬的土地上长起来。它生命力那样强，而石头又那样硬，以至它的根部在巨石的夹挤下长成了三角形。多么结实的三角形啊！我用手摸了一下，棱角像铁一样。而在这一段之上，它又长成了它本来的形状。

在帕米尔，在卡拉其古一带的高山上，我认识了这种松树。自从我认识它以后，在我的生命当中，就揳进了不可动摇的力。那些狭隘的、世俗的，隐藏于人的最阴暗处不可明言的、短视的、偏见的东西；那些封建的、守旧的、顽固的，有碍人类文明进步和光明的东西，正像崩塌的石山上满山坡的碎石。但是，爬地松不是还活着吗？它的枝叶不是还向着阳光吗？那春草般的绿倔强地从石缝中刺出来，在丑陋的石堆上盎然成片，宣告着这高贵生命的不灭。

在海拔四千米的高山上，我再也看不见一棵树。海拔五千米是雪线，再上去完全是冰雪世界。爬地松生长在海拔三千五百米到三千八百米的高山上，那是生与非生的地界。卡拉其古，到明铁盖去的人都要从那里经过，一般来说，我们明铁盖哨卡的人都见过这种树的奇观。

1996 年 3 月 17 日

明丽雪天

车过卡拉其古,我们再也看不见一棵树,连那些有着小小树叶,不像正常胡杨树那样很粗壮,长得纤细的、瘦弱的,但是有韧性地活着的小胡杨树,我们也再不能看见。以后好几年里,我们生活在一个没有树的世界。

这是为什么?是因为明铁盖每年 1 月到 3 月每天必有的七级以上的雪山风吗?海南有台风,海南为什么有树木生长?是因为海拔高的缘故?喜马拉雅山同样高,为什么有原始森林?我想还是因为纬度:印度洋的暖空气影响喜马拉雅。那么,天山和阿尔泰山呢?纬度很高,为什么也有森林?这是福分,北冰洋的湿空气影响那里。帕米尔高海拔、高寒、低湿,因而这里的群山是光秃秃的,只有冰山,将这光秃秃的群山装点。

以后陪伴我们的主要是两种颜色:白色和黄色。大部分时间,明铁盖被白雪覆盖。上面是冰山,下面是茫茫雪谷。我称它是"卫生世界"。4 月以后雪山融化,向阳的山坡,白色中这一块那一块露出黄色,渐渐地黄多白少,有时候,我怎么觉得它像斑秃。冰山没有覆盖过积雪,在那个高度,任何水汽都被它冻住。冰山白日白雾升腾,夜里骤然成冰。冰山消融时瘦、亮,利刃一样直刺天空。冰融水来得湍急,从冰坡泻下,直入山涧；抑或被我们引了，顺渠沟流入哨卡。那些向阳的山坡上的积雪浅。它们吃雪本来不深，积雪消融后流入山涧，但是，更多的是渗入山洼。

我们奇怪那些向阳的山坡，山洼里竟然比我们谷地里先有绿色，远看嫩嫩的，绿绿的，在冰山和白云下的山坡上轻轻一抹。近前看去，什么也没有。这时候，绕营区而过的渠沟的水边，泥土在悄悄变青。我们每日午后那一阵子，就去渠沟边瞅。那些小草突如其来地在一个上午起来。以后不会长高，只长到四指深，冷风就会令它结籽。正是这些草和草籽养活了兔、旱獭、鼠、雪鸡。而那些干枯的草茎竟能使黄羊过冬。整个冬天，那些黄羊在辽阔的雪山觅食，正是这些草茎维持了它们的生命。而这些动物，又维系了狼、狐、豹、熊。

我们亲近这些小草，我们聊以为生的那点稀薄的氧气是它们释放出来的。有时我们去河岸，在那些背风的地方，比如说山岩旁，草稍微深点。偶尔也能看见小花。小小的，在寒风中开不大的小花点，聚集了太阳过多的辐射，艳丽得很。白的，像小瓷碟片；红的，像血点。偶尔看见那么一朵两朵的，谁也没有摘过。我们不摘，明日还可以去看。相邀了去看花，几条汉子，眼巴巴地把那么点像小花骨朵似的花爱怜地瞅着。谁知一夜风，一夜夏季的冰雹，那朵花明日还看得着不？不管看得着看不着，过几天，我们就在那一片河滩寻。有时想，说不定被一只兔，或一只狐衔走了那花去。

有一次，竟种成了一枝花，那是一班的詹河。他突发奇想地把山下送上来的一棵白菜的菜薹，插在半截大萝卜上，放进宿舍。靠着炉火的温度和那半截萝卜的营养，菜薹竟抽出了叶片，绽出一朵小花。小小的，瘦瘦的，弱弱的，带点惨白的病恹恹的黄色花朵。大家都很惊奇。原来一朵花，在生和非生的临界点，可以靠牺牲另一个生命来维系。我们怜爱这朵花，也佩服萝卜。这朵花开的时间不长，也就是六七天。但是，这算什么呢？我记忆里留下了这生命短暂的花。那么多花，那么多富丽的花，又有几朵被我记住了呢？冬雪很快来了，好大的雪。在漫漫的雪的日子，有这些花在记忆里笑着，雪天也明丽！

1998 年 2 月

塔木泰克

塔木泰克比谷地里还要吸引羊群，因为塔木泰克有更多的阳光。太阳从河的下方起来，太阳一起来就悬在山顶，太阳起来时天已亮过三四个小时了。太阳在山那边把阳光射向天空，天光泻下来，泻向茫茫雪山，再反照回去，与阳光编织。那时的天空便被天光和雪山的反光编织成一片光雾，好像有无边无际的光的粉尘在飞舞。

我们在岗楼上总是最先眺望这光的粉尘。我们看见，光雾中好像散漫着无数小晶体。它们散漫着，飘浮着，闪烁着，越来越耀眼。倏地，一束阳光从山的那边照射过来，矗立在我们身后的明铁盖冰峰的顶尖就染上了金色。

太阳一出来就夺目。由它自己编织而成的光雾被它粉碎。它那样刺目，我们无法正视。茫茫苍苍的雪山冰谷都被它照亮了。可以想见，在这海洋一样辽阔的冰雪世界，我们的哨卡是一个如何渺小的斑点。

在昆仑山主峰公格尔、冰山之父慕士塔格、世界次高峰乔戈里和克什米尔的最高峰南迦·巴瓦这些著名的山峰中间，明铁盖是冰山王子。太阳的着色使它银色的甲胄变成金色再变成亮银色。在这个巨人的脚下，我们的哨卡像几块随便扔下的小小土坯。那十几间可怜的土屋多么珍贵！没有在亘古的寒冷中生活过的人，不知道珍爱它！

此时，我们更多地注意的是塔木泰克。在我们的整个生活里，塔木泰克是一面镜子。美人喜欢面对它，看它。塔木泰克里有我们的小影。

它其实是一面陡峭的山坡，再上去干脆是千丈绝壁。它那么近，从我们哨卡营区后墙外二百米拔地而起的明铁盖冰山，与营区前三百米沉睡的冰河默然相对。它就在河的那边。但它一开始是斜上去的，这就拉开了距离。还有冰河呢，使这距离越见开阔。我们喜欢开阔。西边的雪冈隔断了我们的视野，而对东边的期待又杳无可期之日。太阳从东边升起来，太阳一起来就悬在山顶。我们不能直视，我们甚至害怕看望东方。故园不可回望日明中。

而塔木泰克是一个恰到好处的距离。它不近不远。不近不远就不会模糊。

午后，太阳绕过冰山。太阳在冰山巅峰的另一边，哨卡被笼罩在阴影里。而塔木泰克是一面阳山，太阳始终照耀在山坡上，像一面照壁，我们爱它就爱在这里。整个冬天，山谷里积雪不化，但是，塔木泰克的雪最先变薄。我们看它，我们总是用望远镜看它，我们用二十五倍望远镜看它，早晨、中午、下午都行。在这静静的哑巴一样沉默的山上，我们看见那些属于自己的东西。

那是活物。我们最先总是不能把它们和山体区分。在远处的斜坡，那些肉眼几乎看不清楚的小点，只有鹰眼才能区分。

但是，仔细看，可以看见它们慢慢移动。是的，当我们看见它们移动，确认它们之后，我们就兴奋。在这沉寂的世界里，我们又看见了生命！我们说："看，塔木泰克！塔木泰克！那里！"

那是黄羊群。

我们当然爱塔木泰克。那些在别的阳坡上啃光了草茎的黄羊群，在它的斜坡上用蹄子扒开积雪，啃食那些夏日里留在坡洼里的草茎时。这些艰辛生存的生命，让我们这些同样的生命感动。

明铁盖——我问过当地牧民，翻译成汉语是"千只羊"的意思。这就是说，即使在冬季，在这生与非生的临界点，也给这艰辛生存的生命做了量的界定。至少有千只羊，在这茫茫的雪山度日，但我从来没有看见过那么多黄羊。我看见的黄羊群差不多都在几十只到上百只，最多的也只有二百只吧。而塔木泰克，我问过，据说翻译成汉语，那意思似乎叫"窗"。这就让我有点纳闷。当我看见那些黄羊在山坡上啃食了一天草茎，黄昏时来到河边，在岸边冰面上喝水时，我曾经思索："窗"究竟是什么意思呢？

或者，这就是"窗"吧。塔木泰克的积雪最先融化，峭壁和巉岩下面，最先露出斑驳的黄色，阳光和希望都在那里。当我久久地凝视，看着那陡峭的近乎直立的山崖时，我似乎真的感到，我看出了豁口。生命和生活也都在那里。

是，全部的生命。全部的回想和全部的憧憬。那些美好的时刻，像美好的画面进入记忆。青春和激情，诗和书，村落和城市，父亲还硬朗的身影；像我一样在边塞的其他部队的故乡的朋友，书生意气和义气书生。嗨！塔木泰克，我看见那一幕幕就在你的山崖上演出。还有那羞涩的笑，纯净的目光和深情的顾盼。嗨！塔木泰克，那时的一切都像这山、天、水、雪一样纯净，一样给人遐想和信心呀！

有一刻我失望了，塔木泰克。山崖下卧着云。当我游猎上到明铁盖冰峰，回首看望，塔木泰克像一只脚凳。我看见冰坂和白云连成大海，我想痛哭塔木泰克。生命的顶峰和顶峰的生命疲惫极了，但我看见你就想起雪山之家：狗、驴子，到冰河汲水的战士……哨卡是茫茫雪山的最后村落，我嗅得见焦炭、煤、火药、莫合烟和马料的气息。马在那里跑，云层被层层踏破。昔日的向往和往日的豪情呢？

塔木泰克如今仍是我最爱面对的一面山坡。我从那看见雪山，看见哨卡，看见军旅生涯，看见青春的激情和少年的志气。那是我永远不会，永生不会丢弃的东西！

1998 年 3 月 6 日晨

巡逻一日

黎明前上马出发。我、副连长鲍仓、三班长董良、维吾尔族兵艾山江、机枪手大成、新战士国应,我们全都换用冲锋枪。那只叫"雪"的狗是我必带的。

马有"夜眼"。马在胎中时两条前腿夹住马头,膝盖打弯处的内侧,正好贴紧马的眼睛,每匹马长大后,前腿膝盖内侧都有两个眼睛模样的疤痕。老兵说,那是马的"夜眼"。马在黑暗中靠它看路。

马一出哨卡就拐上阵地。马在阵地的斜坡上走时,我并不担心。但马穿过阵地就攀一面陡崖,在黑暗中沿着崖边走。鲍仓带队,他想走捷径。但当黎明的微光出现时,我低头一看,不由得倒抽一口气:下面是深深的崖谷,马走在羊肠小道上。马在黑暗中走在崖边羊肠小道上,竟没有闪失!

晨光中,罗布盖孜河在谷地里绕弯,河面上有一点雾气。我们下到谷地就纵马飞奔,冲进河里。河水很浅,马在河里溅起水花。

马上岸后在谷地飞跑。我胯下是一匹黑马,它不时一跃,旱獭躲过马蹄钻进洞穴。马蹄落地很准,否则,旱獭洞会折断马腿。

这是4月底，天有点暖意。我们顺河边走，河那边有一座牧民的毡房。一个塔吉克族小巴郎从毡房出来，站在门口看着我们。他的母亲随后出来，站在他身后。他们向我们挥手，我们也向他们挥手。我们没有停。

明铁盖冰峰落在身后。前面是冰川，无边的冰原向远处伸展。冰舌从冰原探出来，冰瀑落进河里。太阳正在升起，我们顺河往右拐，右面是幽深的峡谷。

这是罗布盖孜沟，罗布盖孜河从沟里流出来。沟口分矗着两座山崖，铁锈色的山崖上有一片焦黑，像经历了炮火的城门楼。我们在沟口下马，牵马去河边饮水，同时朝沟里看动静。在沟里不远的一个山坳，住着老牧民热孜克一家。

"雪"在我们的前面，和我们保持一定距离。"雪"不像别的军犬看见旱獭和雪鼠也狂吠，"雪"对这些小动物不屑一顾。"雪"即使碰见雪豹和狼也不会惊慌，随便就能对付它们。"雪"像拳坛身经百战的强手。

热孜克的狗一阵吠叫。那是两只狼色的狗，健壮，非常凶猛。它们是狼的克星。但是，它们曾败在"雪"的手下，看见"雪"它们就止住了，两只后足不停在地上蹬着，迸出火星。"亚达西亚克西！"老牧人热孜克走出毡房，探首抚胸，翻翘的胡子后面满是笑意。鲍仓骑马上前，说："热孜克亚克西！"把一块砖茶和一包盐巴送给老人。我们没有下马的意思。

"热孜克，我们现在要赶路，回来到你家喝酸奶。"艾山江翻译完这句话，我们就进沟了。

"雪"在前面跑，一跃一跃的，有时站定了，朝四下张望。

有"雪"，有三班长在前面警戒，鲍仓殿后，我们就想放松放松。我们把枪抱在怀里，横坐在马鞍上，心疼一下被马颠疼了的大腿。罗布盖孜沟越来越窄了，清冽的河水湍急，静寂中只听见哗哗的流水声。两小时过去了，有一点冷了，而我们一路并没有遇到任何明显的上坡路，但路显然越走越高。两侧的山崖之上，冰峰显现，山坡上有雪的流苏。

突然闪出一截宽阔的山坳。阳光落进沟里。

我们看见一面山崖下有三间破屋的残垣，它是数十年前旧军队哨卡的遗址。周围有白骨，断壁上有烟火熏燎的痕迹和弹痕。

这地方我以前下马看过，今天路过时，我依然把马速降下来。我不知道，这地方是否长眠有守卡人的先辈。我每次走过这里都要停一停，我不想惊动他们。

路边的山坡上，雪越来越厚。有的地段好像发生过雪崩，雪涌到了路边。断崖壁立，我们策马快速通过。

又是一个多小时过去，前面出现了一道宽宽的不太明显的坎。上坎时，就听见河的喧嚣，浪花从坎上翻滚下来。这道坎实际上是一个水坝，一上坎河就安静下来。这里是一片宽谷，天空湛蓝，河在谷地里迤逦，形成一片水泽。阳光落进谷地。河的两边，滩岸上，是一大片草地。去年夏天，我曾经来过，那时草地碧绿，红的、黄的、蓝的高原花点缀其间，甚是迷人。现在，草地刚刚开始返青，靠坡的地方，还覆盖着霜雪。

林立的、延绵不断的冰峰从四面合围着这片谷地，阳光照在冰峰上银光闪闪，这光线有些炫目。冰峰离河滩和草地那么近，它们仿佛争抢着、拥挤着要到河边去。

鲍仓说："到了，罗布盖孜！"

我问艾山江："罗布盖孜翻译成汉语是什么意思？"

"是绿的眼。或者说，是绿的——眼睛。"艾山江这么回答我。

这让我有点纳闷。后来反复琢磨：这一尘不染，有着纯净融雪水润泽的明媚的草滩谷地叫绿的眼，是形容它的美丽吧。就是这个地方，一年中有七个月被大雪覆盖。而其余五个月，我们得派人守卡。而冬天去罗布盖孜巡逻，积雪会埋没到马的胸部，巡逻队在积雪中艰难跋涉，往往到不了罗布盖孜，就中途返回。

在冰雪世界，突然出现这么一大片草地，我不由得精神一振。"雪"飞跑起来。我们也纵马飞驰，嗒嗒的马蹄声震响山谷。

路边一道坡坎上，石崖下的一片坝子里，是临时卡的一排土屋，坡坎边有一座岗楼。现在临时卡没有人，我们骑马在院子里转了一圈。再过几天，我们驻守临时卡的人就要上来了。鲍仓说：不歇气了，先赶路，必须在中午前赶到冰达坂。

绕过坡坎往右出了草滩，前面是一片白茫茫的雪地。明晃晃的天光刺痛了眼睛。罗布盖孜河在谷地里越来越窄了，岸边是裂冰，我们纵马踏雪而走。前面就是罗布盖孜冰川，它是罗布盖孜河的源头。冰河在这里细到一手臂宽，水从冰盖下汩汩流出。水清澈到了极致，世间再没有这么清澈的水了，我们想用它洗一下眼睛。河在冰盖下消失了，冰盖上是浅浅的浮雪。冰盖很厚，我们松开缰绳，让马在冰盖上疾驰。马蹄声嘚嘚作响，像在冰盖上擂响了战鼓。高耸的冰峰把强烈的阳光折射到我们身上。

半小时后，眼前出现一面雪坡。坡不宽，看上去很陡。坡的两边，是直刺蓝天的冰峰。这面坡就是罗布盖孜达坂了，海拔近五千米。

下马用缰绳把马腿绊了，活动一下身体。用枪刺挑开罐头，红橘罐头已经冻成冰坨了。强咽下冰冷的冰坨子，啃几口馕饼。把所有东西扔在地上，只带武器，减轻负重，选一段平缓的雪坡往上爬。每爬一步，积雪都陷至大腿。手榴弹、子弹袋和冲锋枪好像有千斤重，压得人一步几喘。看看同伴，因为缺氧脸都变紫了，眼球充血。

枪扛上肩头，一寸寸往上挪。一般的登山运动员也不过登到这个高度吧。在这个高度，胸口好像被几只手重重地压住，呼吸困难，感受得到每一粒子弹的沉重。

风把大成的皮帽吹落了。帽子就落在他的身后，但是，谁也不愿退后一步去捡帽子。一步路，看去咫尺，实比天涯。

鲍仓说："就让它扔在那里，下山时再捡吧。"

这段五百多米的冰达坂，我们爬了一个多小时。

雾气笼罩达坂。透过雾气，可以看见刻有"中国"二字的主界碑。冷风飕飕。还有一百米吧，鲍仓命令做战术动作。不管你跑得动跑不动，都要摆出冲锋姿势，子弹上膛，保险机扳到连射的位置。我们端枪猫腰,蹒跚着冲上去。

"雪"最早到边界。"雪"绕界碑转了一圈,疲惫地卧在中国一侧。

我们都感到胸闷。紫色的脸变成菜绿了,皮肤好像要裂开,流出绿的血液。嘴唇发白。

达坂就是冰峰间的一道终年积雪的山梁。在它的正面,异国的土地上,缓缓而下的雪坡前面,陡然有一座山矗立,像一面墙壁。乍一看,无路可通。但史书记载,玄奘出西域去天竺就走的这个山口。仔细看,壁立的山崖旁边,果然有一道拐向暗处的夹缝。

我们一点也不敢懈怠。几个人警戒,几个人沿山梁去看分界桩,看有没有人来过,看有没有被人移动的痕迹。其实,在这冰天雪地里谁去移动它,移动它又谈何容易?大成在主界碑边站立了,抚摸界碑,说要过那边去,给大家照个合影。其实,这也就是说说,我们连一部照相机也没有。大家都奚落大成。玩笑一会,又把整个达坂来回细细看一遍,牢记在心里。

下山时一片欢闹,"雪"落在最后。我们都把枪抱在怀里,子弹袋和手榴弹也抱在怀里,朝雪坡上一坐,双腿一抬,嗖嗖地溜下去。来时一个多小时的路,下山时只不过十分钟。

黄昏时回明铁盖哨卡,马一路飞奔。到哨卡时,天已经黑了,人困马乏。和我同住一室的驭手看见一匹匹汗湿的马,比看见人还心疼。

这天夜里早早睡了,睡下后才感到眼疼,并且泪流不止。次日早晨眼便睁不开了,肿得像个桃子。军医看过后说:"你得了雪盲了。你是不是在路上摘下过墨镜？"

我哪里仅仅是摘下过，我这一路差不多都没有戴墨镜，否则，这一路的风光我如何看得这样清楚。

雪盲三天，天天用热水敷。

1998 年 5 月 13 日

秦　腔

从小生长在陕西，却不喜欢听秦腔。小时候进戏园子，看见古装人扭捏出来，一字一句，半天哼不出个完整的调，就觉得急人。大一点，怎么听都是哭腔。唱到激昂处，就感到只剩下悲怆，心想：秦地的人，怎么有那么多痛苦？加上琴师又揉又捻，做戏的便要落泪了。方晓得古时的秦人，也不轻松。

河南人总喜欢哼几句豫剧，并且自以为优于秦腔，常以此嘲笑秦腔是"关中驴叫"。以前，我一味任人揶揄，从不反驳。这不仅因为我的故乡实系古代巴蜀，更重要的是，我对秦腔的不得要领和不愿认同。

记得在新疆当兵时，有一天，忽然来了三名关中汉子，和我们排长是同年入伍的同乡，都是陕西乾县人，异地相逢，欢喜万分，一派乡音就热闹了满屋。待地上扔下一片瓜果皮之后，便大呼小叫，说葡萄不甜，哈密瓜也不对味。

其中一名是司机，兴奋中不由分说开来一辆中吉普，说要到麦盖提县阿瓦提公社去，那里有上好的哈密瓜和葡萄。中吉普无篷、敞着，坐着我和四名关中军人。我们一律脱去军帽，松开领口。汽车出城驶上公路，夹道是白杨、村落、旱地和沙洲。路况很差，路上蒙着灰土，汽车开过时一溜烟尘。

路边，维吾尔老人骑着毛驴进城去，一派悠然自得。马拉板车上，青年人弹着都塔尔唱着歌。那歌声极富热情，极富感染力。

不知是受到了感染还是一时兴起，司机竟忽然吼唱起了秦腔。转瞬，四名汉子齐声合唱，须臾，悲怆变成激昂，变成热烈。司机陡然来了情绪，把一辆车开得狂奔。

此时，汽车驰进一片漠地，车后面扬起滚滚黄尘，四名汉子也唱到了高腔，直吼得脖直眼圆，青筋凸突。那声调铿锵激越，如战马之啸嘶，如剑器之响鸣。在荒旷的漠地，这真是征战者的歌。

这令我突发奇想，由此想到雄才大略的秦王，统率着千军万马出征，而憨直热烈的秦人，在塞外的沙暴中搏击。嘀！秦腔，原来是征战者的歌！你激昂的旋律中有金戈铁马、电闪雷鸣，你的戏台应该横一千五百公里而纵四百公里。难怪你在厅堂庙宇受到压抑，变成小脚老太的哼哼唧唧。秦腔的酣畅在于它痛快淋漓地吐诉，不像京剧那般庄重、越剧那般隽永。车在飞奔，尘灰在飞扬，我身边的汉子无限投入，而我的血液则沸腾起来。此刻如能出征，我想我必然骁勇。

秦腔是一种适宜广布于天地之间的戏曲。这种感觉，我后来在西安街头也同样感受到。那是一帮关中农民，以街市为戏台，随便抄家伙唱来，便给古城添了几分别致，几分精彩。

2001 年 1 月

青　鸟

　　那是一个暴风雪之后的早晨，刺目的雪光透过窗玻璃照进屋里来。我以为天大亮了，照进屋里的是阳光，实际上，刚到上早操的时间，太阳还没有升起。

　　我走出连部宿舍，去推门厅的大门。门被积雪堵住了，我推开一道门缝，挤出去。

　　今天无法跑操了，我们必须先清除院子里的积雪。

　　一班的詹河正蹲在门口刷牙，他突然咦地叫了一声。

　　我跑过去看。在台阶的雪地上，有一只青鸟。它一身翠绿，形体和喜鹊相像，但比喜鹊小，也比喜鹊单薄得多。它快要冻僵了。詹河伸手捉住它的时候，它一动也不动。捧在手里看，眼睛半闭半睁，但口里还有一丝热气。

　　在明铁盖雪山，鸟很少。一般的鸟飞不到这个高度，就是能飞上雪山，也很难生存。

　　常见的只有鹰、野鸽和红嘴乌鸦。鹰最适应雪山，在裸露的雪山上，它捕捉兔、雪鼠和旱獭。野鸽一般夏季才有，常在河滩采食草籽，有时也到哨卡马号门口捡食苞谷。红嘴乌鸦四季都有，雪天，它们飞到哨卡，啄食泔水沟里的残渣；春天刚到，它们就在天空翻飞交尾。

我见过鹰的凶猛，野鸽求偶时的耐心，红嘴乌鸦交尾时的轻薄之举。

今天，有一只青鸟飞来了。它快要冻僵了，但是，在雪地里，还是那么美丽，那么醒目得撩人。

我们把它捉进屋里。屋里很暖和，它很快缓过来，钻到床下面去了。大家听说捉住了一只青鸟，都趴在床边看。它很胆怯，躲在角落里。

两三天过去了，它很快和我们混熟了。它跳出来，在屋子里飞，很迷人。

一只美丽的青鸟，它来哨卡干什么呢？它从哪里来？这重重雪山，它怎么来，又准备飞往哪里去？

《山海经·大荒西经》说：青鸟，西王母饲养的鸟，能传递消息的使鸟。那么，它给我们带来什么消息呢？是什么消息使它冒着生命危险飞上雪山？

李商隐诗："青鸟殷勤为探看。"那么，它探望谁呢？又受谁委托？

不管怎么说，它是一只吉祥的鸟。那几天，有它在，大家很快乐。

然而，又过了三五天，它渐渐委顿下来。也没有前几天那么活泼。

詹河是一个易动感情的人。他说："它想回去了，它想家了，它想自由。"

那么，让它自由吧：把它放飞。

放飞它的是我和詹河。那是个中午，几个大晴天之后，山谷里稍稍有了暖意。我们在谷地里放飞它。它从詹河的手中跃起,在空中一闪,拍打着翅膀,朝冰河边飞去。雪野里掠过一道绿影。它在冰河边山崖旁一个盘旋,消失在巉岩那边了。

我和詹河很高兴。

我们又有点担心:毕竟是在雪山,春天还没有到,这鸟有点孱弱。

我久久地望着它消失的方向,在心底送给它祝福……

2001 年 4 月 20 日

六　马

　　老辕马是一匹青色皮毛的高头大马。它过去是拉大车驾辕的,自从简易公路开通,汽车能开上山,不再用大车搞运输了,它便从辕马的位置上退下来。

　　我上哨卡的时候,大车早已扔在工具房里,成为破烂不堪的一堆。但"老辕马"这个名字依然被叫下来。

　　老兵们叫它时,就顺便说一说这个名字的来历。

　　它很听话,性情温和。驭手赶马群回家,总是先背着鞍子找它。它听见叫声就会跑到身边来,驭手骑上它,再去赶别的马。它很老练地追那些别的马,咬它们,把它们聚拢在一起,然后在后面来回跑,直到把马群赶回马号。

　　骑这匹马非常安全,它从不任性,跑起来不疾不徐。碰见旱獭、狐狸什么的,也镇定自如,真正遇见什么危险,又非常机警。可惜它老了,我多次想让它四蹄腾空地跑,我急了一头汗,它却只是捯着碎步。

　　我骑了两次,就不想再骑它了。我想骑那种快马。我小时候在小人书中看到的,岳云或秦琼胯下的那种快马,日行千里。那种马跑起来,一溜烟尘。我小时候照小人书上的样子描画,最爱画将军头盔上和长枪上的红缨,其次就是奔马足下的烟尘了。那很有动感。我觉得，骑那样的快马，非常带劲。

我后来常骑的是一匹小黑马，它叫"炮连小黑马"。我们哨卡原来有一匹小黑马，它的速度非常快。驭手骑着它和吉普车在简易公路上赛跑，在五百米以内，它能把吉普车甩在身后。后来又添了一匹小黑马，它的个头和原来那匹小黑马差不多，只是毛色稍稍浅些，不仔细分辨，几乎分不清楚。

它原来是炮兵连拉炮车的马，得了虫牙病，不好好吃草料了，被下放到我们哨卡。为了把它和原来的小黑马区别开，我们就叫它"炮连小黑马"。

一匹被别的连队淘汰了的马，刚到哨卡，自然不被重视。但是，驭手像骑任何一匹新来的马一样试骑它时，才发现它是一匹快马。于是搞了一次比赛。一班长郑芳骑炮连小黑马，新来的排长闻耿水骑小黑马，从哨卡东边雪冈那头出发，看谁先跑回营地。

只见两匹马同时跃上雪冈。在冲下雪冈的一刹那，炮连小黑马冲到了前头。此后它一直在前面跑。它把脖颈抻直了，头探向前面，四蹄腾空，像一阵风。闻耿水使劲抽小黑马。在就要冲到营区的瞬间，闻耿水追了上来，闪电般从郑芳身边飞过，一侧身一伸手，摘掉了郑芳头上的帽子。大家一片欢呼。

炮连小黑马这一次比赛虽然输了，但是，大家还是见识了它的速度。况且这匹马跑起来非常稳，四蹄在一条线上，腾空的高度几乎在同一位置。

明铁盖哨卡1978年又分来一批新马，它们从山下军马场分来。刚到哨卡，像一批新战士。大家都想熟悉它们，摸清它们的习性。

最引人注目的是一匹大黑马。它身材高大，乌黑的毛油光光亮闪闪，像黑缎子。它体格强健，结实而匀称。它宽胸脯、窄胯、细腿。它精力饱满，不停地刨蹶子，随时想飞奔出去。它头不时昂起，目光狂暴，从不在一个点过多停留。

大家都想骑它，但它不让任何人靠近。

维吾尔族兵库热西骑技最好，他是从山下接这批马回哨卡的人。他曾三五次硬骑到这匹马身上，又三五次被它用各种动作甩下来，这是一匹烈马。对付这样的马，那就只有压沙袋了。我们找来四条麻袋，每条麻袋装半麻袋沙子，分两组搭在它的背上，压它，让它变老实。

半个月后，我们给它取掉沙袋，它仍然不让人靠近。黄昏，驭手赶马群回家时，再也捉不住它，它晚间就在谷地里过夜。我们生怕它被狼或雪豹吃了，就去围捉它。我们围它，它便往雪山上跑。它飞跑时脖子抻直了，尾巴向后直挺出去，跃上雪冈，又从雪冈上飞奔下来，冲进河谷，在河谷里刮过一道黑风。我们怎么也捉不住它。它从此成为一匹野马，在山上独来独往。

然而，这马体内好像缺点什么。每次飞跑后，它都要到河边大口吞吃沙子。它体内可能缺盐，也许缺铁。

一次，它在罗布盖孜沟口吞吃沙子。驭手悄悄向它接近，它突然轰地一下倒了。它就那么突然一下子倒了，再也站不起来。肚子胀得像一面大鼓。驭手骑马跑回哨卡，叫我们想办法去抬它。我们怎么也把它扶不起来。我们回哨卡拖一辆板车，想把它拉回去。然而，仅仅只过了一个小时，等我们再来，这匹马已被一群秃鹫撕得粉碎。

新马群里还有一匹黑马。明铁盖哨卡有了四匹黑马，小黑马、炮连小黑马、大黑马，这一匹黑马就不好命名。我站在营区大门口看这匹马在谷地里跑。它浑身乌黑，毛色黑光闪闪。它在个头上比大黑马小，比小黑马大，总不能叫它中黑马吧。我观察这马，前胛多肉，屁股肉乎乎圆滚滚。跑也不好好跑，跑的时候跳跳弹弹，那样子十分滑稽。我说，它那么圆滚滚的，干脆叫它"肉蛋马"吧。

这马我第一次骑上它就遇上危险。我刚跨上去，还没有坐稳，它往前猛一蹿就飞跑起来，我的身子一下子仰倒到后边去。它不断加速，我没办法把身子坐直，失去了平衡，这非常危险，如果这时它突然来个急转弯，我非摔下去不可。我不敢勒缰绳，怕发错指令，营区大门口看我骑马的人一片惊呼。我沉住气轻扯缰绳，把它往阵地上引。那是一面斜坡，它在冲上斜坡时就减速了。我跳了下来。

后来，大家都不愿骑肉蛋马，就是骑，也格外小心。

现在，我说说二十五号马。二十五号是它在军马场的编号。别的马，我们都按它们的特征命名了，只有这一匹马，我们仍叫它的编号。库热西说，这是军马场推荐给他的马，一路上他盯得很紧。他一回到哨卡就"二十五号马二十五号马"地叫，提醒我们，他接回来了一匹好马。他抽着莫合烟，围着这匹马转。"二十五号马！"他自豪地说。

它是一匹栗色牡马。黑色的鬃毛，黑色的尾。鬃和尾都很厚，跑起来迎风飞舞。这匹马像大黑马一样烈，不让人靠近。我们给它压了两个月沙袋，把它驯服了。

其实，它的速度还没有两匹小黑马快。一旦飞跑起来，也没有两匹小黑马持久。不过，我们骑它出去巡逻了一次之后，就发现它有非凡的耐力。那次巡逻一走就是三四天，雪山巡逻，道路非常艰难，别的马都累得快撑不住了，它却精神依旧。

有一次，我们进塔木泰克沟巡逻，在接近冰大坂时，它扭伤了前蹄，一瘸一拐地被人牵回来了。它伤得并不重，扭伤的蹄子还可以点地。军医看了说是脱臼。无奈军医没有给马装过脱臼的蹄子，他焦急地说："时间长了，这马会残废的。"

电台台长有一个同乡在军马所当兽医，台长看见过他给脱臼的马蹄复位。台长自告奋勇地指挥我们把二十五号马按倒，用一根大绳把脱臼的马蹄拴住，然后往直里扯。马的劲很大，我们七八个人才把马腿扯直。在我们猛一松手时，台长和军医便使劲把马蹄往回一顿。这一顿之后，台长摸摸马蹄说，好了。他用一根绑腿把马蹄缠住。这马裹着蹄子在谷地里跳了一个月，绑腿解开，马蹄废了，扭伤的蹄子蜷缩回去。

台长打电话请教他的同乡，按如是方法又治疗了两次。这两次之后，二十五号马真的废了。它再也跑不起来了，从此成天在营区院子外边跳，晚上驭手也懒得赶它回家。它最常待的是后院墙到冰峰之间的那片空地。它在那里用一只前蹄把冻土嗒嗒叩响。单调的声响，让人焦心。

它的精神逐日委顿，毛也失去光泽，乱糟糟像干草。看见别的马在谷地里飞奔,它无奈地抬一抬头。

明铁盖哨卡还有几匹别的马,比如,两匹小红马。不过,给我印象最深的就是这几匹。

2001 年 4 月 26 日

吐　松

今年的新兵里，有两个维吾尔族兵。他们两个人都来自麦盖提县。艾若艾江是一个白净的高个子，来自农场，一口普通话比我说得还好，打一手好篮球。

吐松是一个小个子，还没有脱去稚气，有着稀疏而柔软的浅黄色头发，淡眉毛，一张发红的脸，一双灰色的眼睛。他的脸上有细细的绒毛，鼻尖稍稍有点向上翻翘，嘴唇肉嘟嘟的。他背一杆半自动步枪，枪刺刚刚冒过头顶，走起路来，枪托敲打着大腿。他刚满十八岁，看上去还像个孩子。

吐松头一次上夜哨是我带哨，我们俩一起上到岗楼。我点上一支烟，也给他一支。他犹豫了一下，拿我的烟接上火，小心地抽了一口。我说："你叫什么名字？""吐松——吐松·沙地克。"我说："你的家在哪里？""在喀什麦盖提县。"他的汉语说得不标准，说起来有一点吃力。他有时需要想一下，才能找到一个合适的词。

我说："你爸爸在干啥？"

"他在法院，是法院院长。"

我说："你妈妈呢？"

"她也在法院。"

我说:"家里还有谁?"

"三个姐姐,一个弟弟和一个妹妹。"

我说:"怎么那么多?"

他说:"我妈妈能下。"

我愣了一下,没明白。

他看我没理解,就解释:"我妈妈先下了一个姐姐,又下了一个姐姐,又下了一个姐姐……"

我说:"吐松,那不叫下,人生孩子叫生,动物才叫下……"

他似乎明白了似的点一点头,接着说:"我妈妈又生了一个姐姐,又下了我,又下了我弟弟……"

我说:"吐松,不能说下,要说生……"

他又点点头说:"又生了我弟弟,又下了我妹妹……"

我无可奈何地摇摇头。吐松惊讶地看着我。

我说:"吐松,你当兵前干啥?"

他说:"我下乡插队。"

我说:"你也插队?那你是知青了?"

吐松点点头。

在这个哨卡里,吐松没来前,只有我一名知青兵,现在吐松来了,就有了两名。吐松是维吾尔族知青,我对他自然又和气了许多。我纠正吐松说:"吐松,人生孩子叫生。你说生,生,生。动物:驴、马、狗什么的叫下,下,下,下。人不能叫下,人叫下就成了动物。你说:生,生,生,生。我妈妈生了我姐姐,又生了一个姐姐,又生了我,又生了我弟弟和妹妹。我们家的狗下了一窝小狗，马下了一匹小马……"

吐松突然明白了似的不好意思地笑了，说："生，生，生……"

我以后看见吐松就和气地笑笑，像对待一个小弟弟。吐松也对我充满了友善。他似乎并不知道我用一个知青兵的特殊感情在对待他。

2001年5月1日晨

雪 人

在通向哨卡的简易公路边，崖坡的积雪上，我常常看见野兽的脚印。最常见的是狐和狼的脚印，不时还有雪豹的脚印，偶尔也看见棕熊的脚印。我看见那些脚印有的从山上下来，有的穿过公路上山去。

我经常见到旱獭、黄羊和野兔，其次是狐狸、狼，也见过雪豹。打猎人也曾把棕熊的熊皮、熊胆和熊掌带到我们哨卡。

我渴望和猛兽做一次搏击。

在连队宣布退伍名单之后，我进入退伍兵的行列了。哨卡对我不再像平时那样约束。我一心想好好地打一次猎。

有一天，我邀小林和我一起到后山去。我背着冲锋枪，又带了一把备用手枪和一把匕首；小林背一支半自动步枪。我们带着那只忠实而勇敢的白狗出发，进入明铁盖冰山的雪峡，缓慢攀登。沿途到处都是野兽的脚印，熊、豹、狼的脚印都有。它们互相交织，有的脚印竟然连成片，可见野兽之多。然而这天我们一直转到黄昏太阳快落山时，也没有碰见一只野兽。我和小林只好沿途安了许多"炸"——用羊肉片把雷管裹起来，把拉火管固定在地上，成一个"炸"，指望炸狐狸。我们最大的失误是，在拉火管上又安了一小截导火索，这样，拉火管拉着后导火索会放出嗞的一声，延迟了雷管爆炸的时间。第二天，我们去看那些"炸"，大部分没有爆炸，小部分爆炸了。但肯定是因为这个原因没炸着目标，或是炸着了目标，却没有炸到它的要害部位，野兽洒下一路血迹跑了。

我还和袁斌出去过一次。这一次不是专为了打猎，我们只带了手枪。我想骑马，我想在我离开哨卡前好好过一回骑马瘾。我骑了我常骑的小黑马，袁斌也骑了一匹黑马。我们越过阵地，穿过河谷，跨过雪水河，往托克曼苏方向跑去。那天，我一路纵马飞跑，我的耳边是呼呼风声。我们一路跑，一路开枪向路边的旱獭射击，枪声乒乒乓乓在山谷回响。

我们一口气跑到塔木泰克沟口对面，这地方视野非常开阔。这时，我们往南边的明铁盖冰川眺望。突然，在明晃晃的冰原上，发现了四只野兽。那是四个很大的黑点，在冰原上非常醒目。以这个距离来看，它们很可能是大野兽，至少是棕熊。但从它们深褐的颜色来判断，更可能是野牦牛。它们在冰原深处慢慢移动，我多么想攀上冰原去猎它们。但这天，我只带着手枪，用手枪猎它们没有可能。

在我退伍之后，我曾在《参考消息》上看见过有关帕米尔雪人的报道。那是一种在高海拔地区，在雪山上生活的野人。报道说，在南帕米尔，苏联边防军曾碰见雪人。雪人两三米高，脚印七十厘米左右。他们通体灰毛，力大无穷，伸手就掀翻苏军的吉普车。苏军拍下了它们的脚印。我们明铁盖哨卡就在南帕米尔，如果真有雪人，明铁盖一定也有。但这一判断无法证实。

二十年后，有一次我去看望老战友袁斌。他比我迟退伍两年。我们在一起聊哨卡的事情。

说到那些新鲜事,他说:"我当班长时,有一次到罗布盖孜守临时卡,有一天,发现了野人。"

我一下子来了精神。

他说:"那天,清早起来,我们到河边去,发现雪地上有野人的脚印。和人的一模一样,有六七十厘米长。"

我说:"哎呀!那是雪人!"

他说:"那野人从河边往冰坂走去了。他步子很大,一步跨一米五左右。"

我说:"是棕熊吧?"

他说:"不,是人的脚印。"

我说:"哎呀,那是雪人!"

他说:"他上冰坂去了。我们跟着脚印走,走到冰坂就再没有往前走了。我们没有上冰坂。"

我说:"哎呀,那真是雪人呀!你们有没有拍照呢?"

我知道,袁斌他们不可能拍照。我在哨卡时,哨卡仅有一部照相机,没有胶卷,而且机子还是坏的,况且袁斌他们也不会照相。我虽然知道他们不可能拍照,但还是遗憾地这么说。

我很激动,袁斌却满脸的不在乎。我曾经判断明铁盖一带有雪人,现在被袁斌证实。

关于雪人的报道有争论。有人说它真,也有人说它假。听袁斌这么一说,我相信这是真的。我相信在明铁盖一带的雪山上,特别是在罗布盖孜,有雪人必定无疑。

2001年5月1日晨

# 哨卡日记

(1979年)

3月8日　星期四（星期六）　阴天
（注：括号内为因战备而使用的部队星期）

早晨还落雪，平地积雪约二十厘米厚，背风横断面和山脚处仍可见两米厚积雪。中午上房扫雪，一时许休息。晚听《刘三姐》选段，讲故事《秋海棠》一段。晚间多数"拱猪"。

3月9日　星期五（星期日）

早晨起来较晚，看太阳挺好，雪的山野镀了一层金黄，灿灿而瑰丽。因休息大都下棋、"拱猪"，有人用铁筛扣鸽子。年轻人谈起来，个别担忧前途。

3月10日　星期六（星期一）　晴

进行战备小结。各班评功、评奖。骑马外出三人。

3月11日　星期日（星期二）　晴

继续评比，其他照旧。因雪，乌鸦、野鸽等多来营房周围觅食。

3月12日　星期一（星期三）　晴

天气好，院子里积雪融化，形成不少小川。房上有鸦，屋后有人逗小狗。本人写连战备小结至早晨六点。黄昏时副政指等骑马下来，比过去黑。

3月13日　星期二（星期四）　晴

部队清理战壕积雪。天气稍暖，天空明净如洗。本人休息。下午有人猎兔。晚八点至次日凌晨两点半，本人抄写越剧《红楼梦》。午夜出去，听得见河里融冰的破裂声。间或咳嗽。部队的几名干部骑马下团。

3月14日　星期三（星期五）　晴

今天上阵地投弹。长期不投，仅投几颗就胳膊疼。从阵地上看山野，一片银装素裹。雪的晶体反射阳光，刺得眼疼。上（碉堡）值班哨位去，三个人在睡觉，乍一进去，一切都看不清楚。融化的雪水又在门口冻结起来，不小心就滑倒。下午未去。有人仍去猎兔。昨天发展党员中有两名维吾尔族同志。今夜读外国文学到一点钟。

3月15日　星期四（星期六）　晴

今天星期六，没干什么事，只糊了两个靶子。晚上月亮很好，我入伍后第一次看见这么好的月亮。银盘似的月亮从黝黑的山头上升起来，微隐在云彩里，光华四射。我足足看了有五分钟。

3月16日　星期五（星期日）　晴

今天星期天，无事，打了一会牌，做了一顿兔子肉面条吃，味道可口。晚，部队开班务会。

3月17日　星期六（星期一）　晴

今天在条盆里洗了澡，换洗了衣服。

3月18日　星期日（星期二）　晴

给家寄书信一封。看了看报纸。部队射击预习。晚上睡觉较早。

3月19日　星期一（星期三）　晴

下午看《外国文学选》，读司汤达《红与黑》一段。黄昏前，李春波在后山猎老黄羊一只，个如毛驴，去十一人轮流拖下山。狗也去了，围着人边跑边摆尾撒欢。人叫、狗跑，气氛颇为活跃，使人想奏一段凯旋曲。晚上一点钟就寝。部队今天射击预习。

3月20日　星期二（星期四）　晴

今天和副连长校枪。

3月21日　星期三（星期五）

今天新兵打靶，我报靶。阵地上战备小组撤离。

3月22日　星期四（星期六）

战备小组撤离后，夜里一小组上阵地巡逻。

4月10日 星期二
（注：部队星期因战备撤销而取消）

上午出去，院内积雪化尽，河面上冰层有了长而稍宽的裂痕。

南风吹来，已不刺骨，反而舒适清爽。

淡黄的草的枯茎在积雪融尽的山沟里迎风抖动。浅黄色的草有些返青，但不见青草的嫩芽。

马开始在山谷里来往，吃着黄色的浅草。

阳面山坡上有老乡的羊群。昨天下午在太阳的夕照下羊群闪光，有如撒在山坡上的一片珍珠。

阳面的坡上、山上和山脚下，有笨拙的牦牛在觅草。

这些动物都很难吃饱，匆匆地找草，从这头到那头。

阴面山上，白天太阳照射，夜间寒气袭人，还是白雪斑驳，如秃头。

北面，阿瓦基里阿大坂的峰巅上积雪也未消尽。

山谷里忽然刮起一阵旋风，风柱有一两百米高。在屋里，可听见呼呼风声。

天上有乌鸦飞舞，有的追逐、交尾。

昨夜，炊事班房内飞进一对燕子，我们很珍爱它们。想起1977年各班都抓到几只小鸟，关在屋里。还想起各班在罐头盒里放上萝卜，萝卜上栽上蒜苗。

不知哪里来的一只母猫叫春，已两月左右了，凄厉烦人。

一只瘸腿马立在连部窗后。它已经无以前的活泼劲了，周身是泥。

上周我上数学课，今天上物理。昨晚在卫生室聊了很久。这里是"上层建筑"。杨医生学英语，他劝我写作，当作家。他爱说一句："唉，急死人了。"

4月13日　星期五　晴　晨记

昨夜站五点至六点的哨，见南面天空浓云密布。月亮升起来，接近云阵时，临近它的地方有五彩的光环。

今早出去，看见几块较洼的地方枯草返青。仔细看时，发现青草的幼芽。

4月14日　星期六　午记

昨天下午到牧民家去。这家所选的地点以往未居住过人和羊，没有多大膻气。一个塔吉克族小巴郎和一个塔吉克族姑娘迎在门口。进毡房在毡毯上坐。毡房里简陋而清洁，中央有一馕坑，里面烧牛羊粪。靠一边放着被褥，另一边有一个木栅栏，里面放食品。在一个角落里，一根毛绳上系着几只出生不久的羊羔。几分钟后牧羊的夫妇回来了。此时太阳正落山，他俩赶二百多只羊，小羊羔一律在毡房外用毛绳拴住。大羊团集而卧。其中一些小羊为了断奶，鼻尖上拴了约十厘米长的竹签（小羊去吃奶，竹签正好扎在母羊的奶头上，母羊便疼得躲开了），看起来可笑，但显示了塔吉克族人的智慧。牧羊人以汉族的礼节欢迎我们——和我们握手。可他们一家在这一刻为拦羊忙得不亦乐乎，我们即离去。

今天有小车从山下边上来。上午，全连有一半人看连队的四只小狗被老母狗领着远游。大家一边看，一边议论，足足有一个半钟头。

中午薛富川来电话。

打完电话记笔记。

4月15日　星期日　阴

昨天傍晚，天忽然阴暗起来，高空中云雾密布。北边的阿瓦基里阿冰峰和塔木泰克冰峰的峰巅被云雾罩住了。云雾恰似一面巨大的屏障。低空的云气显得沉闷，虽冷风起，却使人感到清爽。

夜里天空完全暗了，不像往日似的月光皎洁，整个看去如一巨大的毡块，压得地低沉沉的。一会，一阵疾风吹过去，比冬天稍软一点的雪花飘下来了，刹那间地上像结了一层银霜。

天黑定时，《瑶山春》第二部、《走在战争的前面》无心思去看，早早地看报，和塔县上来的司机闲聊。黎明前站了一班哨，看东方，不似往日那样鲜明。上午，从九连下来小车、大车共三辆，新来的连长到。连里的两只小狗丢失。夜里放《战上海》《豹子湾的战斗》，又无心去看，就此记日记。

4月17日　星期二　晴

昨天下午备课。夜里站哨,夜空大晴,月色皎洁,如雪似霜。

今天早晨出去,见地上草的幼芽已一寸来高。天气晴朗,分外暖和。天空蔚蓝,无一丝云彩,似无风的平静的大海。在我的故乡,二十多个春秋里,从未见过这样干净、无云的蔚蓝的天空。

看东方,山谷里仿佛有淡的薄雾。阳光泼洒下来,给这薄雾增加了色彩,像从天空中撒下金和银的粉末。

明铁盖冰河解冻了,河开了。有的地方尚未解冻,形成冰桥。已经解冻的地方,塔吉克族姑娘开始去那里汲水。

我仔细看那冰的断层,足有一米半厚。由于是一层层冻起来的,其色调不一致。有的深蓝,有的浅蓝,有的淡绿,有的透明,有的如玉。冰层下方,有滴水形成的冰凌,冰融仍顺着它向下流。我趴在冰岸上,探下身去摘那冰凌。冰凌一到手上就开始融化,使手发凉。我就用冰块贴在我的脸颊、额上,顿时感到凉丝丝的,头脑顿时清醒。

看那冰层,凸出的地方,阳光的斑点在上面闪闪烁烁,美妙而神秘。

探身瞧河床,黑的细沙被流水搅动。水面平静的地方,如浅灰色的绸缎;水流湍急的地方,在阳光的照射下,有如撒了一涧的碎银。

渐渐地，我感到身下发凉。起身看，趴过的地方冰有点化了，我衣服也有些湿了。我即转身返回。

中午，热孜克和阿斯买提来连里买柴油、看病。我和他俩聊了一阵，了解了塔什库尔干是维吾尔语地名。

回来记笔记。

4月19日　星期四　雪

昨天下午天就阴了。晚上站哨，阴暗得伸手不见五指。早起出去，雪花仍然纷纷扬扬，积雪已达三厘米左右。刚刚显出春日景象的明铁盖，又是一片银装素裹。鸟雀又开始来营房周围觅食。

在山沟和坡上，看得见从塔什库尔干上来的牧羊人。他们赶着羊群和牦牛，在风雪中艰难地走着。羊用自己的蹄子扒开积雪，觅食幼草，不时咩咩地叫。牧羊人唱着歌，打着口哨。

我轻轻地叹息：他们真的可怜啊！

其实，他们也有自己生活的乐趣。

4月27日　星期五　晴

前天劳动，垒青稞地的围墙，和两个维吾尔族战士唠了唠家常。

昨天去雪山放水，走卡前乃山沟。山势险峻、陡峭，雪融不少，山口风紧，可以见到旱獭出没。从南山看北山，雪雾茫茫。近处有大风，归来时落了几片雪花。夜里是漫天大雪。今早起来，地上一片白，但天空放晴了，阳光灿烂。东方大亮时，阳光之强使人不敢直视。牧民赶着羊群上山去。我等议论：六七十岁的老头上山，我等会赶不上的。中午风紧，大风过处，黄尘滚滚。风速极快。狗、牛、马、羊身上的毛被吹得急速搅动。风声呼呼，犹在耳际，如泣如诉，如嚎如吼。故乡是永远听不见如此风声的。

5月5日　星期六　阴　晨六点记

马克思诞辰。

夜里，我感到双膝疼痛。五点钟起来放哨时，看见地上已飘白了一地雪花。天空比较阴暗，营区里静悄悄。今夜无多大风，只有塔木泰克方向的低空比较明亮，好像那地方有什么奇异的光或火。这一晚，我格外警惕。六点下哨，通信员接班。

昨天是五四青年节，过得较冷清。上午我去河滩里转了转，见冰河融化得差不多了，天空也放晴。中午正上课，学《五四运动》等文章时，突然下了一场大雪。雪是粒状的，雪粒有绿豆那么大，十分洁白，使人想起尿素。雪后，地上有些湿润，天空中竟还是云雾沉沉，我们似乎被山的屏障和雾的帷幔笼罩起来了。

在电台，和他们聊了几小时插队和学校里一些有趣的事，大家都爱听。

这几天，日记本来是要抓紧记的，不料，五一前，三十号那天巡逻时出了点问题。

三十号天不亮,我就和副连长、尹大成、三班长、方国银、艾若艾江骑马出发了。出发前,派两个人提前一天去老乡那里借了马匹。我们六人走到三岔路口(狮子峰)时,热孜克一家热情地邀请我们去毡房里玩,我们没有去。到中午十二点赶到罗布盖孜西南的达坂,吃了点馕和红橘罐头就开始爬山。以往只要三十分钟就可爬上去的达坂,结果爬了两个小时。

这达坂(海拔四千七百米)是一个通外山口,(主峰)海拔五千六百多米高,满坡都是积雪。我们艰难地爬着。有时摔倒在雪坑,有时陷进深雪里。尹大成的帽子直滚到山下去了。快到山顶时,山头正下大雪。从山脚到山头,我们的面色由红变紫,由紫变乌,由乌变绿。山顶雪雾沉沉,我在上面走,背着三百发子弹和一支枪,跟跟跄跄,如喝醉了酒。看到了三号大界桩和两个小界桩,心里很高兴。想在界碑边照张相留念,无奈没有相机。因山上气候恶劣,没在山上待多久就下山。下山坐"土电梯"——坐雪上往下滑,快得惊人,没二十分钟就下来了。此后回来,马尽管又饿又累,但回家心却切,二十一公里,即使跛着脚也努力一路小跑。回来已下午八点,看我们自己,眼和脸都发红。第二天出现雪盲症,此后眼一直不适,不便写日记。脸上也开始掉皮。体力消耗太大,体重少了六公斤,并且腰酸腿疼两三日。但此次巡逻,还算是有些收获。

补充一点:我们的白狗一直跟着我们。它的动作灵活,又活泼，一路上很有意思。

5月7日　星期一　晴

近几天，明铁盖天天起大风。风大、风急、风高，风声威猛，卷起的尘烟如奔过去了千万铁骑。营房所有的门窗都被吹动了，乒乓直响。针鼻大的缝就吹进偌大的风来，晒出的衣被统统被吹了下来。室内的炉火因烟囱抽得猛很旺，并呼呼地响。人出去片刻就载着满脸满身的灰土回来。人、狗、马、猪都在背风处躲避，罐头盒被吹得满院子叮当乱跑，窗玻璃颤巍巍响动。山头山谷里一片烟雾沉沉。

5月11日　星期五　晴

寂寞的黎明，寂寞的骆驼沉睡在寂寞的山沟里。

夜，十分晴朗。金黄的圆月如金色的盆盘似的，遨游在乌蓝的天空。当它藏在云彩后面的时候，就在云彩的四围投下了美丽的光的花边。时而又探头出来，然后闪出整个身子，又遨游在乌蓝的天空。它专注，平稳而缓慢，目空一切。它呀，真是这春天黎明的骄子。

5月13日　星期日　晴

中午，给几个连送焦炭和粮食的车上来。二十余辆，小甲虫似的排成一队。下午卸大米和玉米。

初夜，月亮未出。几只小狗：黄狮、黑虎、斑豹、笨熊咬架咬累了，在柴堆下酣睡。

气温有点低。云彩都睡到营区大门口来了，这一朵，那一朵，在无风的夜里很安静。无风的夜，反倒像藏着无穷的秘密。

无烟灯咝咝地吸油。

5月15日　星期二　阴

早晨起来，天空无一丝云彩。饭后竟漫天阴云，风声呼呼。这几天天气反常，比半月前要冷得多。时不时地，总有一点雪花飞扬。夜里，气温竟不如仲春时，冷得人肚子疼。

昨天，和买买提一起去放水。上面竟冷得冰雪不化，河床里干涸见底。

去时见一位塔吉克族老人打毛毛柴，他告诉我们说，河里无水。我们归来时被邀请上他家。进毡篷，在布垫上就地而坐。他们的铁锅里正在化雪水，看来是化雪吃水的。几个小丫头、小男孩（共六个），据说是老头和他儿子的，十分可爱。我把随身带的馒头分给他们吃，并递给老人一支香烟。老人很热情，端出了奶子、馕，烧好了奶茶。烧茶时，毡篷里烟雾沉沉。为了礼貌，我们忍受着，没有出去。

我问了一些有关他们生活的事情。因为时间不早，一刻钟后，我们就出来了。老人给我牵马，我上马。来时也是这样，老人牵马，我下马的。他们热情、纯朴。

好了，抽时间再去聊聊，我对他们还是不很了解。

5月20日　星期日　雪夹雨　夜记

一连几天，雪雨交加，气温突然下降。近处，雨雪交织成纱样的帷幕。远处，一片雾沉沉、白茫茫。我们已经冒着雨雪施工有好几天。一个晴天的中午，我坐在河边石头上，看着河水，不禁又想起故乡和许许多多的故人来，伤痛又一时掠上心头。夜里出去身寒。今年以来，邮差始终未来，得到的信件很少。口内的情形，家人的冷暖终难得知……干部战士都看电影去了（团部放电影的来了），我一人独静，可又有些烦躁……

鬼天气，我看春天不会再到明铁盖来了，夏天、秋天也不会，至少是今年。明铁盖始终白茫茫，冬天不愿走，它倒甘心奉陪呢。不看日历，我真要忘记了秋夏春。冬天呀，你真的不愿离去？

5月24日　星期四　雪　午记

早晨七点，我起来站哨，看见东方起了铅白的晨曦。渐渐地，它的头上纱似的薄云由暗变成淡红。小鸟开始啾喝地叫。一天又开始了。

昨夜十二点左右，因冷冻被封的小溪竟开化了，淌下偌大的一股水来。今晨又出了鲜丽的朝阳。我以为冬天从此过了，夜里熄灭了的火炉也没有再生。谁知午睡中，呼呼的风声又使我惊醒，猛然醒来，周身发冷，透过窗户看，天气又阴晦了，又是大风大雪。一转眼，仿佛又进了严冬。我生起炉子，一边让它自己着着，一边记日记。

下午四点三十分测：室外，零下五摄氏度；室内，四摄氏度。

5月29日　星期二　雪

早晨醒来，被窗帘遮住的窗户格外亮。我以为我起得太迟了，太阳早升起来了。拉开窗帘，窗外正飘着大雪。这格外亮的缘故原来是雪的反照。走出去，院子里积雪约有五厘米厚。营房外面，原来狼藉着的废铁丝、罐头盒、纸片、干牛粪堆、干羊粪堆、煤渣、旧电池、野羊骨头、死牛骨头、烂羊皮、鸟毛、破土坯、破铁桶、石块和戈壁滩，都被白雪盖住了，非常的卫生、洁净，真可谓"卫生世界"。

这几天，天气不好，我的心情也不好。不知是什么缘故，心里好像总没有辞离严寒的冬天，老是瑟瑟地发冷。是思念故乡吗？是缺少爱的温暖吗？是缺少友人的劝慰吗？是对前途的忧虑吗？是缺乏生活的勇气吗？是丧失胜利的信心吗？……我不得而知。

6月1日　星期五　雪　傍晚记

风、雨、雪。

风刮得很紧。雪花蝴蝶一样飞舞，间或夹一丝细雨。罗布盖孜放水浇草场的人打电话说，上面雪下得更大。

儿童节，不免忆起儿时的许多事情来。美好的生活，奶妈的爱，劳动街孩子的聪明、勇敢、顽皮和活泼；最早和四平一起接触的田间生活；沔水河岸的美景，定军山岭的神秘。还有最早最喜爱看的带插图的书，少先队，学习小组；母亲的严厉管教，劳动；小学图书室的生活……

电灯下记。

6月14日　星期四

落大雪。

6月15日　星期五

上午落雪，下午阴。施工。

6月27日　星期四　晴　大风

天气暖和了，到处的草都长得很快，花开得很繁。蒲公英摇头摆脑开着黄花，异叶青兰开着小小的白花，还有许许多多的红的、粉的、紫的花和许许多多的草，我一点也叫不出它们的名字来。我们（和杨医生）出去转了一圈，找车前草，但是，一株也没有找到。那么多草，竟找不到一株。门前的冬葱长得很好，我们给它培了土。墙角有几株野蒜。青稞比往年种迟了，但是，也破了土……总之，山沟里绿了，山坡上流水的地方也绿了，有点春的景象了。

太阳很晒人。一到下午，各个雪山上的融雪都下来了。明铁盖河像野马一样奔腾，几乎要平河岸了。它咆哮着，卷起带铁的沙，飞溅起白色的浪花和水沫。但是，山头上还积着雪，夜里还得穿皮大衣呢（炉子已经撤了）。

今天上午，副连长、艾若艾江、沙地克去热孜克那给羊铰耳朵，宰"七一"吃的羊，给草场放水，到黄昏还未回来。风很大，在山腰卷起的旋风形成高高的尘柱。

7月3日　星期二　雪

从"七一"起，一连三天落雪，不大不小的雪。昨天下午转到阵地上去，看到那边开了许多奇异的小花，一株也不认识。望向高高的山上，有许多地方发青了，那里往往有比较充沛的雪水。

（从5月开始我持续腹泻，7月3日后我因严重脱水，被送到团部卫生队抢救去了。日记也就此停了。我可能是4月30日巡逻在冰达坂下吃了冰冻的红橘罐头，回来不几天就腹泻的。5月15日的日记中记了我肚子疼，我和买买提去雪山放水，到牧民家做客，那已经腹泻好多天了。我那几天心情不好，老想家，可能和这也有关系——2001年5月3日追记）

后　记

　　这个集子里收录小说二十四篇、散文十七篇、日记三十五篇，写作时间前后相隔三十八年。最早的《哨卡日记》写于1979年，那时，我国南方对越自卫反击战，我们面对苏联的西部边防部队进入一级战备。战备很紧张，战斗班两个月时间住在阵地上的碉堡里，病号和探亲休假的人都提前归队了。战前宣誓也宣了，头也剃了，遗书也写了。我虽然没有住碉堡，坚持不剃头，也没有写遗书，但是，我知道情况很严重。我只是用委婉的口气给我的哥哥写了一封信，说我们要准备打仗了。这次战备快要结束时，从来没有记日记习惯的我突然想记日记了，以防万一有什么不测。于是，从这年3月8日起，我开始记日记。但是，从5月开始我的肚子就隐隐作痛，并且腹泻。这个过程断断续续持续到7月初，由于到后期没有药吃，我脱水以致快休克，最终被送到山下卫生队抢救去了，日记也从7月3日停了。好在那段时间的日记我把它保存下来了，这次就把它当作散文收录了。

　　至于后来的小说和散文，主要写于20世纪90年代，还有几篇是最近几年写的。这足见我不是一个勤奋的写作人。之所以能有这么一个集子最后摆在这里，全因为我放不下对雪山的那分牵挂。说到底,那就是对帕米尔雪山哨卡生活的怀念。我多次在梦中回到了哨卡。

当这怀念太苦太深的时候,我就动笔;一旦释怀,不光是笔放下了,写好的稿子也放下了。只要心中的块垒消解,发表不发表是其次的事情,更不奢望他人产生什么共鸣了。可见,我对自己的要求很低。

集子编好,我觉得,首先要告慰的是我自己。我在雪山上经历的人和事,应该记下来的大致上算是记下来了。

现在看这些作品,虽然时过境迁,倒也看得过眼。需要说的还是《哨卡日记》。

一直以来,我欣赏自己的记忆力。现在看这一时段的日记,我觉得比看我凭记忆写的东西要亲切得多。比如,因部队战备设立的特殊的星期记录;比如,三号界碑;比如,买买提入党和新连长到达的时间。这些不看日记,我根本就记不起来。我真后悔,我应该从一入伍就记日记,并且坚持。如果真的是那样的话,这个集子里的内容就要丰满很多。

后记写完,也许出版的事情又会放下。了结一桩心愿而已。

2017 年 11 月 8 日夜